KB188173

엘 콘도르
(El Co'ndor)

엘 콘도르(*El Co'ndor*)

지 은 이 · 김외숙
펴 낸 이 · 성상건
편집디자인 · 자연DPS

펴 낸 날 · 2021년 10월 30일
펴 낸 곳 · 도서출판 나눔사
주   소 · (우) 10270 경기도 고양시 덕양구 푸른마을로 15
           301동 1505호
전   화 · 02)359-3429   팩스 02)355-3429
등록번호 · 2-489호(1988년 2월 16일)
이 메 일 · nanumsa@hanmail.net

ISBN 978-89-7027-023-4-03810

값 12,000원
잘못된 책은 바꾸어 드립니다.

엘 콘도르
(El Co'ndor)

장·편·소·설

김
외
숙

지
음

나눔사

차 례

엘 콘도르
(El Co'ndor)

엘 콘도르와 비상하다

코로나 바이러스 출몰과 장편소설<엘 콘도르>창작은 비슷한 시기에 시작되었다.

거리두기로 세상 모든 사람들이 개개의 섬이 되어야 했을 때, 나도 컴퓨터와 칩거할 수밖에 없었다. 번잡한 것으로부터의 철저한 격리는 자연스럽게 장편소설 창작을 위한 환경이 되었다.

시간이 흐르자 고립에 익숙하지 않은 사람들은 외롭다고, 숨 막힌다고 아우성치고, 나는 내 섬에서 이 세상에 없던 이야기를 만들며 오히려 격리의 시간을 누렸다.

일곱 살에 잉카제국의 나라, 페루에서 캐나다의 한 가정으로 입양된 입양아의 이야기이다. 어른들의 사정으로 인생길이 바뀌면서 온몸으로 낯선 환경을 감당해야 하는 한 입양아의 지난한 삶을 그려보고 싶었다.

'예스'와 '노'의 경계 앞에 섰을 땐 늘 '예스'로, 그러나 자신의 삶에의 선택의 순간엔 과감히 의지를 따라가는 잉카의 딸 내 주인공으로 하여금, 여린 뿌리를 딛고 마침내 자신의 뿌리의 땅에서 다시 새 생명을 입양함으로서 잉카 제국의 전설의 새, 영원히 죽지 않는 자유로운 새 콘도르의 질긴 생명력의 의미를 구현하게 하고 싶었다.

나는 갇혀서 자유로웠고, 자유로웠기에 내 작품 속 인물들과 마음 껏 사랑할 수 있었고, 사랑했기에 쓰면서 행복했다.
이제, 시작의 그 때부터 희열이었고 여전히 희열인 내 사랑을 소개한다.
코로나에 갇힌 독자들이 <엘 콘도르>와 함께 비상하여 잠시라도 자유의 기쁨을 누리는 시간이기를.

캐나다, Niagara On The Lake에서 김외숙

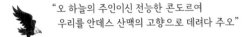

1.
추리 하우스

마침내, 물비린내를 실은 바람이 온타리오 호수로부터 불어오기 시작했다.

바람결이 한결 순해지자 제 나라에서 겨울을 보내고 돌아 온 인부들은 포도농장 일을 다시 시작했다.

아버지는 긴 추위에 시달린 추리 하우스며 사다리의 안전부터 점검하셨다. 브라이언과 내가 어렸던 그 때, 집 뒤뜰의 늙은 오크나무 위에다 손수 지어 올리신 작은 집이었다. 브라이언과 나의 재잘대던 말소리와 웃음소리, 책 읽던 소리와 어설픈 내 삼뽀냐 연주 소리, 그리고 낯설던 브라이언의 변성기의 목소리와 수줍음을 타기 시작한 내 목소리, 좀 더 세련된 나의 삼뽀냐 소리까지 고스란히 품고 있는, 뚜껑만 열면 온갖 이야기가 다투어 나올 보물 상자다.

사다리를 타도된다는 아버지의 허락이 떨어지자 나는 삼뽀냐를 챙겨들고 추리 하우스에 올랐다. 작은 창밖으로 내려다보이는 온타리오 호수가 내 고향 페루의 티티카카 호수가 되어 하늘빛으로 누워 있었다.

　나는 열을 지어 날아가는 새떼를 바라보며 삼뽀냐를 들었다. 점점 아슴푸레해지는 기억이 행여 날숨처럼 날아가 버릴까봐 삼뽀냐로 남은 기억의 자락에 매달리는 것이다. 엄마가 실로 뜬 오색 끈으로 아버지가 갈대 관을 묶어 만든, 그래서 엄마와 아버지의 손때, 오빠의 숨소리까지 스민 악기다.

　지그시 눈을 감고 아랫입술에 닿을 듯 말듯 놓은 삼뽀냐에다 숨을 불어넣던 마리오 오빠가 마치 따라하라고 한 듯 나는 음률을 만들기 시작했다.

　"오 하늘의 주인이신 전능한 콘도르여
　 우리를 안데스 산맥의 고향으로 데려다 주오"

　오빠의 입술이 소리를 갖고 노는 것 같기도 하고 흐느끼는 것 같기도 하던, 이제는 내 입술에도 익숙한 곡, 엘 콘도르 파사 (El Co'ndor Pasa)였다.

　내 기억 속에 남은 여섯 살의 마마니였던 그 시간, 눈앞으로는 이미 새떼들이 티티카카 호수 면을 치며 날아오르고 덩달아 일렁이기 시작한 물결에 갈대가 춤을 추기 시작했다. 뚜르차를 잡아 집에 돌아오던 아버지의 등 뒤 수평선 너머로 떨어지던 해가 진한 오렌지

빛깔의 노을을 짓고, 노을을 등 뒤에다 둔 탓에 아버지의 얼굴은 늘 흙빛이었다. 어쩌면 강한 햇볕에 탄 탓이거나 아니면 원래의 아버지, 아니 페루 사람의 얼굴빛이었을 것이다.

" 전능하신 콘도르여 잉카의 쿠스코 광장에서 나를 기다려주오
  우리가 마추픽추와 와이나픽추를 거닐 수 있게 해 주오"

'아, 애나!'
그리움이 음률로 흐느끼던 그 때, 나직한 목소리와 함께 등 뒤에서 가만히 내 어깨를 감싸는 팔이 있었다. 나는 이미 여섯 살의 마마니에서 애나로 돌아왔지만 삼뽀냐를 입술에서 떼지는 않았다.
감싼 팔이 내 어깨를 조였다. 그리고 내 뒤 목덜미에다 얼굴을 묻었다.
나는 오래 그렇게 있고 싶었다. 조여 오는 그 팔을, 내 목덜미에 묻힌 얼굴을, 숨결을 느끼고 싶었다.
그러나 그 즈음에서 둘 다 멈춰야 한다는 것을 나는 알았다.
"누나한테 이럴래, 브라이언?"
어깨는 그대로 맡긴 채 말로만 짐짓 누나를 상기시켰다.
돌아서서 나도 안고 싶은 욕구는 차마 드러낼 수 없던 내 심정이었다.
그 때였다, '퍽!' 하고 뭔가가 떨어지는 둔탁한 소리와 함께 '아야! 아야!' 하는 신음이 추리 하우스로 올라 온 것은.
내가 삼뽀냐를 던지듯 놓고, 브라이언이 팔을 거둬 바깥으로 튕겨

지듯 나간 것은 찰나의 일이었다. 브라이언이 먼저 사다리를 타고 있었다.

"엄마!"

"어머니!"

나와 브라이언 둘 다 어머니 앞에서 무엇을 먼저 해야 할지 모른 채 울부짖었다. 어머니는 나무 아래의 마른 잔디가 듬성듬성한 바닥에 넘어져 있었다.

주변에는 쿠키조각들이 흩어져 있었고 접시는 저만치 굴러가 엎어져 있었다.

"쿠키가 잘 구워졌기에…"

어머니는 당신이 본 장면의 민망함을 잘 구워진 쿠키로 덮으려 하셨다.

브라이언이 조용히 문을 열고 들어오며 문 닫는 일을 잊었거나 문 여닫는 소리를 내지 않으려 열어둔 채인 추리 하우스에 어머니가 사다리로 오르시다가 예기치 않은 장면에 놀라 발을 헛디디면서 일어났을 일일 것이었다.

"앰뷸런스! 브라이언, 어서!"

"노! 그러지 마라. 높지는 않았어."

그 경황에도 어머니는 당신이 보셨을 장면은 부인하고 싶으신 것 같았다. 크게 다치지 않았음을 증명이라도 하듯이 어머니가 일어나 앉으며 흐트러진 치맛자락으로 드러난 종아리부터 가리셨다.

브라이언과 내가 부축해 자리에 누우시게 한 후 따뜻한 차를 만들었다.

"넌 내 딸이다. 브라이언 누나다, 애나야."

어머니가 차를 들고 간 내 손을 잡으셨다. 침대 옆에 선 내 눈을 깊이 들여다보며 낮은 목소리로 하는, 너무나 당연한 어머니의 말이 내 가슴에다 아릿한 핏빛 금을 그으며 지나갔다. 나는 어머니를 바로 바라볼 수가 없었다.

"예, 어머니."

고개를 숙인 채 내가 해야 하고 할 수 있는 유일한 대답이었다. 아직도 내 어깨를 감싸던 그 팔이, 내 뒤 목덜미에 닿은 그 얼굴의 감촉과 숨결을 기억하면서 해야 한 대답이었다.

"사다리에 오르다니 당신이 아직도 청춘인 줄 알았구려!"

와이너리에서 사색이 되어 집에 온 아버지는 농을 하셨다. 전후 사정을 모르는 아버지는 큰일 날 뻔 했다며, 그나마 천만 다행이었다며, 쿠키는 집안에서 먹이면 되지 다시는 나무엔 오르지 말라고 당부하기를 잊지 않으셨다.

"글쎄 말에요. 나도 한 때는 나무를 좀 탔었는데 이젠 늙었나 봐요."

어머니가 쓸쓸히 웃었다.

그렇게 그 일은 지나가는 줄 알았다. 그러나 어머니는 내게 들으신 확답을 브라이언에게서도 듣고 싶어 하셨다.

다행히 크게 다치지 않아서 며칠 안정을 찾은 후 자리에서 일어나신 어머니는 브라이언을 불렀다. 어머니가 브라이언을 부르실 때 나는 이미 직감했다, 내게 당부한 말을 브라이언에게 하실 거라는 느낌이었다. 남매로 자랐음에도 생긴 감정이었다.

"너는 동생이다, 브라이언!"

"이젠 싫어요, 엄마!"

차를 준비하는 내 귀에 들린, 짧으나 완강한 어머니의 말과 마치 어머니의 생각을 알고 있었다는 듯 거침없는 브라이언의 날렵한 목소리는 시작부터 극을 치달았다.

"그렇게 시작했어!"

"엄마가 왜 결정해요? 애나가 누나이고 싶다고 한 적 없잖아요?"

어머니의 한 마디에 브라이언은 서너 마디를 더 얹었다. 한 번도 보인 적 없던 반항이었다. 내 심장이 조여드는 것 같았다.

어머니의 목소리는 더 이상 들리지 않았다. 어안이 막혀 목소리를 내지 못하시는 것이 분명했다.

나는 브라이언의 그 심정을 알았다. 누나와 동생으로 시작했지만 이제는 그럴 수 없다는 말이었다. 어머니가 내 손을 잡고 당부하셨을 때 나도 하고 싶던 말이었다, '어머니, 저, 누나이고 싶지 않아요.'라고. 그러나 나는, 하고 싶을 때마다 할 말을 다하는 브라이언이 아니었다. 누가 시킨 것은 아니었지만 할 말이 있어도 속에다 삼키고 삭이며 자랐고 그래야 하는 줄 알았다. 그것이 내 한계였다.

"그래도 안 되는 건 안 되는 거야, 브라이언!"

잠시 브라이언의 말을 삭이던 어머니가 다시 목소리를 세우셨다.

"그건 엄마 생각이에요!"

어머니의 말을 브라이언은 단칼로 잘라버렸다.

"어머니 앞에서 무슨 말버릇이니, 브라이언!"

급기야 내가 부엌에서 나왔다. 그래도 그렇지, 자식이 어머니께 그렇게 불손해서는 안 되는 일이었다. 브라이언이 말로서 어머니를 코너에 몰아붙이듯 한 일이었다. 그렇지 않다 하더라도 어머니 앞에서 나는 딸이어야 했고 브라이언의 누나여야 했다. 브라이언과 내 관계를 명확히 하여 어머니를 안심하게 해 드려야 했다. 그것이 내 존재의 이유였다.

"애나!"

마치 무심결에 뒤통수를 한 대 얻어맞은 것 같은 얼굴을 한 채 브라이언이 날 바라보았다. 나는 여세를 몰았다.

"넌 내 동생이야, 브라이언!"

브라이언과 하나로 묶여버리고 싶은 오래 묵은 감정은 숨긴 채 한 내 말에 브라이언이 입을 다물지 못했다. 어떻게 그렇게 말할 수 있니, 하는 눈을 하고 날 바라보던 브라이언의 그 표정을 어떻게 잊을 수 있을까.

그러나 그럴수록 나는 더 냉정하고 단호해야 했다. 브라이언의 언사는 어머니 앞에서 소리로 드러난 순간 너무나 억지스럽고 무례했기 때문이었다. 그것은 이미 약속되어 그렇게 살고 있던 관계를 뿌리부터 부정하고 뒤집는 말의 테러였기 때문이다.

이러지 않고는 어머니를 안심하시게 할, 브라이언의 감정을 누르고 무엇보다도 브라이언과 다르지 않은 내 속의 간절함을 단념할 다른 방법이 없었다. 나와 브라이언 사이에 오래, 그리고 끊임없이 일어나고 있던 그 감정과는 상반된, 냉정한 현실이었다.

'이게 우리의 한계야, 브라이언.'

브라이언이 말을 못하고 나를 바라보고만 있을 때, 그래서 나는 울고 싶었다. 어머니가 오히려 눈을 동그랗게 뜨고 브라이언과 날 번갈아 바라보고 계셨다.

그리고 몇 달 후 브라이언은 큰 가방을 앞세우고 집을 나섰다. 이름도 낯선 코리아로 간다고 했다. '넌 내 동생이야, 브라이언.'이란 바로 그 말 때문이었을 것이다.

잡을 수도 따라나설 수도 없던 나는 멀거니 바라보기만 해야 했다. 저 가방을 앞세우고 다시 돌아올 때까지 나는, 살아있을 것 같지 않았다. 부모님 마음도 다르지 않았으리라. 이미, 자식 잃은 기억을 묻어둔 가슴이었다.

"오래 걸리지는 않을 거야. 부모님 부탁해, 애나."

용의주도한 브라이언은 행여 나마저 떠나 버릴까봐 날 집에다 묶어 버렸다.

그렇게 어머니와 아버지, 그리고 나는 오래 걸리지 않고 돌아올 그 날이 언제인지도 모른 채 매일 시름시름 가슴 앓으며 마냥 기다려야 했다.

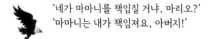

2.
잔잔한 흥분

브라이언이 집에 돌아온다는 소식은 집안을 잔잔한 흥분으로 들뜨게 했다. 마치 봄바람이 놀다 간 호수면 같았다. 아버지는 사람을 시켜 브라이언의 방을 고치셨고 브라이언이 집에 오는 일에 나 없이는 아무 것도 할 수 없다는 듯 어머니는 '애나야' 하며 종종걸음으로 집안을 오가셨다. 어머니의 목소리에 크리스털 방울이 달린 것 같았다.

"애나야, 애들 방, 네가 꾸며줄 수 있지?"

급기야 어머니가 그 방울소리로 신방 꾸미는 일을 맡기셨을 때 나는 '어머니!' 하고 비어져 나올 것만 같던 외마디부터 단속해야 했다. 실은 어머니의 말은 그 누구도 거절할 수 없도록 충분히 부드러웠다.

브라이언 내외가 지낼 신방을 구태여 내게 맡기는 어머니의 속마음은 내 손으로 신방을 꾸미면서 행여 접지 못한 마음 한 자락이라도 남았다면 흔적조차 남지 않도록 정리하라는 의미였을 것이다. 어쩌면 아닐지도 모른다. 속에 든 산란한 심정에 휘둘리지 말고 누나로서의 위치를 견고히 하라는 배려였을 수도 있다.

　어머니의 부드러운 부탁 속에 든 모호한 저의에 내 가슴 갈피에 숨어있던, 기다림에 시달릴 대로 시달린 마음 한 자락이 밑둥치 채 잘려나가는 것만 같았다. 그래도 침대와 화장대를 들이고 새 커튼을 달아야 했고 어머니와 함께 만든 침대 커버로 마무리를 해야 했다.

　새 침대에다 퀼트 커버를 덮는 것으로 신방정리를 마무리하며 물끄러미 침대 커버를 내려다보았다. 아직 브라이언과 내가 대학생이던 그 때 언젠가 장가들면 줄 거라면서 어머니가 시작하셨고 내가 동참한 작품이었다.

　그 때, 브라이언의 신혼 잠자리를 위한 일에 내가 손을 보태고 있었을 때 어머니는 안심하셨을 것이다. 자라면서 절로 생긴 그 감정은 내가 누나로서 동생의 신혼 잠자리를 만드는 일에 짬짬이 동참하면서 절로 해결되었다고 여기셨을 것이다.

　그러나 자로 잰 천 조각을 자르고 천과 천을 기하학적 무늬로 이으며 나는 생각했다, '브라이언과 덮고 싶다.' 고. 브라이언과 자고 브라이언과 일어나고 브라이언 아기를 낳고 브라이언과 브라이언과…

　그것은 너무나 은밀하고 과한 욕망이어서 나는 의도적으로 내가

아는 다른 기하학적 문양, 아득한 내 나라 페루의 나즈카 평원에 있
는 그림을 떠올리기도 했다. 페루 남부 해안 지대에 위치한 나즈카
평원의 신비로운 그림들이었다.

　아버지도 오빠도 식구 그 누구도 가 본 적은 없지만 간 적 없어 본
적은 없어도 선조가 남겼을 그림의 존재를 모른다면 페루 사람이
아니었다. 페루의 아버지는 그 문양 중의 하나가 아무 것에도 얽매
이지 않는 자유란 이름의 불멸의 새, 콘도르가 분명하다고 말했었
다.

　그러나 어머니와 내가 작은 천 조각을 이어 만든 문양은 새가 아
니라 큰 꽃이었다. 브라이언의 신방 이불 위에 핀 꽃.

　내가 꽃이고 싶던 때였다. 그 꽃이 되어 브라이언 곁에 잠드는 상
상에 빠져들다가 실수를 가장하며 바늘로 손끝을 찔러 날 다스렸던
때였다.

　첫 만남의 그 때부터 브라이언이었고 한 번도 브라이언 아닌 사
람을 삶속에다 둔 적이 없어서였을까, 내가 아니면 아무 것도 할 수
없다는 듯 브라이언의 신방 치장에 개입하도록 한 어머니를 이해는
하면서도 잔인해서 아팠다. 어쩌면 딸의 심정을 너무나 잘 아신 어
머니여서 한 번 더 단속하는 의미로 모질다 싶은 부탁을 하셨는지
도 몰랐다, 바로 신방 꾸미는 그 일이었다.

　이제 내일이면 코리아로 떠난 브라이언이 삼년 만에 집으로 온다,
아내와 함께. 어머니 속의 불안도 브라이언이 아내와 함께 어머니

앞에 나타나는 그 순간부터 없던 것이듯 절로 사라지게 될 것이다. 어머니가 눈앞의 자식내외로 인해 안심하고 오래된 관계는 그렇게 아무 일 없듯 이어질 것이다. 그것이 바로 오래 전 어른들끼리의 약속이었다.

어렸던 그 때, 처음 만난 브라이언 가족과 페루의 아버지 사이에 날 두고 무슨 말이 오가는지 알지도 못한 채, 설령 알았다 해도 생각을 드러낼 나이가 아니던 나는 그렇게 어른들이 하자는 대로 따를 수밖에 없었다. 어른들의 의논에 다만 마리오 오빠는 아버지에게 화를 냈다가 울기를 되풀이 했었다. 처음 만난 한 해 후에 브라이언 가족을 따라 캐나다로 오기까지 어렸던 내 눈에 바뀐 사람은 마리오 오빠였다.

오빠는 울면서 삼뽀냐를 불었고 집에 오면 아버지처럼 치차를 마셨다. 그리고 거칠어졌다.

'네가 마마니를 책임질 거냐, 마리오?'

'마마니는 내가 책임져요, 아버지!'

아버지가 나무랄 때마다 오빠는 대들었다. 온순하던 마리오 오빠는 점점 거칠어지다가 폭력을 쓰기도 했다, 치차에 취해. 내 눈에 마리오 오빠는 다른 사람이 된 것 같았다.

'힐스씨 가족이 우리 마마니를 딸로 키우겠다잖아.'

'마마니가 가는 곳엔 아버지도 나도 없잖아요!'

아버지가 브라이언 가족으로부터 들었을 말로 달랬어도 마리오 오빠는 이해하지 못했다.

'네 엄마만 있어도 나도 이러지 않는다, 마리오. 나도 마마니 없이 는..'

아버지도 치차를 마셨고 오빠는 더욱 난폭해졌다.

어른들끼리 한 약속으로 마마니였던 나는 힐스 가의 딸, 애나 힐스로 자랐다. 브라이언의 누나였다.

물끄러미 이부자리를 내려다보던 나는 방을 나와 전정가위를 찾아들고 뜰로 갔다. 어머니와 함께 가꾼 정원이었다.

아직도 시들지 않은 진보라 소국 앞에 앉았다. 나는 끝물의 소국을 한 아름 잘랐다. 향취가 진동했다.

신방을 채울 향이었다.

"브라이언, 수아!"
"오, 브라이언!"
아버지와 어머니의 어깨 너머로 브라이언이 활짝 웃고 있었다.

3.
가혹한 재회

　며칠 전 코리아에서 전화를 한 브라이언은 토론토 공항으로 마중 나가겠다던 아버지의 제의를 공항과 동네를 오가는 리무진을 이용하겠다는 말로 부드럽게 거절을 했었다.

　'아직도 서운한 걸까요?'

　공항으로 가 멀리서 올 아들 내외를 맞을 계획을 하고 있던 어머니는 브라이언의 말을 섭섭하게 여기셨다. 삼년 전 브라이언이 코리아로 떠난 그 때를 떠올리신 것이 분명했다.

　'서운하기는 무슨? 하이웨이 운전, 하지 말라는 게지.'

　이미 어머니의 기색을 알아차리신 아버지 역시 하이웨이 운전 얘기를 하셨다. 브라이언이 정말 아버지의 하이웨이 운전을 말리고 싶어 한 말일 것이라 나는 이해했다.

한길가의 힐스 와이너리(Hills Winery)에서 집까지 일직선으로 뻗은 길에 늘어 선 단풍나무들은 몇 잎 남지 않은 이파리들을 날리고 있었다. 일찌감치 마른 잎들을 털어버린 길 양옆 농장의 포도나무 행렬은 맨몸으로 호수에서 불어오는 바람을 맞고 있는데 행렬 사이의 긴 고랑엔 초록의 이파리들이 너풀대고 있었다. 이미 초겨울임에도 무는 허연 허리를 내밀고 있고 길게 목을 뽑은 꽃대엔 눈꽃 같은 무꽃이 얹혔다.

　'무가 왜 포도밭에 있어요, 아버지?'

　'포도나무가 먹을 물을 무가 빨아들인단다. 포도가 더 달도록 돕는 역할을 하지.'

　대부분의 식물의 잎이 마를 철에 한여름 푸성귀 같은 무 잎이 벗은 포도나무 골을 따라 초록인 것이 신기해 내가 여쭈었더니 아버지가 들려주신 대답이었다. 늦가을 무였다. 포도의 단맛을 위해 존재하는 늦가을 무는 밭에서 언 채 겨울을 나면서 흙과 어우러져 거름이 되었다.

　정확한 도착 시간을 알 수 없던 탓에 어머니는 숫제 창 너머 와이너리 쪽에다 눈길을 고정시켜두고 있었고 아버지는 벌써 몇 번째나 현관문을 열어 일없이 뜰을 내다보곤 하셨다. 첫 추위로 서늘한 실내 기온은 아버지가 켜 두신 파이어 플레이스가 따뜻하게 높이고 있었다. 삼년 만에 볼 결혼한 브라이언은 어떤 모습일지, 아내 수아는 어떤 여성일지 아닌 척하며 나도 연신 창밖을 힐끗거렸다.

　"차 만들까요, 어머니?"

조급해 하시는 부모님을 위해 내가 이미 찻물을 얹으며 말했다. 어쩌면 내 마음을 다스리고 싶었는지도 몰랐다.

"좋지. 차 마시자, 우리."

어머니가 창 앞에서 서성대던 걸음을 테이블로 옮기면서 말하자 '설마 오늘 해 안에야 오겠지.' 라며 아버지도 한결 느긋하게 자리에 앉으셨다. 조급해서 서성대는 두 분의 모습만으로도 나는 부모님의 심정을 짐작할 수 있었다.

향긋한 차향이 코끝을 스치자 들뜬 심정이 좀 가라앉는 것 같았다.

"따뜻해서 좋구나."

어머니는 평소 같으면 차를 잔에다 따를 때 생기는 기포를 보고 '돈이다, 애나야!' 하며 차 스푼으로 동동 뜬 몇 개의 거품부터 떠 입으로 가져갈 텐데 오늘은 그것도 잊으신 것 같았다. 오래 전 친정어머니가 차를 따를 때마다 찻잔에 생기던 기포를 '돈이다' 라며 좋아하셨다고 어머니는 말 했었다.

어머니가 한 모금 음미하며 눈까지 지그시 감으셨다. 더운 찻잔을 들고서도 나는 수시로 창 너머 단풍나무 길에다 눈길을 보내고 있었다. 브라이언을 태운 자동차가 올 길이었다.

얼마나 많은 날들을 브라이언과 저 길을 다녔던가. 어렸던 그 때, 처음 이 땅에 와 가족이 되어 살기 시작하면서부터 브라이언이 결혼을 한 지금까지의 긴 세월이었다.

저 길을 따라 가 아버지와 브라이언과 스쿨버스를 기다렸고 학교를 마치고 버스에서 내리면 브라이언과 날 기다리던 아버지를 만나고 아버지는 다시 와이너리에, 그리고 브라이언과 나는 장난하며 얘기하며 다닌 길이었다. 비 올 때나 눈 올 때는 그 안에서 스쿨버스를 기다리라고 아버지가 손수 지으신 작은 정류장(Bus Shelter)이 길가에 있고 그 집은 여태 남아 오가며 한 번씩 들여다보며 어렸던 때를 떠올리곤 한다.

'더 이상 버스 정류장은 필요하지 않아요, 아버지.'

'이 다음 내 손자가 쓸 집이야.'

브라이언과 내가 대학생이 되어 더 이상 스쿨버스를 탈 필요가 없던 어느 날 주고받던 아버지와 브라이언과의 대화를 들으며 나는 엉뚱한 생각을 했었다, 아버지의 손자, 그 아이가 브라이언과 내가 낳을 아이이면 좋겠다고. 내 맘속의 남자가 브라이언이었으니 당연히 브라이언과 나의 아이들이었다.

그러나 그것은 어디까지나 상상속의 내 욕망일 뿐이었다. 이제 결혼한 브라이언과 수아 사이에 아이들이 태어나고 그 아이들이 학교에 갈 나이이면 비를 피하고 눈을 피하며 스쿨버스를 기다릴 집이었다.

브라이언이 탈 리무진은 집 앞에다 세워 짐까지 다 집안으로 들여다 줄 텐데도 창밖의 길을 바라보노라니 생각이 가지를 치고 있었다.

24

그 브라이언이 이제는 한 여자의 남편이 되어 오늘 집에 온다. 리무진이 몇 시에 도착할 지 알 수 없으니 어머니와 아버지, 우리 셋은 이렇게 바깥을 내다보다가 아닌 척 말 수를 줄이다가 급기야 조급한 마음을 따뜻한 차로 가라앉히고 있었다.

그렇게 차를 마시며 잠시 셋이서 지그시 마음을 누르고 있는데 초인종이 울렸다.

"브라이언이다!"

우리 셋이 누가 먼저랄 것 없이 동시에 발딱 자리서 일어났다. 소리 나게 또는 급히 약간 엎지르도록 경황없이 찻잔을 놓으며 아버지가 먼저 현관으로 가셨고 어머니는 뒤따랐다. 어머니 아버지가 먼저 브라이언 내외를 맞으셔야 했으므로 나는 몇 발자국 떨어져 서 있었다. 심장이 튕겨져 나올 것만 같았다.

"브라이언, 수아!"

"오, 브라이언!"

아버지와 어머니의 어깨 너머로 브라이언이 활짝 웃고 있었다.

'브라이언!'

내가 혼잣말로 브라이언을 불렀다. 그리웠던 얼굴이었다.

"아버지, 엄마!"

큰 가방들은 바깥에 세워둔 채 수아를 데리고 안으로 들어 온 브라이언이 먼저 어머니와 아버지를 안았고 어머니는 울고 있었다.

"어서 와, 수아야."

처음 보는 며느리의 어깨를 어머니가 안았다. 수아는 어두운 갈색의 긴 머리를 어깨위로 드리운, 눈이 깊은 여성이었다.

"오, 수아, 내 며느리!"

어머니가 팔을 풀자 아버지가 수아를 안았다. 아버지 품의 수아 눈이 날 바라보고 있었다. 아주 짧은 시간에 수아와 내 눈이 부딪쳤다.

"오, 애나!"

그 때, 아버지 어머니 뒤에서 서 있던 브라이언이 다가와 내 어깨를 안았다.

"브라이언!"

익숙한 품인 듯 내가 브라이언 품에 안겨버렸다.

"잘 있었어, 애나?"

그 팔, 그 품, 숨결까지 내가 기억하는 브라이언이었다. 갑자기 가슴이 콱 막히면서 눈물이 터질 것 같았다. 절대로 그래서는 안 된다며 눈을 질끈 감는데 눈물은 비어져 나오고 있었다. 그렇게 안겨 나도 모르는 사이에 눈물방울을 흘리는데 아버지 품에서 벗어나던 수아의 눈길이 다시 내게로 왔다.

나와 수아의 눈이 서로 바라보고 있다는 사실을 모르는 브라이언이 나를 품에서 놓으며 손으로 내 눈물을 닦고 있었다. 브라이언의 손길에 내 얼굴이 더워지는 것 같았다. 나는 여상한 표정을 가장하며 수아 곁으로 갔다. 그리고 '어서 와요, 수아. 여행, 힘들지는 않았어요?' 하며 손을 잡았다. 수아의 흰 피부 속의 검은 눈동자가 깊은 우물 속 같았다. 브라이언이 수아의 저 깊은 우물 같은 눈동자에 빠졌을 것 같았다.

브라이언의 색시가 궁금했었다. 결혼식이 없었으니 부모님과 내 궁금증은 당연한 것이었다.

'어떤 여성일까? 어떤 여성이기에 브라이언이 마음을 주었을까?'

그것은 궁금증과 함께 못 견딜 시기심이기도 했다. 야속한 브라이언은 그 쉬운 방법인 사진 하나 보낼 줄을 몰랐다. 부모님과 나는 적어도 수아에 대해서는 철저하게 아는 것이 없었고 그러다 보니 서운함과 함께 궁금증을 쌓았는데 수아의 눈을 바라보며 퍼즐 조각을 하나씩 맞출 수가 있었다. 아, 브라이언이 좋아했겠구나, 하는 마음의 퍼즐 조각도 씁쓸하게 맞추고 있었다.

"편안했어요, 브라이언이 있어서요, 애나."

수아가 브라이언이 있어서 편안했다고 했다. 그러고 보니 브라이언을 마음대로 말해도 되는 수아였다. 아릿한 심정인 채 나는 어머니 아버지처럼 유쾌해야 했다.

아버지는 네 개나 되는 큰 가방을 실내에 들여다 놓기에 바빴고 어머니는 수아를 들여다보며 '잘 왔다, 수아야.' 하면서 고부간의 관계를 터고 있었다. 몹시 왁자지껄한 재회였다.

"리무진이 집 앞까지 데려다 주지?"

"아니요, 아버지, 와이너리 앞에서 내려달라고 했어요."

아버지의 말에 브라이언이 돌아서며 경쾌하게 말했다.

"바퀴가 굴러온 거죠 뭐. 오랜만에 걸어보고 싶었어요."

저 무거운 걸 집까지 끌고 왔단 말이니, 브라이언, 하고 묻는 어머니의 말에 브라이언이 한 대답이었다.

코리아에 가서 마치 다른 사람이 된 것처럼 브라이언은 시종 유쾌하게 웃으며 말하는데 '브라이언은 왜 저 길을 걷고 싶었을까' 하고 나는 생각하기 시작했다. 저 길에서 깜깜했던 그 때, '마미!'를 부르며 걷고 뛴 어렸을 적의 브라이언을 내가 들어 알고 있고, 저보다 큰 가방을 매고 나와 학교에 다닌 그 때를 내가 기억하고 있었다.

'애나, 같이 가!'
그 때, 브라이언과 함께 학교에 다녔을 때, 한 살 어렸던 브라이언은 어깨에 가방을 매단 채 와이너리에서 집까지 걷는 일도 힘겨워했다. 와이너리에서 일하다가 스쿨버스가 오기 전에 늘 그 자리에서 버스를 기다리신 아버지는 브라이언과 내가 버스에서 내리면 '애나, 브라이언, 우리 학생들 재미나게 놀았어?' 하며 꼬옥 안아주고는 일을 해야 했으므로 다시 와이너리에 들어가시고 쭉 뻗은 집까지는 우리끼리 걸어야 했다.
브라이언 혼자 길을 걸을 일은 없었다. 브라이언 혼자 길을 걷지 않게 하기위해 내가 누나가 된 것이었다.

페루의 그 곳에서부터 걷는 일에는 이미 익숙한 내 걸음은 브라이언보다 빨라서 늘 몇 발자국 앞섰고 브라이언은 쳐졌다. 브라이언이 힘들어 하는 이유를 나는 알고 있었다, 마이클 때문이라는 것을.
'애나는 다르데요, 다르데요. 넌 왜 남의 집에서 사니?'
마이클이 내 주위를 뱅글뱅글 돌며 놀린 말은 아마도 그런 의미의 장난이었을 것이다. 영어를 익히지 못했던 나는 마이클의 짓궂은 행동이나 말로 보아 아주 심하게 놀린다는 것을 알고 있었다. 그러나

28

아무 대꾸도 할 수 없던 나는 그 자리에 쪼그리고 앉아 얼굴을 가린 채 가만히 듣기만 했다.

그러면 어디선가 잽싸게 나타나 마이클을 가로막는 아이가 있었다. 마이클보다 여리고 약해 보이던 브라이언, 차마 불쑥 주먹은 휘두르지도 못한 채 씩씩 가쁜 숨만 몰아쉬던 브라이언의 뺨은 늘 붉었다.

'애나에게 그러지 마, 마이클!'

조그마한 주먹을 부르르 떨며 저보다 덩치가 큰 마이클을 노려보면 마이클은 또 놀렸다, '브라이언, 넌 왜 애나와 다르니?' 하고.

몹시 짓궂고 심술이 있던 마이클이란 아이 때문에 학교에 가기 싫었어도 그럴 수 없었다. 브라이언이 학교에 가는 한 나도 가야했고 어쩌면 브라이언 때문에 학교에 다닐 수 있었을 것이다.

그렇게 매일이다시피 마이클에게 나만큼이나 시달린 브라이언이었으니 스쿨버스에서 내려 집으로 들어가는 길, 일직 선으로 뻗은, 눈에 빤히 보이는 그 길 걷는 일이 버거웠을 것이다.

어느 날부터 나는 몇 발자국 걷다가 그 자리에 앉았다. 그리고 브라이언을 기다렸다, 두 팔을 뒤로 벌린 채.

'뭐해, 애나?'

어리둥절해 하던 브라이언을 등에 업기 위해 내가 손짓과 눈짓을 동원해야 했다, '업혀, 브라이언. 누나가 업어줄게.' 하고.

처음엔 낯설어 하고 부끄러워하던 브라이언은 어느 날부터 업혔다. 업혀 두 팔을 내 목에다 둘렀다.

'애나, 나 무거워? 힘들어?'

업혀서 그렇게 종알종알 브라이언은 말을 걸었다.

대충 말의 의미는 알아들었으므로 나는 브라이언의 엉덩이에 두른 팔에다 힘을 주며 고개를 흔들었다, '아니, 브라이언. 넌 너무 가벼워. 내가 매일 업어줄 거야.' 란 말을 속으로 하고 있었다.

그 브라이언이 어느 날 업혀서 말했다, '애나, 마이클이 괴롭게 하면 '노!'라고 말해. 응? 알았지?' 하고. 그러면서 어머니가 양 갈래로 땋아 드러난 내 목을 안고 내 등에다 얼굴을 붙인 채 잠이 들었다. 브라이언이 '노!'라고 말하라고 할 때마다 나는 고개만 끄덕이며 자꾸만 쳐지려는 브라이언 엉덩이에 둘러진 내 팔에다 힘을 주며 조금이라도 더 많이 업고 있으려 걸음을 천천히 옮기곤 했다.

그렇게 스쿨버스에서 내려 그 길을 따라 브라이언을 업고 집에 가던 그 순간이 학교에서 보다 더 행복했다.

그런데 삼년 만에 코리아에서 수아와 함께 집에 오면서 브라이언은 저 길을 걸어보고 싶었단다. 바로 집 앞까지 리무진으로 올 수 있었음에도 네 개나 되는 가방을 끌며 왜 그렇게 걷고 싶었을까?

어렸을 때의 기억을 안고 있는 길이기 때문이었을까? 나는 아릿한 심정인 채 추억에 빠졌다.

"드디어 우리 식구 모두 한 자리에 앉았구나."

테이블 가운데 자리 한, 디너를 위한 촛불이 은은했다. 브라이언이 좋아하는 더운 음식이 담긴 은 식기의 식탁 격조가 약간은 수다로 번지려는 모처럼의 대화와 어우러져 차라리 유쾌했다. 아버지가 먼저 와인 잔을 높이 치켜들면서 '집에 잘 왔다, 브라이언, 수아, 환

영한다!'라고 하자 어머니와 내가 따라하면서 서로 잔을 부딪쳤고 식사는 시작되었다. 내 눈에 수아는 많이 긴장하고 있는 것 같았다.

"결혼식에 못 가 서운했는데 오붓하니 이 방법도 괜찮구나."

어머니가 와인 잔을 들며 서운했던 속내를 슬쩍 드러내셨다. 외아들 결혼식 계획이 나름 컸을 어머니 입장에서는 서운하실만도 했다. 브라이언과 수아는 아무 말을 하지 않았다.

그 때 전화로 결혼식을 알리며 브라이언이 말했었다, 사정이 있어서 결혼식은 수아와 둘이서 반지를 나누는 것으로 대신하기로 했어요, 라고.

집에 가서 말씀 드릴게요, 라고도 했다고 어머니가 말 하셨다.

'세상에, 이렇게 서운할 데가. 애나야, 아무리 그렇기로 브라이언이 우리에게 이럴 수 있니?'

이유를 알지도 못한 채 외아들의 결혼식 참석도 하지 못하게 된 부모님 입장에서는 당연히 서운하실 만 했다.

'브라이언이 여태 감정을 끼고 있었던 게야.'

어머니는 섭섭한 마음을 가누지 못해 급기야 날 붙들고 울음을 터뜨리셨다. 추리 하우스에서의 그 일로 남매란 분명한 경계를 제시한 어머니에게 서운해 결혼식을 저들끼리 한다고 여기신 것이었다. 그러나 나는 다른 생각을 했었다, 브라이언이 반지만 나누는 간소한 결혼식을 한 이유는 분명 있을 거라고. 집에 와 다시 결혼식을 할 계획이거나 아니면 수아가 직면한 어떤 사정 때문에 수아를 위한 배려일지도 모른다는 것이었다.

어머니가, 서운했던 그 때의 감정을 화기애애한 분위기에 편승해 살짝 띄웠었어도 브라이언은 아무 말을 하지 않은 채 고기를 자르고 와인을 마셨다.

"애나가 날 많이 도와주었단다, 애나가 브라이언 식성을 알잖아."

모처럼 집에 온 아들의 심기를 결혼식 얘기로 또 건드렸을까 하여 어머니는 화제를 바꾸셨다. 바꾼 화제가 음식 얘기였고 그 속에 내가 있었다. 나는 이미 어머니의 의중을 짐작하고 있었고 브라이언도 어머니의 마음을 모르지 않았을 것이다.

"고마워, 애나. 아, 이 음식 그리웠어!"

브라이언이 날 향해 말했다.

애나가 브라이언 식성을 알잖아, 하는 어머니의 말과 아, 이 음식 그리웠어, 라는 브라이언의 말에 억눌려 있던 아릿한 심정이 울컥 목으로 치받쳐 오르는 것 같았다. 그 말을 내가 '아, 애나 그리웠어.'라고 이해했기 때문이었다. 와인 한 모금으로 치받치는 것을 다스리며 브라이언 곁에서 조용히 음식을 먹고 있는 수아에게 눈길을 주었다. 이미 오랫동안 쌓이고 쌓여 형성된 견고한 관계의 분위기 앞에서 그렇지 않아도 낯설 수아였다. 나도 겪었던 낯섦이었다.

"너희들 방은 애나가 꾸몄단다."

어머니는 또 '애나가'라고 하셨다. 브라이언과 수아 앞에 있어야하는 내 심정을 배려한 말이었겠지만 나는 몹시 거북했다. 내 심정을 아실 리 없는 아버지는 '우리 집에 애나 손길이 가지 않은 것이 있나?' 하며 맞장구를 치셨다.

오늘 아버지와 어머니는 왜 이러시는 걸까? 나는 그 자리에서 수아를 데리고 사라지고 싶었다. 수아가 알아야 할 이유가 없던 말들이었다.

긴 기다림 후의 만남이었다.

이제야 마무리 하고 브라이언과 수아는 신방으로 갔고 어머니와 아버지도 잠자리에 드셨다.

나는 내 방 창문을 열어 늘 거기에 있는 온타리오 호수를 향해 섰다. 달빛이 윤슬로 호수에 내려앉아 있었다. 찬 기운이 잠든 호수를 건드렸던지 아니면 내려앉은 달빛에 눈이 부셨던지 물이 짜증을 내고 있었다. 호수도 밤엔 자고 싶을 거였다.

지금까지는 그리움이 잠을 쫓았었는데 이제는 이 집안에서 내가 뭘 어떻게 해야 할지 모르겠는 막막함이 잠을 밀어내었다. 막막한 심정이 날 충동질하는 것 같았다, 떠나야하지 않겠느냐고.

'떠나다.'

왜 그 생각은 하지 못한 것일까? 늘 이렇게 아버지와 어머니와 브라이언과 살게 되리라는 것이 이곳에서의 삶에 익숙해지면서 자연스럽게 뿌리내린 내 생각이었다. 낯선 토양에다 여린 뿌리를 내리느라 오랜 마음고생이 없지 않았는데, 이제 가까스로 내린 뿌리를 다시 거둬 다른 곳에다 내려야할 것 같았다. 낯섦과 마주하는 일, 그것은 내가 가장 두려워하는, 내가 가장 피하고 싶은 그 무엇이지만 이제 또 그 때가 온 것 같았다.

내 심정이 밤 호수 같았다.

'엄마!'

나는 호수를 향해 작은 목소리로 이 세상에도 없는 엄마를 불렀다, 내 입에 익숙했던, 그러나 오래 내 속에서 갇혀있어야 했던 소리, 케추아어였다.

'마리오 오빠!'

그 때 마리오 오빠는 내가 이런 심정이 될 어떤 때를 이미 예상하고 있었던 것일까? 그래서 보내지 말라고 그렇게 아버지를 말렸던 것일까?

'마마니가 가는 곳엔 아버지와 내가 없잖아요!'

아버지에게 간절하게 부탁하다가 나중엔 대들며 한 마리오 오빠의 말이었다.

내 인생은 이제 '떠나자' 하고 언제, 어디로 떠나야 할지 아직은 대책이 있을 수 없는 심정은 그래서 밤 호수다.

'엄마!'

나는 대답도 없는 엄마만 또 부르고 있었다.

다 잠든 이 시간에 생각에 휘둘리고 있었으니 나는 잠을 만날 수 없었다.

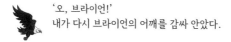
'오, 브라이언!'
내가 다시 브라이언의 어깨를 감싸 안았다.

4.
브라이언과 나

　마치 떠날 기일을 넘긴 손님인 듯 집에서의 나는 거북하고 어색하다. 막다른 골목 끝에 선 듯 난감하고 막막하기도 한 내 심정은 떠날 궁리를 하느라 매일 잠을 이루지 못했다. 그러면서 브라이언을 바라보는 눈길, 수아를 대하는 내 표정이 행여 방심할까 날 다스리느라 늘 긴장한 채였다.

　다시 내 고향, 페루로 돌아가야 할까?

　이제는 반길 가족도 없고 기억에도 희미한 고향은 처음 왔을 때의 캐나다보다 실은 더 낯설 것이다. 그러나 그곳이 어디든 그곳에 가기 위해선 이 집을 먼저 떠나는 것이 순서였다. 그것이 날 위하고 식구들 모두를 위한 것일 것 같았다.

　삼년 전 큰 가방 하나를 앞세우고 과감히, 냉정하게 코리아로 떠나던 브라이언의 그 결단이 새삼 부러웠다. 이제 내 마음 또한 결심으로 굳었으니 나도 조만간에 부모님께 말씀드리고 가방을 챙길 작정을 했다.

'넌 내 딸이다, 애나.'

그 날, 그 장면을 본 후 어머니는 날 입양한 당신의 선택을 어쩌면 후회하셨을 지도 모른다. 애초에 그렇게 시작했으므로 끝까지 그 관계여야 했는데 어머니에게 그 장면은 뿌리부터 파헤쳐 뒤흔든 배반이었으리라.

그러나 아버지 어머니도 간과하신 것이 있었다. 아이들은 몸과 함께 마음이 자란다는 사실을. 몸은 저 홀로도 가능하지만 마음은 서로를 향하면서 자란다는 사실을. 그렇게 서로에게 내밀어 서로를 휘감으며 결속하고 싶어 할 때의 마음은 경계선보다 강하다는 것을. 브라이언이 여섯 살이었고 내가 일곱이었던 그 때부터 눈뜨고 있던 시간엔 늘 손 내밀면 닿을 거리에 있으면서 절로 생겨버린 감정이었다.

서로의 앞에 그어진 경계선 위에서 뛰어넘겠다는 욕구와 억제의 갈등에 시달리면서도 브라이언과 나는 무모하지 않았다. 어렸을 때부터 서로 믿고 의지하고 배려한 그 마음의 뿌리는 경계선 위에서 갈등할 때마다 우리를 다스리게 한 중심이었다.

가만히 두어도 스스로의 무게에 짓눌릴 청소년 그 나이에 브라이언이 부모님에게조차 하지 못한 흉악한 기억을 내게 토설한 것은 치기와 성숙 사이에서 흔들리면서도 우리가 얼마나 서로를 믿고 의지했던 지를 보여주는 예이다. 낯섦에 시달린 어렸던 나를 브라이언이 그렇게 감쌌듯 나는, 브라이언의 가슴을 짓누른 흉악했던 기억의 무게를 나눠지고 어설프게나마 아픈 부분을 보듬을 줄 알았다. 드러내고 또 듣고 보듬어 주려 한 것, 그것은 분명 브라이언과 나 사이에 이미 형성된, 욕구보다 강한 믿음이었고 배려였고 우리 방식의 사랑이었다. 어머니는 우리의 몸과 마음이 행여 경계를 넘을까 염려하셨지만 우리는 우리 방법으로 서로 나누면서 서로를 쓰다듬으면서 또 때로는 몹시 흔들리면서 그렇게 청년으로, 어른으로 가고 있었다.

나는 이제 그 이야기를 할 수 있다, 브라이언과 나만 아는, 그의 가슴 속에 깊이 박혀 오래 짓누른 그 흉악한 기억에 대해, 나를 브라이언의 누나가 되도록 한 그 사건의 실상에 대해, 그리고 우리가 성숙으로 가고 있던 삶의 한 부분에 대해.

그 날도 나는 추리 하우스에서 삼뽀냐를 불고 있었다. 열어둔 창으로 온타리오 호수 면을 스쳐온 늦봄 바람이 불어들었고 멀리 호수 끝자락에 시엔 타워와 고층 건물의 실루엣이 선명한 것으로 보아 토론토의 날씨도 청명한 것 같았다.

마리오 오빠가 연주하던 '외로운 양치기'를 연주하며 오빠를 생각하고 아버지를 그리워하고 있었다. 도저히 가늠할 수 없는 거리의 타국으로 날아온 지 이미 오래였고 오빠는 그 땅 감옥에서, 아버지는 홀로 치차에 취해 눈물로 세월을 보내다가 돌아가셨다는 전갈을 받은 지도 오래였다.

그렇게 오빠와 아버지를 생각하며 '외로운 양치기'를 연주하는데 가만히 내 어깨에 내려앉던 무게가 있었다.

브라이언이 그러도록 둔 채 나는 계속 연주를 했다.

'애나!'

내 어깨에 기댄 채 내는 브라이언의 소리가 신음이었다. 얼른 삼뽀냐에서 입술을 떼었다.

'왜 그래, 브라이언?'

음색으로, 숨소리로 브라이언의 심정을 알았다.

돌아서며 바라본 브라이언의 눈에선 이미 눈물이 넘치고 있었다.

'브라이언!'

눈에서 툭 떨어져 뺨에 구르는 눈물방울을 쓸며 나는 브라이언을 다그쳤다.

'죽을 것 같아!'

'어디 아파?'

높은 곳에서 헛발을 디딘 것처럼 아득했다. 어렸던 그 때부터 늘 함께였고 음색으로, 숨소리로 브라이언의 기분을 알면서도 죽을 것 같은 그 속의 이유에 대해 아는 것이 없었다.

'무서워!'

브라이언이 내 가슴에 파고들었다. 브라이언의 얼굴엔 진땀이 흐르고 있었다. 마치 뭔가에 쫓기는 것 같았다.

'괜찮아 브라이언, 괜찮아! 내가 있잖아.'

내가 브라이언을 안고 등을 쓸었다. 내 품의 브라이언이 마치 여섯 살 때의 아이 같았다. 등을 쓰다듬으며 브라이언이 속에 채워둔 무서운 것을 다 드러내도록 나는 기다렸다.

내 나이 일곱 살, 브라이언 나이 여섯때부터 브라이언과 나는 하나는 자르고 하나는 집어 입에 넣어주는 포크와 나이프 같은 누나와 동생이었다. 포크는 나이프의 성질을, 나이프는 포크를 자신만큼이나 알았기에 서로 다른 외양을 하고도 하나처럼 어우러질 수 있었다.

처음에는 내 역할에의 충실로 시작했지만 점점 마음이 앞섰다. 마음이 충만해질 즈음부터는 역할을 의식할 필요가 없었다. 마음속에 이미 다 들어있었다. 그것은 브라이언이라고 다르지 않아서 낯설어 늘 눈물을 매달고 있던 나를 마치 자신만이 할 수 있는 일이라는 듯 어렸던 그 때부터 쓰다듬고 어루만져 내 눈에서 눈물이 마르도록 했었다. 그리고 까르르 웃도록 했다.

그렇게 서로 마음으로 다 안다고 여겼는데 브라이언이 말했다, 죽을 것 같다고, 무섭다고. 마치 다 안다고 여긴 내 방심으로 빚어진 일인 듯, 내가 모르는 그 무엇이 브라이언 속에 존재하는 그 자체가 나의 직무유기를 의미하기라도 하는 듯 미안했다.

'미안해, 브라이언, 네 심정을 몰라서.'

나는 브라이언의 머리칼을 쓰다듬고 등을 토닥이며 속으로 말했다.

내 품에서 잠시 가만히 있던 브라이언이 '애나.' 하고 날 부르며 내 품에서 벗어났다. 그리고 말하기 시작했다.

'그 날 난 뜰에서 자전거를 타고 있었어. 엄마는 뒤뜰에 있었을 거야.'

내 품에서 나온 브라이언의 두 눈이 창 너머의 온타리오 호수로 향하고 있었다. 나는 브라이언의 손을 잡고 있었다.

'그 때 누군가가 갑자기 나타났어, 그리고 날 안았어, 나랑 가자 아가야 하면서. 나는 무서워 울지도 못하고 '마미!' 하고 엄마를 불렀는데 엄마가 보이지 않았어. 그가 날 안고 자동차에 태워서는 어딘가로 가는 걸 알고서야 악을 쓰며 울기 시작했는데 그 때도 엄마는 나타나지 않았어.'

'브라이언, 너?'

'응!'

확 소름이 끼쳤다.

브라이언을 의자에 앉게 하고 나도 브라이언 곁에 앉았다.

'브라이언을 절대로 홀로 있게 해서는 안 된단다.'

페루에서 오던 비행기 속에서부터 내게 당부한 어머니의 말이었다. 그 때서야 어머니의 그 말의 의미를 알 것 같았다. 결코 브라이언을 홀로 둬서는 안 되던 이유였고 내가 누나가 된 이유였다.

'울면 엄마가 안 온단다, 며 달랜 그가 날 데리고 간 곳은 어느 집의 지하실이었는데 무서워 울지도 못하고 지쳐 자다가 깨기를 되풀이 하면서 엄마를 생각했어. 내가 자전거를 타다가 무서운 사람에게 안겨가며 불렀을 때 왜 내 곁에 엄마는 없었을까? 엄마는 왜 오지 않는 걸까, 하고. 그러다가 어느 날 그가 날 안고 다시 차에 태워서는 그 집을 떠났는데 아주 깊은 밤이었던가 봐. 그가 말했어, 미안하다, 꼬마야, 네가 내 아이를 살렸단다. 하고. 그리고 날 어둠 속 어딘 가에다 내려주었어.'

내 손 안의 브라이언 손바닥이 흠뻑 젖어 있었다.

'날 내려놓고 그 사람이 속삭였어, 저기 불빛 보이지? 엄마, 아빠가 기다리는 네 집이란다. 내가 여기 서 있을게. 이제부터는 크게 울어, 엄마, 아빠하고. 크게 울면서 불빛만 보며 가야 해. 그래야 엄마가 네 목소리를 들을 수 있어.'

깜깜한 어둠 속에서 한 발자국도 걸을 수 없었지만 '여기 서 있을게.' 라며 등을 밀던 그 사람 때문에 엄마를 부르며 어둠속으로 발을 떼었다고 했다.

'그 사람이 행여 나 두고 가버릴까 봐 더 무서웠어. 눈에 보이지도 않던 그가 '더 크게 울어, 엄마가 듣게.' 라며 날 다그치데 나는 그 때 분명 내 곁에 없던 엄마보다 그 사람을 믿었어. 내가 사라졌어도 모른 엄마, 그 지하에 갇혀있었어도 찾아오지 않던 엄마를 그래도 부를 수밖에 없었어.'

'오, 브라이언!'

내가 다시 브라이언의 어깨를 감싸 안았다.

'불빛만 보며 '마미!'를 외치며 넘어지며 자빠지며 걷는데 '아가, 브라이언!' 하는 엄마의 목소리가 들렸어. 정말 엄마였어. 그렇게 나는 집에 갈 수 있었어. 그리고 더 크게 울며 가라던 그 사람의 목소리는 다시는 들을 수 없었어. 다섯 살 때의 일이야.'

브라이언의 유괴의 기억이었다.

'내가 무슨 일을 겪었는지, 그 사람이 내게 무슨 말을 했는지 다 기억하는데 엄마와 아버지가 물었을 땐 한 마디도 할 수 없었어. 말은 해야겠는데 소리가 나오지 않았어.'

한 동안 말을 잃었다가 찾은 후에도 되돌아보는 것이 무서워 누구에게도 드러내지 못한 채 그 기억에 시달렸다고 했다.

그리고 여느 때처럼 예사로운 여행이듯 잉카의 나라, 페루 여행길에서 마마니라 불리던 어린 여자 아이를 만났고 그 아이는 이듬해에 입양되어 애나가 된 것이었다. 그것은 어쩌면 여상한 여행을 가장한, 부모님의 아주 치밀하고 조심스러운 계획의 실천이었을지도 모르겠다, 한 번도 그렇다, 고 말을 하신 적은 없지만. 브라이언조차도 눈치 채지 못하도록, 자연스럽게 남매로 자라도록 여행을 가장한 부모님의 입양의 방법이었을 것이다.

'그 때의 일이 이젠 꿈에 나타나. 어두운 지하실에서 엄마를 부르는데 목소리가 터지지 않고 큰 소리로 엄마를 부르며 불빛만 보고 가라던 그 말이 날 재촉하는데 발걸음이 떨어지지 않아.'

다시는 떠올리고 싶지 않을 불행이 소리도 터지지 않는, 뛰어도 걸어도 제자리인 그 어둠의 가위눌림으로 브라이언의 꿈에 나타나는 것이었다.

'그는 날 유괴한 나쁜 사람이었을까 아니면 자식을 구하려던 보통의 아버지였을까? 나는 왜 아직도 엄마에 대한 원망을 삭이지 못하는 걸까?'

혼자 끌어안고 그 무게에 시달리다가 내게 드러냈을 때, 나는 내가 여태 브라이언과 같은 청소년이란 사실이 안타까웠었다. 좀 더 생각이 깊고 좀 더 지혜 있는 어른이라면 브라이언의 상처를 감싸 줄 수 있을 것 같은데 그 나이의 내가 보여줄 수 있는 것조차도 나는 얼른 떠올릴 수 없었다.

'브라이언, 그 사람은 어린 아이를 훔쳤어.'

나는 나직이 말하기 시작했다.

'한 어린 아이에게 아주 나쁜 짓을 하고 부모님을 죽을 고통 속에다 밀어 넣은 거야. 잘못했으니까 악몽은 그 사람 몫이어야 해.'

악몽이 다시는 브라이언의 잠자리를 어지럽지 못하도록 가볍게 해 주고 싶었는데 나는 방법을 몰랐다.

'이젠 괜찮아 브라이언. 다 털어버렸으니까 괜찮아.'

어렸던 나이에 입양이란 이름으로 낯선 삶을 시작해야 했던 그때, 내게 브라이언이 한 방법이었다. 늘 내 곁에서 내 편이던 아이였다. 어렸던 내가 낯섦에서 벗어났듯이 브라이언도 그 무섭던 기억에서 벗어나야 했다.

'엄마도 자식 잃은 고통을 겪으셨다는 생각은 왜 못했을까?'

브라이언이 말했다. 자식 잃은 어머니의 심정을 이제야 짐작하게 되었다는 말이었다. 곧, 어머니와의 화해의 시작을 의미했다.

'너무나 무거운 기억이 지금까지 널 짓눌렀으니까.'

브라이언이 고개를 끄덕였다. 순한 아이였다.

그리고 자신을 옥죄고 있던 악몽에서, 어머니에 대한 원망에서 차츰 벗어날 수 있었을 것이다.

견고하던 경계선 위에서 때로는 흔들리면서도 서로를 지키며 브라이언과 나는 청년이 되었고 마침내 브라이언은 어른이 되었다.

몸 따라 마음까지 자라자 부모님은 두 젊은 가슴이 저지를지도 모를, 미처 오지도 않은 미래만 걱정하셨지만, 우리는 짓눌려 소리조차 낼 수 없던 과거의 무게까지 서로 나누면서 악몽에서 벗어나고 뿌리 깊은 원망의 앙금과 화해하는 방법도 배우고 있었다.
바로 브라이언과 나의 관계였고 우리 방식의 사랑이었다.

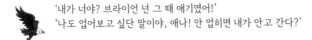

5.
고문과 희나리

브라이언은 어서 삼년간의 부재의 공백을 채워야 한다는 듯 와이너리 일에만 몰입했다. 내 눈에 브라이언은 과거를 두지 않은 사람 같았다.

우물 같은 깊은 눈을 한 수아는 낯섦 때문인지 발걸음이며 말소리가 조심스럽고 고요해서 마치 그림자 같았다. 그러나 고요한 채 수아는 내게 많은 말을 하는 것도 같았다.

수아가 보이는 모호한 눈빛은 친하고 싶다는 의미 같기도 하고, 나 다 알아요, 브라이언과 당신 관계, 라는 의미 같기도 했다.

나는 어렸던 그 때부터 브라이언과 키워온 그 깊고 오래된 감정의 뿌리를 뽑아내려, 그리고 언제, 어디로 떠날까를 궁리하느라 매일 나 자신과 씨름 중이었다.

돌이켜 보면 시작의 그 때, 내가 처음 부모님을 따라 와 가족이 된 그 때부터 나와 브라이언은 가까울 수밖에 없던 운명이었다. 브라이언을 홀로 두지 않아야 하는 것이 내 입양의 이유였다. 브라이언과 내 의사와는 상관없던, 부모님과 페루의 아버지가 만든 일이었다. 그 때 내가 '싫어요, 아버지'란 한 마디만 했더라면 나는 그곳에서 살고 있을까?

어렸던 나는 어른들이 하는 대로 따를 수밖에 없었고 브라이언도 너무 어렸었다.

그렇게 시작한 브라이언과 나는 늘 함께였다. 학교에 갈 때 같은 스쿨버스로 다녔고 올 때도 함께였다. 추리 하우스에서도 함께였고 집안에서도 함께였다. 브라이언과 함께 하는 것, 그것이 새 집, 새 가족 속에서의 내 존재의 이유였다.

집에서든 학교에서든 브라이언이 있는 곳엔 내가 함께 해야 했으므로 봄부터 초가을까지 추리 하우스에서 브라이언이 내 무릎을 베고 누워 책을 읽어도 이상하지 않았고 브라이언을 무릎에다 누인채 내가 뜨개질을 하거나 삼뽀냐를 불어도 이상하지 않았다. 브라이언과 내가 자라면서 추리 하우스에서는 숨소리조차 점점 가까워져도 우리는 함께였다.

짓궂은 브라이언은 때로 사다리를 치워버리고 나무를 타고 오르내렸고 나도 나무를 탈 줄 알았다. 간식을 들고 오르내리신 어머니는 사다리를 치워버리면 싫어하셨다. 어머니는 이미 그 때부터 눈치를 채셨을 것이다, 브라이언이 사다리를 치워버리는 이유를. 브라이언은 점점 청소년으로, 청년으로 성장하고 있었고 나는 나날이 성숙

해가고 있었다.

간식을 구실로 어머니가 감시를 하신다는 사실은 브라이언도 이미 알고 있었다. 사다리 하나로 어머니와 아들의 신경전이 팽팽했지만 어려서부터 이미 너무나 가까워버린 둘을 떼어두는 일은 불가능했다.

브라이언이 없던 삼년 간 나는 많은 시간을 추리 하우스에서 보냈다. 떠나기 전에 '오래 걸리지는 않을 거야.' 라고 했으므로 갑자기 떠났듯이 '애나!' 하고 어느 날 문득 나타날 거라 믿었다. 기다림이 없었다면 삼년이란 시간은 시름시름 내가 죽어간 시간이었으리라.

그렇게 줄타기 하듯 조마한 심정으로 쌓고 또 쌓은 사랑이었는데 오래 누린 감정의 호사가 분에 넘쳤다는 듯 바로 눈앞에서 수아란 존재가 그 속을 알 수 없는 깊은 눈빛으로 날 주시하는 것 같았다.

그러나 나는 결코 표 나지 않게 나 자신과 사투를 벌이면서 딸로서 누나로서 여상하게 말을 해야 했고 딸로서 누나로서 웃음을 지어야 했다. 낯설 수아를 위해, 날 믿으실 부모님을 위해, 그리고 나와 수아 사이에서 결코 편치만은 않을 브라이언을 위해 더 많은 말을 하고 더 크게 웃어야 했다.

여상하게 말하고 웃어야 하는 일, 그것이 고문일 수 있음을 나는 알게 되었다.

내 심정과 상관없이 늘 고요하던 집안에 잔잔한 흥분의 기운이 감돌기 시작한 것은 분명 브라이언과 수아가 오고부터였다.

우선 브라이언의 목소리가 있어 사람 사는 집 같았고 그 동안 미뤘던 대화까지 하느라 아버지와 어머니의 목소리도 바빴다. 삼년 간 비운 집에서 자신의 존재를 확인 시키기라도 하려는 듯 브라이언은 더 명랑하고 유쾌했다. 어쩌면 낯설어 할 수아를 생각하거나 그들 사이에서 더러는 난감할 날 염두에 둔 제스처인지도 몰랐다.

수아는 깊은 우물 같은 눈처럼 행동도 고요해서 어머니와 아버지는 한 마디라도 더 수아에게 말을 시키려 주변을 맴도셨다. 새 식구의 출현에 어린 아이 같은 호기심으로 주위를 맴도는 부모님의 새로운 모습을 나는 간간히 물끄러미 바라보았다.

어머니와 아버지는 수아가 행여 언어 때문에 가족대화에 소외될까봐 자주 말을 걸었는데 수아는 생각보다 영어를 잘 했다. 이 나라의 언어를 구사할 수 있다는 것은 어쩌면 처음 마주친, 그리고 끝까지 따라다닐 가장 큰 장애물 하나를 뛰어넘은 의미나 마찬가지였다.

그런데 그 때, 일곱 살에 새 부모님을 따라 이 나라에 왔을 때 나는 영어를 할 줄 몰랐다. 페루에서 아버지와 엄마, 오빠를 따라 케추아어를 썼다. 절반이 넘는 인구가 케추아 인이었다. 태양의 도시 마추픽추도 늙은 봉우리라는 케추아어다.

그 언어로 일곱 살의 아이가 낯선 나라에서 새 부모님과 새 집에서 사는 일은 긴장 그 자체였다. 친절한 어머니와 아버지, 어린 브라이언이 내 주위를 맴돌며 말을 걸려 할수록 두려움이 앞섰고 마음 둘 데 없어 늘 눈물이 글썽한 채였다. 식구들과 통할 말을 할 줄 모르니 입을 다물고 있을 수밖에 없었다. 두려움과 긴장으로 자꾸만 안으로 움츠려드는 심정을 누구한테 드러낼 수도 없었다.

마치 내 심정을 안다는 듯 브라이언은 그림자처럼 따라다니며 말을 걸었다. 그 브라이언이 자고 일어나면 침대 맡에 있었고 행여 내가 울음보라도 터뜨릴까 말을 시켰다.

'굿 모닝, 애나! 내게도 굿 모닝 해봐.'하며 앙증맞은 손으로 자신을 가리켰다. 사랑스러운 아이였다.

안으로 움츠려들기만 하던 마음이, 긴장하고 두렵고 슬프던 심정이 브라이언이 따라다니며 재잘대면 조금씩 누그러졌다. 어렸던 브라이언이 오히려 바람막이여서 나는 브라이언 곁에서 떨어지지 않았다. 브라이언과 늘 함께 하는 것, 그것이 내 입양의 이유였다.

어머니와 아버지가 브라이언과 나를 같은 학교에 함께 다니도록 하면서 브라이언을 돌보는 누나여야 했지만 그 때는 브라이언이 나를 돌본 셈이었다. 내 언어의 대부분이 브라이언으로부터 배운 것이었다,

나 자신은 그랬었는데 이미 웬만큼 영어 능력을 지닌 수아는 적어도 언어 때문에 곤란을 겪을 일은 없을 것 같았다. 브라이언이 수아를 만난 곳이 영어 강의실이라고 했으니 브라이언은 나를 가르쳤듯 수아도 가르친 셈이었다. 그리고 둘은 사랑을 키웠을 것이다.

그렇게 코리아로 가 수아를 가르치며 브라이언이 사랑을 키울 동안 나는 사정도 모른 채 브라이언을 향한 마음이 마구 뻗어나가도 방치했었다. 마음이 타들어갔을 때 기다림조차도 없었다면 나는 그 지독하던 그리움에 시름시름 앓다가 말라 죽었을 것이다. 어머니는 오래된 기억까지 떠올리며 또 얼마나 괴로워 하셨던가? 브라이언은

결코 짐작도 하지 못할 어머니와 나만의 고통의 시간이었다.

어머니에게 브라이언의 부재는 죄의식이면서 자책의 이유였다. 아들의 부재를 당신의 방심 또는 당신의 완고함 때문이란 생각을 하기 때문이었다. 그 봄, 뜰에서 놀던 어렸던 아들이 유괴를 당한 일이며, 브라이언으로 하여금 코리아로 떠나도록 한 배경으로 작용한 어머니 당신의 고집이 바로 그것이었다.

나와는 결코 남매관계에서 벗어날 수 없다는, 두 젊은이 가슴에다 그어놓은 선명한 경계선 때문에 어머니는 괴로워하셨다. 어렸던 브라이언과 청년이 된 브라이언의 부재가 공교롭게도 어머니의 방심과 지나친 경계와 무관하지 않은 탓에 브라이언이 집을 떠난 후 어머니는 후회를 하셨다.

'안 오면 어쩌지, 애나야?'

브라이언이 코리아로 떠난 후 어머니는 몹시 불안해 하셨다

'올 거예요. 오래 걸리지는 않을 거라고 했어요.'

그 때가 언제인지는 나 자신도 알 수 없었지만 확실하지 않은 것으로 확신을 심어드릴 수밖에 없었다. 브라이언의 그 말을 기도처럼 되풀이하며 어머니를 달래고 날 달래야만 기약 없던 기다림을 이겨낼 수 있었다.

'그래 와야지, 어렸던 브라이언도 그 밤에 집을 찾아 왔었는데... 그런데 애나야, 생지옥이었단다, 그 때.'

어머니가 말하신 그 때를 나는 알고 있었다, 바로 브라이언이 유괴를 당했던 그 때였다. 어머니가 어렸던 자식을 잃어버린, 브라이

언으로부터 들은 일이었다.

'그 며칠, 내가 어떻게 목숨을 부지하고 있었던지, 내가 겪은 지옥을 우리 브라이언이 겪었다고 생각하면 내가 날 용서할 수가 없구나.'

그러면서 어머니는 브라이언만큼이나 깊이 감춰두셨을 그 때의 악몽을 끄집어 올리셨다,

'그 날은 햇살이 유난히 화사하니 좋았단다. 다들 긴 겨울에 시달릴 대로 시달렸었어.'

브라이언이 뜰에서 자전거를 타고 놀기에 나는 뒤뜰에서 빨래를 늘다가 햇살이 좋아서 앞뜰에 브라이언이 혼자 자전거를 타고 있다는 사실도 잊은 채 햇볕바라기를 한 것이 발단이었지. 햇볕을 쬐다가 문득 브라이언이 혼자 자전거를 탄다는 생각을 했어. 좀 놀아줘야지 하며 앞뜰로 갔더니 놀고 있어야 할 브라이언은 없고 자전거만 넘어져 있는 거야. 브라이언, 브라이언, 하고 집안을 찾고 포도밭 고랑을 오가며 들여다봐도 아이는 보이지 않았어. 눈앞이 캄캄했단다. 겨우 네 아버지에게 연락을 했어. 탐, 경찰, 빨리! 사람이 그렇게 미치게 되는 것 같더라.'

그런데 경찰에 신고하기 전에 좀 더 찾아보자며 지하실이며 창고며 찾던 사이에 전화가 왔다고 한다. 아이를 데려간 사람이라고 했단다.

'전화속의 그 자가 그러는 거야, 당신 아이를 데리고 있어요, 오천 불만 주세요, 제 아이가 많이 아파요. 당신 아이는 걱정 마세요. 경찰에 알리면 저와 제 아이, 당신 아이, 모두 죽어요, 하고. 너무나 목소

리를 떨어서 그 자가 오히려 아이를 잃어버린 사람 같았어.'

오천 불 때문에 남의 아이를 유괴한 그 자의 전화 목소리를 옆에서 듣고 있던 아버지도 벌벌 떨고 있었고 어머니는 수화기를 든 채 쓰러져버렸다고 했다.

'쓰러진 채 오천 불, 오천 불, 탐, 어서! 하고 울부짖자 네 아버지가 날 붙잡고 '정신 차리자 조앤, 그래야 브라이언이 살아.' 하면서 울기 시작하는데 자식을 잃고도 섣불리 나설 수도 없고 방법조차 차단된 것이 사람을 돌게 만들더구나.'

오만 불도 아니고 오천 불 때문에 아이를! 그런데 어떻게 전하지? 하며 아버지도 제 정신이 아니었는데 그 자가 또 전화를 해 오천 불을 자기가 지시하는 곳에다 두면 아이는 데려다 주겠다, 대신 어느 누구에게도 연락을 하면 모두 다 죽는다, 는 말을 또 남겼다고 했다.

'돈을 들고도 아무런 액션도 취하지 못하던 네 아버지가 그렇잖아도 답답했는데 그 경황에 그러는 거야, 그 자의 아이가 위중한 모양이야. 급한 마음에 저지른 짓일 테니 아이애비 심정에 기대보자고. 애비의 심정이라니! 유괴범에게 애비 심정을 기대한다는 게 말이 되는 소리니? 내가 그 때, 그의 입을 찢어버리고 싶었어!'

이미 오래 전에 지나간 일이었음에도 분노하고 절박했던 그 심정은 여전해서 지금이라도 눈앞에 아버지가 있다면 정말 무슨 일을 낼 듯이 어머니는 흥분했었다.

'사실 냉정하게 생각해 보면 달리 방법도 없었어. 경찰에 신고하면 자식이 죽는다는데 네 아버진들 뭘 할 수 있었겠냐고? 봄 햇살이 뭐라고 자식이 일을 당하는지조차도 모른 채 넋을 빼앗긴 내 탓이었는데…속수무책인 채 사흘 낮밤을 꼬박 페티오에서 보낸 그 시간이 지옥이었단다.

그런데 그 날도 집안에 들어가지 못하고 페티오에서 보내던 사흘째 한 밤 중이었어, 멀리서 마미! 하는 소리가 들리는 거야. 꿈인 것 같기도 하고 환청인 것 같기도 한데 네 아버지가 그러는 거야, 조앤, 들려 저 소리? 하고. 나 혼자 들었으면 환청이랄 텐데 네 아버지도 듣고 있었던 거야.

둘 다 소리 나는 쪽으로 내처 내달렸어. 소리가 나는 와이너리 쪽으로 둘 다 어둠에 넘어지기도 하면서 달려가는데 '마미!' 하면서 우는 소리가 점점 가까워지는 거야. 우리 브라이언이 그 깜깜한 어둠 속에서 넘어지며 자빠지며 울며 오고 있었던 거야! 어둠속에서 내 품에 아이를 안고서 그 자리서 뒹굴며 …오 하나님!'

아이를 돌려보낸 남자는 설령 눈앞에 서 있었어도 알아볼 수 없던 어둠이었다고 했다.

유괴범이 데려간 집 지하에서 엄마를 기다린 기억, 한밤중 어둠 속에서 '마미'를 부르며 뛰듯 걸었던 기억으로 말을 잃어버리고 악몽에 시달린 브라이언처럼, 어머니도 외아들을 잃어버린 그 끔찍한 기억에 시달리신 것이다. 청년이 된 자식, 경계가 분명한 사랑 앞에서 좌절해 집을 떠나 코리아에 가 있던 그 아들을 그리며 어머니도 지우고 싶은 생지옥의 기억을 끌어올린 것이다.

'난 너희를 남매로 키웠다, 애나야. 그렇게 시작해서 그것 밖에 몰랐어. 그런데 내가 미처 알지 못했던 것이 있었어. 그 감정, 어렸던

그 때부터 자연스럽게 생겼을 그 감정은 예상치 못했고 그래서 이해하지 못했구나.'

어머니는, 그래도 너희가 남매로 살게 되기를 바란다는 당부의 말도 잊지 않았었다.

어머니의 백번의 당부보다 식구들 눈앞의 수아가 더 확실한 경계선의 의미여서 아버지와 어머니는 이제 안심을 하시는 것 같았다.

"수아야, 코리아에서의 브라이언 얘기를 듣고 싶구나."

어머니는 알고 싶으신 것이 많아서 브라이언이 아버지와 와이너리로 출근을 하고 나면 이런 저런 질문을 하며 수아에게 말을 거셨다. 둘이 어떻게 만났는지 한국에서의 브라이언의 생활은 어떠했던지 브라이언이 행복해 보였던지 하는, 어머니로서의 자식에 대한 관심이기도 했고, 수아로 하여금 대화에 동참하게 하기 위한 어머니 나름의 방법이란 것을 나는 알았다.

실제로 브라이언이 코리아로 떠난 후 코리아에서의 삼 년 간의 삶에 대해 어머니가 아시는 것은 아무 것도 없었다. 어쩌다 한 번씩 브라이언이 안부 전화를 하면 한 마디라도 아들의 근황을 더 듣기 위해 수화기를 놓지 못하셨어도 브라이언이 들려드리던 건 지극히 이례적인 인사뿐이었다.

그것은 아직도 어머니에게 부리는 브라이언의 투정이거나 어깃장이라고 나는 생각했다. 어머니와 친자식 간에만 통할 수 있던 감정의 소통방법이었다.

"장난기가 많은 선생님이었어요."

수아가 브라이언의 장난기를 먼저 언급했다. 그 때의 브라이언 안부를 수아가 들려드리려나 보았다.

"브라이언이 장난기가 좀 있지, 안 그러니 애나야?"

어머니가 날 바라보며 눈을 찡긋 하셨다.

아마도 어머니가 사다리를 떠올리실 거라고 나는 생각했다. 추리 하우스에 오르던 사다리를 어머니가 오르시지 못하도록 브라이언이 치워버리는 일이었다.

브라이언은 지하실을 싫어했다. 아니, 아주 두려워했다. 브라이언의 어두운 기억, 유괴의 악몽 때문이었다.

그런데 그 때까지 지하실은 온 가족이 즐기던 오락 공간이었다.

아버지와 어머니가 와인을 즐기시는 바가 있고 티브이와 음악 감상을 할 수 있었는가 하면 브라이언이 갖고 놀던 장난감이 있어서 지하실은 식구 누구나 하루 일과를 마치고 쉬던, 소중한 공간이었다.

지하실은 실은 구조상으로는 문을 열고 나가면 바로 온타리오 호수가 정면으로 눈에 들어오는 뒤뜰과 연결되었고 여름엔 호수를 바라보며 와인을 즐기고 바비큐를 즐기는 지상의 위치였다. 그 날 그 일만 없었더라면 지하실은 훌륭한 휴식의 공간인데 브라이언이 유괴란 몹쓸 일을 겪은 후 아래층으로 내려가기를 극도로 싫어하자 이를 아신 아버지가 온타리오 호수가 내려다보이는 오크추리의 튼실한 품에다 손수 추리 하우스를 지으셨다. 내가 새 부모님의 집에 온 후의 일이었다.

아버지는 추리 하우스를 지을 때 창을 내어 바로 언덕아래 끝없이 펼쳐진 온타리오 호수를 바라볼 수 있도록 했고 어머니는 작은 의자 둘과 탁자위에다 책을 얹어두고 브라이언과 내가 읽도록 하셨다. 나무엔 평소엔 고정되어 있지만 필요에 따라 뗄 수도 있는 사다리를 두었는데 브라이언과 내가 자라면 나무를 타고 오르내리며 즐기도록 한, 아이들 심정을 아신 아버지의 배려였다.

브라이언과 내가 충분히 나무를 탈 나이가 되면서 가끔 브라이언과 나는 사다리를 떼어 두고 나무를 타고 오르내렸는데 어머니는 싫어하셨다. 나무를 타고 오르내리는 일이 위험하다는 이유였지만 실은 간식을 핑계로 수시로 드나들며 머리가 커가던 우리를 지켜보시던 어머니가 추리 하우스에 오를 수 없었기 때문이었을 것이다.

어머니의 의도를 알게 된 브라이언은 그래서 사다리를 치운 후 다람쥐처럼 오르내렸고 나도 이미 나무 타기엔 익숙했다.

나와 둘이서만 있고 싶어 어머니를 성나시게 한 브라이언의 그 장난기, 그것을 내가 어떻게 모를 수가 있을까? 어머니가 모르시는 브라이언의 장난도 나는 기억한다.

스쿨버스 정류장에서 아버지가 더 이상 브라이언과 나를 기다리지 않아도 될 나이가 되었을 때부터 버스에서 내리면 브라이언과 나는 아버지의 마중 없이 단풍나무 길을 걸어 집으로 갔다.

브라이언은 걷다가 가끔 길 한 복판에 앉아버렸다. 나보다 작고 약하던 브라이언이 내 키를 훌쩍 넘어선 지는 이미 오래 된 일이었다.

'애나 업혀. 이젠 내 차례야!'

'싫어, 나 애기 아니야, 브라이언!'

브라이언이 그 자리에 앉아 양팔을 뒤로 벌려 날 기다리면 나는 질겁하며 피했다.

'업히지 않으면 집에 못 가!'

그러나 길 한 가운데 버티고 앉아 브라이언은 고집을 부렸었다.

'내가 너야? 브라이언 넌 그 때 애기였어!'

'나도 업어보고 싶단 말이야, 애나! 안 업히면 내가 안고 간다?'

그러면서 벌떡 일어나 날 쫓았다. 나는 붙잡히지 않으려 뛰었고 그러면서 속으로는 한 번은 업히고 싶다는 생각을 했다. 브라이언 등에 업혀 두 팔로 목을 감고 '나, 무거워? 힘들어?' 하고 속삭이고 싶었다. 그리고 이미 나보다 키가 크고 등이 넓은 브라이언의 그 등에 가만히 얼굴을 대고 싶었다.

그 때, 브라이언의 낭랑하던 목소리는 이미 변성기를 지났고 뺨에는 한두 개 여드름이 돋던 그 때, 아닌 척하며 자꾸만 길고 흰 손이 내 몸을 스치는 것 같던, 아니 날 바라보던 그 눈빛에 아기 같은 순진함이 아닌, 낯선 열기를 느끼게 하던 그 때 이미 우리는 부모님이 그으신 동생과 누나의 경계를 위태롭게 넘나들고 있었는지도 몰랐다.

더 이상 어리지 않았던 둘 사이에 브라이언의 장난이 없었다면 어떻게 그 완고하게 그어진 경계를 지킬 수 있었을까? 장난하며 그렇게 브라이언과 나는 우리 방식의 사랑을 하고 있었다.

수아의 깊은 눈은 이제 어머니가 더 묻지 않아도 다 들려줄 준비가 되었다는 듯 반짝이고 있었다.

"수업시간을 기다렸어요, 브라이언이 사람들을 웃게 했거든요."

사람을 잘 웃게 만드는 브라이언의 어떤 점을 수아도 이미 그 때 알았나 보았다. 브라이언 때문에 가장 많이 웃었던 내 속에선 나만 품고 있던 브라이언의 어떤 점을 마치 수아가 가로채기라도 한 듯 발끈 질투심이 일었다.

"브라이언과 처음 커피를 나눈 곳은 학원 건물에 있는 카페였어요."

수아의 눈은 이제 그 때, 사랑의 시작의 현장에 가 있었다. 늘 고요히 깊기만 하더니 이제는 반짝이며 일렁이는 눈빛, 그리고 속에 찬 더운 감정을 드러내고 싶어 하는 저 입술, 그것이 사랑을 품은 사람의 표정이라는 것을 나는 안다, 바로 한 때의 내 모습이었다.

수아는 이제 자꾸만 드러내고 싶어 하는데 나는 할 말이 없었다.

문득, 수아가 옮길 사랑의 불길로 내 속의 희나리, 젖은 장작처럼 제대로 타지도 못한 채 매운 눈물만 나게 하는 불발된 사랑을 태워 버리고 싶었다. 다 태워 재로 만들어버리고 싶었다. 그래서 다시는 브라이언이란 이름이 내게 아릿한 아픔이지 않도록, 다만 담담하게 바라볼 수 있는 동생이도록 하고 싶었다.

"그래서?"

어머니도 이미 브라이언과 수아의 사랑 이야기에 빠져 있었다. 내 사랑은 그렇게도 경계하신 어머니였다.

"브라이언이 캐나다, 아니 이 동네에 대해서 얘기를 하기 시작했어요. 호수에 대해, 낚시에 대해, 과수원에 대해 그리고 추리 하우스에 대해.. 매일 하나씩 얘기를 하곤 그럼 내일, 하며 다음 수업에 들어갔는데 매일의 얘기 속에는 어머니와 아버지, 특히 애나 누나가 있었어요."

두 사람의 사랑 얘기로 제대로 타지도 못한 채 아프게만 하는 내 속의 희나리를 다 태워 재가 되도록 해야 하는데 수아가 말했다, 매일의 이야기에 특히 애나 누나가 있었다고.

'애나 누나를 그것도 매일...'

내 속의 희나리가 저 홀로 연기를 만들어 그 연기에 내 눈이 매웠다. 그리고 눈물부터 괴어올랐다. 괴어오르는 눈물을 주체하지 못해 당황해 하는데 어머니가 바라보고 있었다.

"내 흉을 본 건 아니겠지, 설마?"

이 난감한 국면을 어머니가 가로채셨다. 수아가 눈치 채지 못하도록 하려는 어머니의 날렵한 대처였다.

"그럴 리가 요, 어머니. 브라이언이 그랬어요, 어머니는 음식 솜씨가 좋으시다고, 어머니를 닮아 누나도 음식솜씨가 좋다고요. 어머니와 누나가 만든 로스트비프와 미트파이는 일품이라고도 해서 그 때부터 그 음식에 대해 제가 관심을 갖게 되었어요."

그러면서 수아가 웃었다. 브라이언과의 사랑을 얘기하는 수아의 표정은 순진무구했다.

"누나는 삼뽀냐를 잘 연주한다고, 삼뽀냐 연주를 들으면 내가 아주 착해지는 것 같고 때로는 울고 싶을 때도 있다, 라고 했어요. 그래서 제가 삼뽀냐란 악기에 대해서도 관심을 갖게 되었어요. 한 번도 들어본 적 없던 악기거든요."

아릿한 아픔이 다시 가슴에다 금을 그으며 지나가는 것 같았다. 주체할 수 없던 감정이 어머니의 결사반대에 부딪쳐 좌절을 느꼈을 때, 보란 듯이 정리할 거라며 그 먼 곳, 코리아로 가서도 그리움에 시달렸다는 증거였다.

"매일 한 가지씩 이야기를 들려주던 브라이언에게 제가 세헤라자데란 별명을 붙였어요."

어머니가 무슨 말이냐는 듯이 날 바라보셔서 내가 말했다, '목숨을 부지하기 위해 매일 이야기 하나씩을 천 하루 동안 왕에게 한, 그래서 목숨을 부지하고 왕비가 된 여인이에요.' 하고.

"그러니까 우리 브라이언이 수아의 마음 얻기 위해 매일 이야기 하나씩으로 그 여인 흉내를 냈단 말이지?"

어머니가 허리를 잡고 웃으셨다.

"멋지지 않니, 애나야, 우리 브라이언이?"

그 때부터 브라이언의 마음이 수아에게로 기울기 시작했다는 의미였다.

또 마음 한 쪽이 아렸다. 그러나 나는 더 아파야 했다. 그들의 사랑의 불길이 내 속의 희나리를 다 태워버리도록. 그런데 수아는 원래 이렇게 말을 잘 하는 사람이었을까? 수아는 말을 너무나 잘 했고, 나는 하고 싶은 말이 차있어도 입을 다물어야 했다.

"그런데 어느 날, 브라이언이 더 이상 세헤라자데 역할은 하지 않겠다고 하는 거예요."

자신의 연애담을 조심스럽게 펼쳐보이던 수아가 갑자기 브라이언이 도모했을 반전으로 긴장을 조성했다.

'갑자기 왜?' 하고 어머니와 내가 눈을 부릅뜨고 수아의 깊은 눈을 주시했다. 그 눈을 바라보며 나는 생각했다, 수아는 이야기 효과의 극대화를 위한 방법을 아는 사람이구나, 하고.

"그것으로 끝인 줄 알았어요. 더 이상 브라이언과의 대화를 나눌 수 없겠다, 생각하니 많이 섭섭했어요. 실은 저도 그 때 마음 아팠던 일을 겪은 뒤라 브라이언과의 대화로 추스르고 있었거든요."

수아가 살짝 자신의 사적인 얘기를 언급했지만 어머니와 나는 관심을 보일 수가 없었다. 다만 나는 생각하고 있었다, 브라이언은 이미 수아 속에 든 상처를 마음으로 읽고 그의 방법으로 치유하고 있었다고. 내가 아는 브라이언이었다.

브라이언이 내 마음을 알고 처음 쓰다듬은 건 내가 이 땅에 와 낯선 가족과 한 식구가 되었지만 마음 붙일 데 없어 늘 눈물을 글썽이고 있던 그 때였다.

어렸던 브라이언은 내가 말없이 웅크리고 있으면 내 앞에 불쑥 손 내밀기를 좋아했다. 그 손엔 어머니가 만드신 쿠키이거나 캔디가 있었다.

'애나, 나랑 같이 먹어.'

브라이언은 결코 '애나, 먹어.' 라고 하지 않았다.

'나랑 같이 먹어.'

그것은 '내가 네 곁에 있어.' 라는 의미란 것을 어렸던 나도 느낄 수 있었다. 쿠키나 캔디에 스민 브라이언의 따뜻한 심성이었다. 그 것은 내가 학교에서 마이클에게 놀림과 야유를 받고 있었을 때는 구체적인 힘으로 발휘되곤 했었다.

그랬으므로 그 방법, 마침내 수아의 마음을 열도록 한 브라이언의 그 자상했을 방법을 나는 어렵지 않게 상상할 수 있었다.

"브라이언이 왜 세헤라자데를 포기했을까?"

궁금증을 이기지 못한 어머니가 수아를 재촉하셨다.

"브라이언이 말했어요, 목숨 건 게임처럼 하는 건 사랑이 아니죠. 난 내 방법으로 하려고요, 하고."

어머니의 두 눈이 호기심과 기꺼움으로 반짝이기 시작했다.

'난 내 방법으로...'

어머니의 두 눈이 기꺼움으로 반짝일 때 나는 브라이언이 했다는 그 말에 붙잡혀 있었다. 수아를 향한 브라이언 방법의 사랑을 의미했기 때문이었다.

뒤틀리고 있던 내 속에 불길이 붙으며 타오르기 시작했다.

'수아는 지금 날 시험하고 있는 걸까, 의도적으로?'

마치, 내 속의 타다만 눈물 젖은 사랑을 태우기 전에 당치않은 질투심부터 먼저 태워 없애야 할 거라며 수아가 날 시험하는 것만 같았다.

"그리고, '나랑 캐나다에 가요, 수아.'라고 말했어요."

"어머나, 그거 프러포즈잖아!"

갑자기 어머니가 호들갑스럽도록 큰 목소리와 함께 손뼉을 치셨다. 감동한 어머니는 눈물까지 글썽이셨다.

'나랑 캐나다에 가요, 수아.'

바로 이 말을 하고 싶어서였나 보았다, 수아가 갑자기 반전으로 긴장을 조성하며 어머니와 나의 궁금증을 유도한 이유는.

수아의 화법은 성공한 셈이었다. 어머니는 자식 내외의 일로 기꺼움에 눈물까지 글썽이시고 나는 질투의 불길에 휩싸여 전신이 타들어가는 고통에 빠졌기 때문이었다.

그들의 사랑의 불길보다 뜨겁게 솟구치는 내 질투심대로라면, 이 참담한 심정대로라면, 제발 그만하라고 소리라도 치고 싶은데 나는 말도 손발도 다 묶여버린 상태였다. 그렇게 말도 손발도 묶인 채 타오르는 대로 방치하노라면 내 가슴은 절로 재의 무덤이 될 것 같았다.

실은 이것은 내가 자초한 일이었다. 완강하던 경계선 앞에서 그러함에도 한 번쯤 뛰어 넘을 시도라도 했어야 했는데 나는 늘 어머니가 그으신 경계선만 생각했었다. 어머니의 경계선보다 더 완강하던 것이 나 스스로 그은 한계란 선이었다. 뛰어넘으려던 브라이언마저 돌아서게 한, 바로 내 탓이었다. 지레 주저앉아버린 나의 무엇을 믿고 브라이언 홀로 순리를 뒤집을 시도를 고집할 수 있었을까? 그러함에도 불붙듯 솟구치는 내 속의 질투심은 필경 당치 않은 사랑에의 대가이리라. 그러므로 나는 태워야 하는 것은 모조리 태워 내 가슴이 식은 재의 무덤이도록 해야 했다.

"우리 브라이언, 멋지지 않니, 애나야?"

어머니가 다시 당신의 감탄에 날 끌어들이셨다. 오늘따라 내 심정

따위는 아랑곳하지 않으시는 어머니가 오히려 첫사랑에 빠진 소녀 같았다.

　나는 대답도 잊은 채 참담한 심정으로 생각하고 있었다, 다만 다 타서 차가운 재가 되기 전에 어떤 방법으로든 내 첫 사랑과의 이별 은 하고 싶다고. 그리고 가슴 깊이 묻어두고 떠나야 한다고.

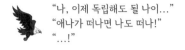
"나, 이제 독립해도 될 나이..."
"애나가 떠나면 나도 떠나!"
"...!"

6.
그 새벽의 이별 식

온타리오의 긴 겨울이 깊어갔다.

호수를 훑어온 삭풍에 땅에다 뿌리 내린 산 것들이 부러질 듯 휘둘릴 때에도 유독 꼿꼿한 무리가 있었다. 모두가 개체적일 때 살아도 같이 살고 죽어도 같이 죽자며 잔가지 하나도 방치하지 않고 팔에 팔을 껴 결속한 행렬, 바로 포도나무였다. 매일 칼바람이 휘몰아치고 눈이 무릎을 덮어도 포도나무는 앙칼지게 버텼다.

어두운 겨울 하늘 빛깔을 한 온타리오 호수는 아무리 눈이 와도 희어질 줄 몰랐다. 바람이 심한 날, 멀리서부터 물이 켜켜로 몰려와 집 앞 언덕을 후려친 후 그 자리에서 쓰러질 때야 호수도 비로소 허연 거품을 토했다.

그러나 겨울이 깊어갈수록 집안은 따뜻하고 화사했다. 파이어 플레이스는 저 홀로 꺼졌다 타오르기를 거듭하며 집안 온도를 지키고 있고 수아가 아기를 가졌다는 소식은 집안 분위기를 더욱 화사하게 했다. 늦여름에 태어날 아기라고 했다.

"잊지 마라 브라이언, 내일 새벽이다."

아버지는 브라이언에게 한 번 더 큰 소리로 내일 이른 새벽에 있을 아이스와인을 위한 포도 수확을 당부하셨다. 꼭 브라이언이 가지 않아도 인부들이 알아서 하는 일이지만 이미 수 년 째 브라이언은 겨울 수확에 손을 보탰었고 그것은 내가 충동질한 탓이었다.

포도가 단맛을 만들어 갈 즈음에 포도나무 골을 따라 쳐 둔 그물 안에서 얼었다 녹기를 거듭하며 맛을 농축한 포도를 내일 새벽에 수확할 것이어서 인부들이 오면 브라이언은 주인으로 동참을 할 계획이었다.

"애나도 갈 거지?"

아버지의 말에 브라이언이 잠시 날 돌아보았다.

그러나 나는 아무 대답을 할 수 없었다. 이제 브라이언을 충동질해 따라나서던 그 때가 아니기 때문이었다.

브라이언이 돌아보는 이유를 나는 알았다. 브라이언이 코리아에 가기 전까지 이맘때가 되면 함께 이 날을 기다렸었고 새벽에 인부들과 함께 포도 수확에 동참했기 때문이었다. 아버지와 어머니는 춥다고 말리셨지만 내가 브라이언을 충동질했다. 브라이언과 함께 하고 싶어서였다. 헤드램프(headlamp)를 두르고 몇 겹의 옷에 두꺼운 장갑을 끼고 눈이 겹겹이 쌓인 이른 새벽에 언 포도를 수확하는 일이었다.

"어느 한 해에는 11월에 기온이 영하 10도, 11도로 내려가 수확을 해야 했단다. 아주 환상적이었어. 미처 새 떼들이 오기 전이었고 나쁜 날씨도 피할 수 있어서 그만큼 더 수확을 할 수 있었지."

포도농사 30년 만에 처음 있던 일이라고 아버지는 말하셨다.

보통 영하 8도에서 영하 12도로 3일간 지속되면 수확할 때가 된 것이다. 익은 포도가 얼고 녹고 또 얼기를 거듭하면 단맛이 농축되었다.

포도는 일에 효율적인 기계로 수확하지만 겨울 포도 수확만큼은 일일이 손이 가야했다. 그리고 포도가 언 상태이므로 재래식 압축기를 써서 강하게 짜야 즙이 나왔다.

코와 귀 끝이 얼고 손가락에 감각이 없도록 이른 새벽의 눈 속에서 포도 따는 일을 했어도 마음은 더웠었다. 곁에 브라이언이 있어서였다. 우리는 포도를 따며 깔깔 웃고 아닌 척하며 서로에게 기대고 서로를 느꼈었다. 때로는 추위에 웃음소리도 얼어버렸다. 입이 얼어붙기 때문이었다. 너무 추워서 오래 할 수 없는 일이지만 매서운 추위보다 강하던 것이 브라이언과 내 마음이었다.

그 깊은 새벽의 연중행사를 올 해라고 그냥 지나칠 수 없는데 그래서 브라이언은 나가야 하고 그래서 날 돌아보는데 나는 고개를 끄덕이지 않았다. 이유가 없어졌기 때문이었다. 손발이 얼어붙는 것 같고 몸이 눈사람이 되는 것 같은 추위를 무릅 쓸 아무런 이유가 없기 때문이었다. 브라이언은 더 이상 나의 브라이언이 아니기 때문이었다.

"애나는 안 갈 거냐?"

내가 아무 대답을 않자 아버지가 재차 물으셨다. 브라이언은 가는데 애나 네가 왜 갈 생각을 않니, 하는 아버지의 말이었다. 아버지에게 브라이언이 가는 곳에 내가 가는 것은 당연한 일이었다.

'브라이언과 나, 당연한 일이었지. 근데 지금은 왜 주저하니?'

문득 나 자신에게 묻는데 마음의 충동이 일었다, 그래, 가는 거야 예전처럼, 하고. 더 이상 나의 브라이언이 아니지만 그렇다고 피할 필요까지는 없었다. 나는 누나이므로 동생과 가면 되는 일이었다.

"갈게요, 아버지."

나는 갑자기 좀 명랑하게 대답했다.

부모님이 브라이언과 내가 다시 예전처럼 새벽 포도수확에 가는 일을 예사롭게 여기시는 이유는 어쩌면, 이제는 브라이언과 내 앞에서 명징하던 경계선을 지워도 어차피 수아란 존재가 경계선 역할을 하기 때문인지도 몰랐다.

바람이 호수 품에서 새벽잠에 들었던지 사위는 고요했다. 농장에 당도했을 때 이미 인부들이 골을 따라 서 있었다.

"굿 모닝!"

브라이언이 먼저 와 기다리던 인부들에게 인사를 하자 자다가 일어났을 인부들은 영하의 추위에 어둔한 차림을 한 채 '굿 모닝!' 이라고 답했다. 어둠 속에서 인부들의 머리에 두른 헤드램프만 어둠을 밝히고 있었다. 브라이언과 나, 그리고 그들은 하나 같이 눈사람처럼 두터운 옷차림에 둥근 나무통을 앞에 두고 있었다.

"시작할까요?"

브라이언이 말하자 사람들은 들고 있던 나무통을 포도나무 가까이 놓고 조심스럽게 그물을 올려 속에 든 언 포도를 따기 시작했다. 아이스와인 용 포도는 전체 포도 수확에 비하면 아주 적은 분량이지만 분량이 적어서 더 귀한 술이 아이스와인이었다.

초봄에 가지를 치거나 묶어줄 때 포도나무 행렬에 서서 일을 할 때 인부들은 크고 작은 소리로 서로 얘기를 나누지만 아이스와인용 포도를 수확할 때는 다들 말이 없다. 평소 같으면 잠자리에 있을 이른 새벽이기도 하지만 추위 때문일 것이었다. 손이 굳고 입이 얼어붙는 추위여서 설령 뭔가 말을 한다고 해도 소리가 입을 벗어나면서 얼어버렸다.

이미 며칠 째 내린 눈에 언 포도송이들은 무지근했다. 가을햇볕에 잘 익은 포도는 눈 속에서 얼었다 녹기를 거듭하며 더 깊은 맛과 향을 품었을 것이다.

나는 그물을 젖히고 포도를 따 나무통에다 담았다.

그물은 새들로부터 포도를 보호하기 위한 장치였다.

가을추수를 앞두고부터 들판엔 늘 새 떼가 극성이었다. 새들은 떼로 몰려다니며 단맛이 든 포도를 먹었다. 새떼를 쫓기 위해 버드 뱅어(Bird Banger)를 설치해 규칙적으로 총소리를 내게 하지만 무심코 있다가는 사람도 놀랄 소리여도 이미 총소리에 길들여진 새들은 잽싸게 푸르르 날아올라 다른 농장 포도가지에 앉아 단맛을 즐겼다.

포도농장이 끝이 없듯 새들도 지천이었고 아직도 수확을 기다리는 언 포도가 손길을 기다리고 있었다.

　브라이언과 나는 인부들 틈에서 어둔해지는 손을 자꾸 움직여 포도를 따 나무통에다 담았다.
　"춥지, 애나?"
　"참을 만 해."
　나는 브라이언의 입김을 느끼며 포도송이에다 눈길을 주고 있었다.
　"괜찮겠어?"
　전엔 브라이언과 내가 추울수록 얼어서 어둔한 발음으로 계속 뭔가를 말하며 포도를 땄어도 아무 일 없었는데 브라이언이 날 염려했다.
　"처음 아니잖아. 난 괜찮아, 브라이언."
　그러나 나는 처음 아니어서 내가 춥지 않다며 둘러댔다. 나는 몹시 사무적이었다. 브라이언이 날 바라보고 있다는 느낌이 들었지만 모른 척했다.
　어느 한 순간 내가 고개를 돌렸는데 내 헤드램프 불빛에 비친 브라이언의 눈이 날 바라보고 있었다. 브라이언이 내 사무적인 언어를 낯설어하고 있었음이 분명했다.
　'아니면 내가 뭘 어떻게 해야 해, 브라이언?'
　내가 브라이언의 눈을 방치한 채 포도송이에다 손과 눈길을 주며 생각하고 있었다. 브라이언이 아무 것도 하지 않는 느낌이 내게로 전해왔다. 그물 속의 포도송이에다 손을 둔 채 가만히 날 바라보고 있었다.

브라이언의 눈을 감당할 수 없을 것 같아 나도 고집스럽게 시선을 포도송이에다 두었다. 그물 속의 언 포도송이가 얼른 빠져나오지 않았다. 포도송이가 그물 사이에 걸렸는지도 몰랐다. 어쩌면 그물이 아니라 내 마음이 뒤틀렸을지도 몰랐다. 뒤틀린 마음이 그물에 갇힌 포도송이처럼 얼어붙었으리라. 내가, 그물 안에서 빠져나오지 않는 포도송이에다 골몰을 하고 있었다.

"미안해, 애나."

브라이언이 포도송이에서 손을 거두며 말했다. 내가 내 감정을 이기지 못해 그물에 걸린 언 포도송이 하나에 성질을 내고 있다고 여길 것이었다. 아니라고도 할 수 없었다.

속에 가둬둔 할 말은 쌓였는데 터놓을 방법이 차단된 상태였다. 수아가 내 눈 앞에 있는 것으로 말문은 이미 막혔는데 그래도 나는 웃어야 하고 다정한 대화를 해야 했다, 그물 속에 갇힌 언 포도송이 같은 심정으로.

이미 일손을 놓은 브라이언이 날 바라보기만 하고 있었다.

"미안해하지 마, 브라이언."

눈길은 그물에서 빠져나오지 않는 포도송이에다 둔 채 내가 말했다.

실은 누구의 잘못도 아니어서 누구를 탓할 수도 없었다. 불발된 사랑의 후유증은 시간이 지나면 아물 것이고 다만 그 시간 동안 우리에게 익숙하지 않은 서로의 모습은 이해해야 하리라, 사랑의 대가를 치르는 중이므로.

"나, 미안해서 정말 미안해서.."

브라이언이 자꾸만 미안을 말했다. 코리아에서 수아와 돌아온 후 처음으로 하는 속엣 말이었다.

"우리는 가야할 각자의 길을 가고 있어. 시간 지나면 다 괜찮아질 거야."

말은 그렇게 하고 있었지만 실은 내게도 이 상황은 너무 낯설었다. 브라이언이 내게 미안하다고 말하는 이 시추에이션, 내가 한 번도 브라이언을 미안하게 만들고 싶었던 적 없었고 브라이언은 내게 미안해야 한다고 생각조차도 한 적 없음에도 어쩔 수 없이 맞고 있는 이 낯선 시추에이션은 어렸을 때부터 너무나 두려워한, 그래서 피하고 싶던 그 '낯섦'의 느낌보다 내게 더 지독했다. 나는 이 지독한 상황에서 벗어나고 싶었다.

"나, 떠나려고 해, 브라이언."

나는 신중히 계획하고 있는 내 심중의 말을 드러냈다. 부모님께 먼저 말씀드리는 것이 순서였지만 이 불편한 상황이 나로 하여금 예정에 없던 말을 불쑥 드러내도록 했을 것이다.

사실 독립을 할 이유는 충분했다. 나로 인해 브라이언과 수아가 불편해지는 일을 내가 원하지 않았고 나도 그러했다. 그리고 나도 이젠 독립해도 될 나이였다.

"안 돼, 애나!"

그런데 브라이언이 대뜸 소리치며 투박한 장갑을 낀 손으로 내 어깨를 잡았다. 우리 둘의 머리에 둘러진 헤드램프 불빛이 서로의 얼굴을 비추고 있었다. 내 헤드램프 불빛에 비친 브라이언의 표정이 몹시 화가 난 것 같기도 하고 당황해 하는 것 같기도 했다. 인부들은 이미 저들이 맡은 몫을 따라 저만치 앞서 가고 있었다.

"나, 이제 독립해도 될 나이..."

"애나가 떠나면 나도 떠나!"

"...!"

마치 기다렸다는 듯 브라이언이 내 말을 잘랐다. 그리고 '나도 떠나!'란 말로 브라이언이 내 입에다 재갈을 물린 것 같았다.

내 헤드램프 불빛에 비친 브라이언의 눈빛은 목소리만큼이나 단호했다. 마치 큰 가방을 앞세우고 코리아로 나서던 그 때의 브라이언 같았다.

'그럼 나 어떡할까, 브라이언?'

내가 눈빛으로 브라이언에게 대들었다. 대드는 눈앞으로 큰 가방을 앞세우고 집을 나선 브라이언이 스쳐지나갔다. 그리고 또 아들을 보내야 하는, 우시는 어머니의 모습이 따라 지나갔다.

나는 브라이언을 안다, 헛말은 하지 않는다는 것을. 집 떠나는 일이라면 정말 그렇게 한다는 것을.

온타리오 호수를 훑어온 삭풍이 고랑사이를 할퀴던 그 모진 추위 속에서도 까르르 웃으며 장난치며 긴 포도나무행렬을 따라 언 포도를 딴, 그 더운 마음들은 다 어딜 가고 이렇게 '미안'이, '떠난다'는 말이 우리 앞에 삭풍보다 차가운 기운으로 서걱거리는 것이 슬펐다. 이미 다 타 재가 되었다고 믿은 희나리가 여태 남아 이젠 브라이언을 맵게 하고 있는 이 사실도 나는 싫었다. 언제 어디로 떠날 것인지 생각 중이었어도 브라이언 앞에 그렇게 불쑥 드러낼 계획은 정말 없었다.

"나, 집에 갈게 브라이언. 그래도 되지?"

내 어깨를 잡은 채 바라보는, 내 헤드램프 불빛에 비친 브라이언 눈을 바라보며 말했다. 내가 들어가야 브라이언이라도 인부들을 따라 일을 할 것 같았다. 더구나 주인이었다.

"노! 가지마. 그러지마, 애나."

추우므로, 그리고 마음도 편치 않을 줄 알 것이므로 가라고 할 줄 알았는데 브라이언이 '노!'라고 했다. 가지 말란다고 정말 오도 가도 못하는 심정이 되어 브라이언을 바라보았다.

브라이언의 말을 거역하는 일에 나는 적어도 지금까지는 전혀 익숙하지 않았다, 단 한 번 브라이언으로 하여금 코리아로 떠나게 한 그 일 외에는. 그것은 브라이언도 마찬가지였다,

"떠난다는 말, 다시는 하지 않는다는 약속부터 해!"

브라이언이 날 다그치고 있었다. 마치 떼를 쓰는 것 같았다.

떼, 내가 기억하는 브라이언의 그 떼.

스쿨버스에서 내려 집으로 가던 길에 날 업고 가겠다며 길 가운데 버티고 앉아 업히라던, 업히지 않으면 안고 간다던, 그 떼가 그림과 함께 지나갔다.

사무치도록 그리운 시절의, 나만 아는 브라이언의 떼였다.

모두가 지난 일이었다.

'떠난다는 말로 나는 지금 브라이언을 고문하고 있을까?'

내 고통만큼 너도 겪어봐라, 란 심정으로 그렇게 브라이언을 괴롭게 하고 있을까?

나는 그럴 마음이 전혀 없다, 예전에도 지금도 그리고 앞으로도. 그가 브라이언이므로.

"알았어, 안 그럴게, 브라이언."

그것이 브라이언의 떼였으므로 나는 또 마치 말 잘 듣는 아이처럼 안 그런다며 고개부터 흔들었다. 마치 오래 전 그 때의 브라이언과 나 같았다.

"애나!"

브라이언이 급히 장갑을 벗었다. 마치 옷을 벗는 것 같았다. 그리고 언 맨손으로 내 얼굴을 감쌌다. 브라이언의 손이 찬지 내 얼굴이 찬지 알 수 없었다. 그리고 그 팔로 날 안았다. 안은 팔에 힘을 주더니 언 얼굴을 내 뺨에다 비볐다. 눈물이 브라이언과 내 뺨에서 살얼음이 되어 미끄러웠다. 눈물의 살얼음에 미끄러진 브라이언의 입술이 내 입술에서 멈췄다.

"브라이언!"

"아, 애나!"

우리는 서로의 이름으로 신음했다. 그리고 나는 기꺼이 브라이언의 입술을 만났다. 만나며 생각했다, 이제는 브라이언을 보내 준다, 보내줘야 한다, 하고. 그리고 다시는 남자로는 없을, 영원히 동생으로 남을 브라이언을 떠나보내기 위해 치르는 이 의식만큼은 내 맘 속에다 죄의식으로 남기지 않을 작정이었다.

나도 장갑을 벗은 맨 손으로 브라이언의 얼굴을 쓰다듬었다. 그리고 브라이언의 눈을 들여다보며 말했다.

"안녕, 브라이언!"

"안녕, 내 사랑, 애나!"

울면서 브라이언과 나는 다시 부둥켜안았다. 그리고 이별했다.

여섯 살 그 때, 다섯 살이던 브라이언 그리고 부모님과 페루 그 곳에서 처음 본 후, 이듬해에 가족이 되어 지금까지 함께 한 삶이었다. 누나와 동생으로 맺어졌지만 자라면서 부모님이 그은 경계선을 수시로 넘나들며 서로의 마음속에다 아무 것도 두지 않고 오직 서로만 바라보다가, 그것이 필연일 줄 알다가, 그 경계선 앞에서 주저앉았다가, 이제야 '미안'을 말하고 '안녕'을 말해야 하는 순간을 맞은 것이었다.

나는 이 이별의 의식을 적어도 부모님께는 용서 받고 싶었다, 어렸던 그 때부터 서로가 서로 밖에 모른 채 자라도록 한 부모님에게도 책임이 없다고는 할 수 없으므로.

'안녕, 브라이언.' 그 한 마디로 내 인생을 훑은, 훈풍이었고 열풍이었던 그 바람은 삭풍이 되어 사라졌다. 그리고 바람으로 온 내 첫사랑의 기억을 나는 내 가슴 깊은 곳에다 묻었다.

"소문이라뇨?" 브라이언이 따지고 들었다.
궁지에 몰린 것 같던 디에고가 갑자기 고개를 치켜들었다.

7.
소문이 있었네

집은, 브라이언이 고른 태교를 위한 잔잔한 음악과 수아의 건강과 입맛을 위한 음식 냄새, 그리고 어머니의 수다와 아버지의 너털웃음으로 넘쳤다. 적적하던 집안에다 브라이언과 수아가 화사한 웃음소리와 흐뭇한 기다림의 꾸러미를 풀어놓은 것 같았다.

브라이언과 아버지가 매장으로 출근하고 나면 어머니는 수아와 날 앞에 두고 이야기 나누기를 즐겨하셨다. 딸과 며느리를 앞에다 두고 있을 때는 어머니가 오히려 소녀 같았다.

'그 때 배로 부모님과 영국에서 캐나다로 이민을 오던 중이었어. 내가 배 멀미를 심하게 했단다.'

어머니 나이 열다섯이었는데 배를 처음 탔다고 했다. 나는 이미 들어 알고 있던 아버지와 처음 만났을 때의 이야기는 수아를 위한 거였다. 어머니와 함께 브라이언이 장가들면 줄 이불을 만들고 있었을 때, 다른 색깔의 천을 자르고 이어 큰 꽃이도록, 그래서 신혼의 이불이도록 하던 그 길고 긴 바느질 시간에 이미 들은 이야기였다.

'배 멀미에 시달려 기진맥진한 채였는데 한 청년이 다가오더니 뭘 하나를 내미는 거야, 이거 한 번 입에 물고 있어보라며. 내가 멀미하는 걸 눈여겨봤던 가봐. 민트 향이 나던 사탕이었어.'

수아는 처음 듣는 어머니의 사랑 이야기라 그 우물 같은 눈을 동그랗게 뜬 채 어머니를 주시하고 있었지만 이미 스토리를 다 알고 있던 나는 다른 장면을 떠올리고 있었다. 낯설어 늘 눈물을 글썽이고 있던 내게 '나랑 같이 먹어, 애나.' 하면서 내밀던 브라이언의 작은 손, 그 손바닥 속의 캔디와 쿠키, 그리고 브라이언의 따뜻한 심성과 다정한 마음은 분명 아버지로부터 물러 받았으리라는 생각이었다.

'민트 향이 입속에 퍼지면서 속에서 느글거리던 멀미를 쫓는데 내가 그 사탕을 깨물어 먹을 수가 없었어. 사탕이 녹아 없어질까 봐 가만히 물고 있었어.'

어머니는 박하사탕의 그 때를 그리워하듯 실눈을 뜬 채 물비린내를 품기 시작한 창 너머 호수를 바라보았다.

'인연은 그렇게 오는 건가봐, 아닌 것처럼 사소한 것으로 와서 가장 소중한 것이 되는…. 그 사탕 하나의 인연으로 브라이언을 얻고 애나를 얻고 할머니가 되도록 함께 살게 될 줄을 누가 알았겠니?'

아닌 것처럼 사소한 것으로 와 가장 소중한 의미가 된 인연. 그 부분에서 처음 들었던 그 때나 지금, 나는 여전히 어머니가 부러웠다.

이루어진 인연을 되돌아보며 행복한 음미를 하고 계셨기 때문이었다.

'그런 어머니가 추리 하우스에서의 그 일은 왜 이해하지 못하셨을까?'

'누나와 동생으로 자라게 하는 것밖에 몰랐다,' 라고 하셨지만 내 마음 깊은 한 곳엔 서운함이 없지 않았다. 그러나 차마 드러낼 수는 없는 감정이었다.

브라이언은 마음에 둔 말을 다 쏟아놓을 수 있었지만 나는 그럴 수 없었다. 아무리 부모님이 나를 딸로, 브라이언의 누나로 알도록 키우셨지만 내가 넘지 못하는 선은 분명히 존재했고 그것이 내 한계였다. 바로 브라이언처럼 부모님께 덥석 안겨 어리광으로든 어깃장으로든 하고 싶은 말을 다 하지 못한 것이었다. 그것은 어쩌면 부모님이 만든 것이 아니라 내가 만든 것인지도 몰랐다.

'얘들아, 내가 말이다, 우리 아기가 내 아름답던 시절은 다 잊게 하고 할머니로만 만들면 어쩌나 염려했거든? 그런데 아니야. 상당히 괜찮아, 이 기분. 너희들은 아마 모를 거야. 뭐랄까, 다 가진 느낌? 태어날 내 손자가 나를 완성시켜주는 느낌이랄까?'

어머니의 표정엔 정말 다 가져 마음껏 누리는 사람의 여유와 흡족함이 스며있었다. 자신이 완성되어가고 있다고 말할 수 있는 사람이 세상에 얼마나 될까? 그 한마디로 브라이언 내외와 아기로 인해 어머니가 얼마나 행복하신지 나는 짐작할 수 있었다.

햇살이 점점 방 깊숙이 파고들자 나는 자주 내 방의 창을 열었다. 온타리오 호수를 쓰다듬은 한결 순해진 바람이 불어 와 얼굴을 쓰다듬었다. 봄기운이었다.

자메이카에서 멕시코에서 겨울을 나고 온 인부들은 이미 포도농장 일을 시작했다. 그들은 지난 한 해 동안 웃자란, 겨우내 바람에 흐트러진 가지들을 묶어주고 전정하였다.

먼눈으로 보면 그냥 햇빛 가리개 모자를 쓰고 아주 고요히 서 있는 것 같지만 그들은 바삐 손을 움직이듯 입도 바쁘다. 두고 온, 적어도 시월 말까지는 볼 수 없는 식구들 이야기를 할 터였다. 배부른 아내를 두고 온 젊은 남편은 아내 이야기를 할 것이고 어린 것들을 두고 온 아버지는 눈에 밟히는 자식들 얘기에 바쁠 것이었다.

디에고라는 청년은 멕시코에서 온 인부들 중의 한 사람이었다.

농장에서 일하는 인부들과는 말을 나눌 기회가 없지만 디에고는 달랐다. 그는 농장일이 없는 주말엔 집에 와 울타리 전정을 하기도 하고 잔디를 깎거나 정원을 돌보았다. 화초를 돌보는 일은 주로 어머니와 내가 감당했지만 힘에 부치는 큰일은 디에고에게 맡겼다. 이미 몇 년 째 디에고의 성실한 모습을 지켜보신 아버지가 집일까지 맡기신 것이었다. 특히 볕에 금방 자라는 잔디를 디에고가 정성껏 깎고 나면 앞 뒤 뜰에다 초록 카펫을 깔아놓은 것 같았다.

디에고는 이미 여러 해 째 때 되면 멕시코에서 와 이곳 농장 일을 하고 시월 말경에는 자기 나라로 돌아가기를 되풀이 하는데 일만 할 뿐 과묵했다. 잔디를 깎거나 담장을 다듬으면 어머니가 챙기신 시원한 마실 것을 들고 나가 디에고에게 건네는 건 내 일이었다. 내 앞에서도 디에고는 싱긋 한 번 웃는 것이 다였다.

'식구처럼 대해야 자기 일처럼 한단다.'

어머니도 아버지도 사람을 편안하게 대하니 디에고도 자신의 일처럼 눈에 띄는 바깥일은 알아서 정리했다. 그 디에고가 언제부턴가 뜰에서 잠시 스칠 때 깊게 바라본다는 걸 나는 느끼고 있었다.

'잘 있었어요, 애나?'

과묵한 디에고가 그 날은 말을 걸었다. 그것은 한 번도 없던 일이어서 나도 걸음을 멈춰 디에고를 바라보았다. 검은 눈이 뭔가를 말하고 싶어 한다는 느낌을 받았는데 한다는 말이 잘 있었느냐는 것이었다.

어쩌면 디에고가 내게 친근감을 느꼈을지도 모르겠다는 생각을 했다. 페루에서 온 나와, 멕시코에서 온 디에고였다. 피부 빛깔, 검은 머리칼, 이목구비가 비슷했다. 그리고 무엇보다도 나와 디에고 둘 다 집을 떠나 타향에서 살고 있다는 공통점을 두고 있었다.

'아, 디에고, 어머니 건강은 어떠셔요?'

마실 것을 건네면 고맙다며 겨우 싱긋 한 번 웃는 것으로 대신하던 디에고가 처음으로 말을 붙여서 나도 엉겁결에 디에고 어머니의 안부를 물었다. 지난해에 농장의 일을 다 마치고 멕시코 고향으로 돌아가기 전에 인사하러 온 디에고가 한 말이라고 어머니가 들려준 말이었다, 홀어머니가 편찮으시다고, 겨울 동안 어머니 곁에 있게 되었다고.

그런데 갑자기 디에고가 눈물을 글썽이면서 입을 꾹 다물었다. 뭔가 속에 찬 것을 억누르는 것 같은 얼굴이었다. 그리고 말했다, 어머니는 돌아가셨어요, 하고.

'어쩌나!'

엉겁결에 어머니의 안부를 물은 것이 미안했다.

'내가 곁에 있을 때 돌아가셔서...'

자신이 곁에 있을 때 어머니가 돌아가셔서 그나마 불행 중 다행이란 말을 하려는 것 같았다. 나는 더 이상 무슨 말로 디에고를 위로해야 할 지 알 수 없었다. 디에고와 대화를 나누고 있는 자체가 뜻밖의 일이었다.

'고마워요 애나, 안부 물어줘서.'

눈물이 핑 돈 검은 두 눈이 흡사 마리오 오빠의 것 같았다. 마리오 오빠도 말수가 적고 말이 적으니 생각이 깊었다. 오빠가 소리 내어 말을 하지 않아도 그 눈빛만으로 나는 오빠의 마음을 읽을 때도 있었다. 마리오 오빠처럼 말을 아끼던 디에고가 해야 할 말은 할 줄 아는 사람이구나, 하고 생각했다.

집안으로 들어가는 나를 디에고가 바라보고 있다는 것을 나는 또 등으로 느끼고 있었다.

오늘은 일요일이라 농장일이 없어서인지 디에고가 앞뒤 뜰에서 잔디 깎기 기계(Ride On Lawn Mower)를 운전하고 있었다. 기온이 점점 올라갈수록 잔디가 더 왕성하게 자라서 디에고는 농장 일이 없는 주말에는 꼭 잔디 기계를 몰고 다녔다.

어머니는 수아를 데리고 아기 용품을 사러 가셨고 아버지와 브라이언은 와이너리에 갔다.

'미안하다, 애나야 우리끼리 가서. 이담엔 너도 가자.'

어머니는 행여 내가 서운해 할까 마음 쓰다듬는 일도 잊지 않으셨다. 어머니와 수아가 외출한 후 모처럼 혼자가 된 나는 동네 도서관에서 빌려온 책을 펼쳐들었다.

잔디 깎기 기계 소리가 일요일 대낮의 고요를 휘저었다. 오늘따라 바람 없는 고요한 호수가 우레 같은 기계소음에 놀라 파도라도 일으킬 것만 같았다. 앞뜰을 다 마치고 집 뒤뜰, 호수를 바라보며 기계를 몰고 다니는 디에고의 귀는 덮여 있었다. 소음 대신 음악을 듣고 있을지도 모르겠다.

겨우내 성장을 멈췄던 잔디가 봄 햇살에 초록으로 마구 자라다가 디에고가 몰고 다니는 기계에 잘려나가면서 풀냄새를 뿜었다. 호수의 비릿한 물 냄새와 잔디가 뿜는 풀냄새가 어우러져 봄의 향이 되었다.

읽던 책을 덮고 나는 마실 것을 준비했다. 평소 디에고가 일을 하면 꼭 음료를 챙기시던 어머니를 대신하는 일이었다. 나는 음료 쟁반을 든 채 물끄러미 디에고를 바라보다가 다시 호수를 바라보며 잔디 깎기가 끝나기를 기다렸다.

바람 없는 온타리오 호수는 내려앉은 구름 없는 하늘같았다.

내게 온타리오 호수는 페루의 티티카카 호수다, 안데스 설산의 눈

녹은 물이 흘러 이룬 남아메리카에서 가장 높은 곳에 위치한 하늘 호수.

아버지는 티티카카호수에서 뚜르차를 잡아다 팔았다. 팔다 남은 뚜르차로 엄마가 요리를 했고 마리오 오빠는 가끔 말했다, 아버지가 뚜르차를 매일 다 팔지 않으면 좋겠다고. 나는 오빠가 한 말이었으므로 '나도 그래', 하고 오빠의 말에 고개를 끄덕이는 것으로 보태곤 했다.

브라이언과 가족이 된 후 아버지를 따라 브라이언과 낚시를 간 적이 있었다. 아버지는 멀리는 집에서 한 시간 가량 걸리는 이리 호수에 가거나 가까운 나이아가라 강에서 낚시를 했다. 이리 호수에서는 주로 펄치라는 작은 고기를 숫자에 상관없이 잡았는데 베쓰나 선 피쉬는 정해진 숫자보다 많이 잡으면 불법이었다.

아버지는 고기를 잡은 후 도로 물에다 놓아주셨다. 아버지는 브라이언과 날 데리고 다니며 낚시하기를 즐기셨을 뿐이었다.

'내가 어렸을 때 아버지와 엉클이 낚시를 가면서 날 데리고 가기를 좋아하셨단다. 어른들은 라이선스를 가져야 하고 블랙 베쓰 같은 것은 한 사람마다 6마리씩 잡을 수 있었지. 그 때 나는 어려서 라이선스 없이 어른들을 따라 가 6마리를 잡을 수 있었어. 내 몫으로 6마리를 더 잡을 목적으로 날 데리고 가셨는데 나는 한 마리도 잡지 못했단다.'

잡은 물고기를 도로 놓아주며 아버지가 어렸을 적의 일을 들려주시면 나는 티티카카 호수에서 잡은 뚜르차를 시장에 들고 가 파시던 페루의 아버지를 생각했고 미처 팔지 못한 것은 요리를 하던 엄마를 떠올렸다.

　그렇게, 온타리오 호수가 티티카카를 부르면 티티카카 호수는 이젠 오래되어 희미해져가는 엄마와 아버지, 그리고 마리오 오빠에 대한 기억을 불렀다. 삼뽀냐 연주는 자꾸만 흐려지는 일곱 살 전까지의 기억의 끈을 놓지 않으려는 내 몸부림이었다.

　오늘따라 온타리오 호수는 구름 한 점 없는 하늘을 떼어다 깔아놓은 듯 고요하고 디에고가 운전해 다니는 잔디 깎기 기계가 만드는 소음만이 일요일 낮을 흔들었다.

　"애나!"

　손에 음료 컵을 얹은 쟁반을 든 채 호수를 바라보며 티티카카와 식구들을 생각하느라 디에고가 잔디 깎기를 멈추고 날 바라보고 있다는 사실도 잠시 잊고 있었다.

　"애나, 나 기다렸어요?"

　디에고는 귀를 가렸던 소음방지기를 목에다 두른 채였다.

　"디에고, 다 마쳤어요?"

　그 때서야 내가 음료수 쟁반을 내미니 디에고가 씨익 웃으며 '고마워요, 애나' 하며 컵을 들고 벌컥벌컥 음료를 마셨다.

　"고마워요, 디에고, 늘 돌봐주셔서요."

　디에고가 다 마셔 빈 컵을 돌려줄 때까지 기다리며 내가 말했다. 지난번에 말을 텄다고 디에고와 내가 말을 더 많이 하고 있었다.

　"천만에요. 내가 하고 싶어서 하는 걸요."

　그러면서 또 디에고가 씨익 웃었다. 말도 좀 더 많아지고 웃기도

더 많이 하는 것으로 보아 디에고가 수줍음을 타는 사람은 아닐지
도 모르겠다는 생각을 나는 하고 있었다.

"여기서 뭐해, 애나?"

그 때 호수 쪽으로 난 지하실의 문이 열리면서 와이너리에 있어
야 할 브라이언이 나왔다.

"이 시간에 웬 일이야, 브라이언?"

브라이언은 어려서 지하실에 대한 공포의 경험을 한 후 어른이 된
지금도 지하로 내려가는 일은 썩 좋아하지 않는데 그래서 내가 눈
을 동그랗게 뜬 채 브라이언을 바라보았다.

"집에 뭐 먹을 거 있나 하고 왔지."

어머니와 수아가 쇼핑 간 사실을 알고 있었던 브라이언은 어쩌면
내가 혼자 집에 있을 거라 여기고 이 시간에 온 것일지도 몰랐다.

"하이, 디에고!"

디에고와 인사를 나누는 브라이언의 표정이 그리 밝아 보이지 않
았다.

"애나에게 무슨 할 말 있어요?"

그리 밝은 표정이 아닌 채 하는 사뭇 직설적인 브라이언의 말이
내게 거슬렸다. 어쩐지 디에고 네가 뭔데 애나와 마주보고 웃으며
얘기를 나누냐, 하는 것 같아서 내가 디에고를 한 번 바라보았다. 디
에고도 분명 나와 같은 느낌을 느꼈겠다 싶은 생각을 하니 음료수
한 잔으로 오히려 난처하게 한 것 같아 내가 미안했다.

"예, 내가 애나씨에게 할 말이 좀 있어서요."

그런데 디에고는 한 술 더 떠 엉뚱한 말을 했다, 내게 할 말이 있다

고. 나는 디에고와 브라이언 양쪽을 쳐다보았다. 디에고는 느물거리는 표정이었고 브라이언은 살짝 약이 오른 것 같았다. 디에고가 무슨 생각으로 사실도 아닌 말을 하고 있는지 나는 두 남자 사이에서 난감했다. '노'라고 말 했더라면 간단했을 일에 디에고가 날 난처하게 만들어버린 것만 같았다.

"아, 그래요? 그 할 말 내게 하지 그래요?"

브라이언이 금방 사무적인 입장을 취했다. 그러니까 주인이 부리는 사람에게 하는 말이었다. 그런데 그 말에 나는 왜 어렸을 적의 마이클을 떠올리고 있었을까? 다르다며 따라다니면서 괴롭게 할 때 내가 웅크리고 앉아 버리면 깔깔 웃으며 더 놀리던 그 마이클의 모습을 브라이언에게 언뜻 읽고는 머리를 흔들었다. 차별과 무시의 의미였기 때문이었다.

"애나씨에게 하고 싶은 말을 내가 왜 브라이언에게 해야 해요?"

그런데 디에고는, 놀림을 받고도 아무 말 못한 어렸던 나 같지 않았다. 눈길을 브라이언에게 겨누며 왜? 라고 대들었다, 그것도 느물거리며.

브라이언의 등장으로 분위기가 일순간 예기치 않은 방향으로 전개되자 나는 몹시 난감했다. 아주 오래 전의 그 때처럼 주저앉아 얼굴을 가리고 가만히 피하고 싶었다. 그러나 그럴 수 없었다. 나는 더 이상 그 옛날의 애나가 아니었고 그리고 이 시추에이션은 분명 나 때문에 생긴 것이었다.

"그러니까 그 할 말이 뭐냐고요. 애나에게 사적인 할 말이라도 있다는 겁니까?"

"사적이든 공적이든 그것도 브라이언이 참견할 바 아니죠. 좀 비켜 주실래요, 브라이언? 내가 애나씨와 아직 대화가 끝나지 않아서요."

브라이언은 기어코 디에고를 제압하고 싶어 했고 디에고는 무시하는 것으로 맞받아쳤다.

"애나가 내 누나란 사실 몰랐어요, 디에고?"

"그만해, 브라이언!"

낯선 디에고보다 내가 브라이언을 자제 시켰다. 날 사이에 두고 말로 기 싸움을 하는 것 같은 두 남자의 모습이 내 눈엔 유치하기 그지없었다. 늘 묵묵히 맡은 일만 하는 사람인 줄 알았던 디에고도 다르지 않았다.

무단히 바깥으로 나와 참견하기 시작한 브라이언은 점점 얼굴을 붉히며 감정을 키우는 것 같았다. 디에고의 한 마디도 지지 않는 말대답에 궁경에 몰리고 있는 것 같은 브라이언이 내 눈엔 이미 평정심을 잃은 것 같았다.

"아, 동생이었군요, 브라이언이? 그런데 그 소문은 뭐죠?"

디에고가 난데없는 말을 했다, 소문이라고. 그러니까 브라이언과 나에 대한 소문이란 뜻이었다. 디에고가 아는 나와 브라이언에 대한 소문, 나와 브라이언은 모르는 그 소문이란 것은 도대체 무엇일까? 더구나 디에고가 들었다면 농원에서 일하는 인부들 사이에서는 이미 다 알려진 소문일 것이었다.

'디에고가 날 유심히 바라보는 것 같던 이유가 바로 그 때문이었구나!'

어느 날부터 내 등 뒤에 와 닿는 것 같던 디에고의 시선이 바로 '그 소문 때문'이었겠다 싶은 확신이 내 이마를 치는 것이었다.

나와 브라이언이 동시에 디에고를 쳐다봤고 이번에는 디에고가 자신이 뱉은 말을 잠시 후회라도 하는 듯 입술을 물더니 눈을 질끈 감으며 고개를 숙였다. 디에고가 생각보다 경솔한 사람이란 생각을 나는 하고 있었다.

"소문이라뇨?"

브라이언이 따지고 들었다.

궁지에 몰린 것 같던 디에고가 갑자기 고개를 치켜들었다.

"사람들이 그러더군요, 두 사람 사랑하는 사이라고. 지난겨울 비달 수확 때 함께한 사람들이 한 말이에요. 당연히 소문이겠지만 누나를 위해 조심했어야죠, 브라이언."

어차피 엎질러진 물이다 싶었던지 디에고가 브라이언을 향해 소문에 대해 말했다.

전혀 예상치 않은 디에고의 말을 듣고 있던 나는 눈앞이 아찔해지는 현기증을 느꼈다. 그러니까, 그 날 눈이 겹겹이 쌓였던 그 신 새벽의 농장에서 브라이언과 이별을 한 그 순간이 앞서가며 포도를 수확하던 인부들의 입에서 입으로 소문이 되어 디에고의 귀에 들어간 것이었다.

한 겨울의 포도 수확은 자신의 나라로 돌아가지 않아도 되는, 거주 인부들에 의해 이루어졌다. 그러니까 디에고 말에 의하면, 두 헤드램프가 서로를 비추며 어우러진 그 장면이 인부들 사이에 소문으로 돌고 있었고 우리 집 돌보는 일로 자주 오던 디에고가 예사로 듣지 않고 있다가 누나의 대화까지 간섭하려는 브라이언에게 엉겁결에 말한 것이었다.

"뭘 안다고 저들이... 그렇다고 디에고도 말에 조심성이 없군요!"

예기치 않은 디에고의 말에 놀란 표정이던 브라이언이 애써 평정심을 찾으며 디에고를 나무랐다.

"인정해요. 말이 많았어요, 내가. 하지만 브라이언도 조심해야 할 거요, 보는 눈이 많거든요."

생각보다 순순히 자신을 인정한 디에고가 다시 브라이언을 쳐다보았다. 그 눈빛에 디에고의 진정이 담겨 있는 것 같았다. 브라이언이 나타나지 않았다면, 브라이언이 먼저 시비를 걸지 않았다면 어쩌면 적어도 디에고의 입에서는 나오지 않았을 말이 그렇게 노출되었다.

"디에고, 도대체 당신 정체가 뭐요?"

그 때서야, 말의 본새로 보아 녹록한 사람은 아니겠다는 생각을 했던지 브라이언이 단도직입적으로 물었다.

"정체? 아시다시피 당신 농원에서 일하는 사람이죠. 그나마도 올해로 끝날 것이지만 말에요."

"그건 또 무슨 말이요?"

아버지의 신임을 받고 있는 사람이 올해로 일을 그만둔다는 말은 또 무슨 의미인지 디에고의 말 한마디 한마디에 브라이언과 내가 그 입에서 또 무슨 말이 나올까 하고 쳐다보고만 있었다.

그 때서야 디에고가 다시 씨익 웃더니 말하기 시작했다.

"본업으로 돌아가야 해서 올해를 마지막으로 농장에 왔죠. 탐 주인님과 부인께 감사의 인사도 드려야 하고 애나씨에게도 요. 따뜻한 마음을 주신 분들이잖아요. 애나씨에게 그 말을 하고 싶었어요, 진심으로 고맙다고. 실은 그 말을 할 사이도 없었어요, 이렇게 마주보며."

디에고가 진지하게 말하자 그 때서야 조금 누그러진 것 같은 브라이언이 다시 물었다, '농사가 본업이 아니었어요?' 하고.

"내 본업에 필요한 경험이죠. 아, 그건 내가 올 가을 멕시코로 떠나기 전에 말하게 될 거에요. 그럼 난 아직 잔디를 더 깎아야 해서 이만 실례."

그리고는 다시 귀를 가리고 소음을 내기 시작했다.

물끄러미 디에고를 바라보던 브라이언과 나는 지하실 문을 통해 집안으로 돌아왔다.

미스터리 같은 인물이라고 내가 생각하고 있듯이 브라이언도 그렇게 생각하는지 말이 없었다.

"디에고가 다녀갔구나."

외출에서 돌아오신 아버지는 말끔하니 손질된 뜰을 두고 디에고가 일을 하고 간 줄을 아셨다. 브라이언이 '예' 하고 대답을 할 때 나는 행여 아버지의 입에서 디에고가 말한 소문이 나오기라도 할까 조마했다.

"뭘 해도 내 일이듯이 하는 신실한 청년이야."

아버지의 디에고에 대한 신뢰는 아주 깊었다. 농장 일이 없는 날엔 와서 알아서 잔디를 깎고 담장을 다듬고 뜰에 엎드려 잡초를 뽑았다. 앞 뒤 큰 뜰이 늘 단정한 것은 아버지 말씀처럼 디에고가 내 일이듯이 잘 돌보기 때문이었다.

"아버지는 디에고를 너무 믿으시네요."

가만히 듣고 있던 브라이언이 말했다. 낮의 일 때문인지 내 귀엔 아버지가 디에고를 너무 믿어서 불만이란 말처럼 들렸다.

"내가 디에고를 겪은 지 몇 년째인데 젊은 사람이 변함이 없어."

디에고가 얼마나 성실하고 신실한 청년인지, 그래서 부모님이 얼마나 신뢰하시는지에 대해서는 브라이언도 모르지 않았다. 다만 낮에 디에고가 보였던 그 상황과 만만치 않던 태도가 브라이언의 심기를 불편하게는 했을 것 같았다.

"살아가면서 신실한 사람을 만나는 건 큰 복이란다, 브라이언."

아버지의 그 말씀이 디에고를 껄끄럽게 여길 브라이언에게 얼마나 설득력이 있을지 알 수 없었다. 어쨌든 디에고가 아니었으면 브라이언과 나도 몰랐을 그 소문이 아직 아버지의 귀까지 들어가지 않은 건 다행이었다.

그 소문, 비달 포도 수확 때 브라이언과 내가 서로 부둥켜안은 채 치러야 했던 한겨울 새벽의 이별 식은 겨우내 이 땅에 살며 겨울 농장 일에 동참했던 인부들에게는 꽤 흥밋거리였을 것이다. 남매로 알던 사람들이었다.

나는 다만, 애틋하던 그 심정을 그렇게 아프게 잘라내고도 그래도 남아 서걱대는 감정의 부스러기를 갈무리하기 위해 매일 날 모질게 다스리듯, 농장의 그들도 보고 들은 이야기는 두 젊은이에게 지나간 한 때의 바람으로 여기고 잊어주기를 바랄 뿐이었다.

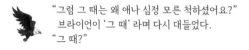
"그럼 그 때는 왜 애나 심정 모른 척하셨어요?"
브라이언이 '그 때' 라며 다시 대들었다.
"그 때?"

8.
수다에 휘둘려

아직 봄이라 부르고 싶은데 여름이 무례한 점령군처럼 봄을 젖히고 자꾸만 앞질러 땅을 밟으려 했다. 언제 긴 겨울이, 발목을 덮은 눈이 있었으며 언제 나목의 시간이 있었느냐는 듯이 성급한 여름은 정오의 열기를 동원해 움츠리고 있던 것들을 충동질했다, 어서 꽃 피고 어서 잎 무성하고 어서 열매 맺으라고.

잔디는 유난히 더위를 탔다. 한겨울 눈 속에서도 초록인 잔디가 여름 더위엔 예민했다. 며칠 가물면 누렇게 마르다가 한줄기 소나기에 금방 초록으로 돌아왔다.

겨울의 퇴장을 가장 먼저 알리는 소리 중의 하나가 잔디 깎기 기계 소음이었다. 추위에 성장을 멈췄던 잔디가 햇빛을 받아 더벅머리가 되면 겨우내 마음껏 게을렀던 사람들은 잔디 깎기 기계부터 가

동해야 한다. 이웃의 잔디가 어느 날부터 오래 미룬 목욕에 가위까지 지나간 아이 머리처럼 말끔하면 다른 이웃도 몰라라 할 수 없다. 게으르다고 눈총 받지 않으려면 한 주에 한 번씩은 깎아줘야 뜰이 말쑥하고 집이 단정해진다.

날씨가 더워지면 잔디 깎기 기계는 한더위를 피한 이른 아침부터 고래고래 소리를 지르며 정오의 태양보다 무례하다. 고요한 동네가 매일 소음에 시달려도 누가 누구를 탓할 수 없으니 아, 우리도 잔디 깎아야겠구나, 하고 덮고 갈 수밖에 없다. 깎아줘도 돌아서면 자라는 잔디처럼 봄꽃 지나간 자리에 열매 매단 과수들은 햇빛에 과즙 달이느라 소리 없이 분주하고 사람들은 겁도 없이 노출한 채 내리쬐는 햇빛 아래서 걷거나 자전거를 탄다. 해저물녘엔 삼삼오오 모여 고기를 구우며 와인 잔을 기울이니 사람들에게 길고 깊었던 겨울은 다만 잊혀 진 계절일 뿐이다.

땅이 잔디 깎기 기계 소음에 시달릴 때 호수, 온타리오는 탈 것의 소리에 휘둘렸다. 춥고 음산한 겨울을 난 호수는 오히려 탈것들의 소음을 기다렸을 런지도 모른다. 이른 아침안개를 가르며 낚시에 나서는 통통배의 모터 소리, 삼각돛을 올리고 우아한 자태로 나서서 낮부터 해저물녘 시간을 즐기는 세일보트 속의 와인 잔을 든 사람들의 웃음소리까지 겨우내 호수가 기다린 소리였을 것이다. 호수는 스스로 호수이기보다 품은 물고기들과 물새들과 사람들의 탈 것, 내려다보는 하늘 빛깔과 어우러지면서 비로소 완성된다. 그리고 소음으로, 그 품에서 마음껏 질주하는 사람들로, 더운 한 때의 축제를 즐긴다.

호수가 있고 과실과 와인이 있는 동네,
동네사람들에게 여름은 넘쳐서 신나는 축제의 계절이었다.

여름 들면서 가슴팍의 무성하게 자란 잎들을 훑어주자 포도넝쿨의 품에서 어미 소 유방처럼 쳐진 포도송이들이 얼굴을 내밀었다. 가리고 있던 잎들을 걷어냈으니 숨어 있던 유방들은 이제부터 햇빛 품에서 탱글탱글 마음껏 단 즙의 젖꼭지를 불릴 거였다.

그렇게 익은 포도는 대부분 와인이 되지만 더러는 테이블 그레이프 즉, 과일로 먹도록 식탁에 오르기도 했다.

'날씨에 큰 변동만 없다면 풍작일 것 같아. 아주 실해.'

아버지는 농장에서 고랑을 따라 천천히 걸으며 포도가 여물어 가는 과정을 보기를 좋아하셨다.

아버지의 성품은 낙천적이어서 눈이 많이 오면 비달 포도가 단맛 들이기 좋다고 좋아하고, 비가 오면 과수에 필요한 물이라고 좋아하셨다. 여름 가뭄이 길면 바다 같은 온타리오 호수가 눈앞에 있는데 무슨 걱정이야, 하고 바람이 불면 포도나무들이 저들끼리 결속해 더 실해진다고 좋아하셨다. 모든 계절, 모든 현상을 과일 농사와 연결 지어 그것도 다 유익하다며 긍정적으로 여기시니 아버지의 농장과 와이너리는 더 번창하는지도 몰랐다.

'수아 출산도 앞두고 있고 첫 포도 수확도 해야 하고, 여간 바쁘지 않을 것 같아.'

수아의 산달이 가까워질수록 어머니의 마음도 덩달아 바빠 보였다.

어머니는 이미 만들어 둔 기저귀를 빨아 햇볕에 잘 말려 개켜놓았고 아기 배냇저고리며 이불은 이미 다 준비해 두었다. 어머니는 손쉽게 살 수 있는 종이 기저귀를 두고도 천을 사 와 손수 만드셨다.

어머니는 일을 만드시는 분이었다, 그것도 행복하게.

나는 한결 편안해진 마음으로 수아의 부른 배를 바라보고 또 브라이언을 대하게 되었다. 내 속에서 일던 못 견디겠던, 그래서 떠나야 한다고 작정한 그 심정을 내려놓은 듯, 그래서 한 발 물러나서 바라보게 된 것은 아마도 그 새벽의 이별 식이 있었기 때문일 것이다. 내 속의 뭉쳐진 것들, 끌어안은 채 억지로 이해해야 했고 여상하게 말하고 웃어야 했던 그 고문 같던 일상, 한 번은 쏟아 내고 싶던 그것을 그 깊은 새벽에 퍼 올려 발산했기 때문일 것이다.

나는 일어나면 커피부터 내려놓고는 어머니와 아침식사를 준비했다.

브라이언이 커피와 토스트로 아침을 마치려면 어머니는 늘 못마땅해 하셨다. 그것이 장정에게 영양이 되겠느냐는 것이었다. 어머니는 토스트에 우유며 계란 프라이, 베이컨을 과일과 함께 식탁에 올리셨다. 때로는 오트밀로 죽을 만들어 우유와 브라운 설탕을 끼얹고 블루베리를 더해 아침을 대신하기도 했다. 심플한 아침 식단이었다.

'엄마는 아직도 내 키가 더 자라야 한다고 생각하시는 것 같아.'

어머니의 요구에 마지못해 우유를 마시며 브라이언은 아이 같은 불평을 하곤 했다. 두 사람의 대화는 늘 브라이언이 어머니의 말씀을 세우는 것으로 마무리 되었다. 코리아에서 온 후부터 브라이언은 더 많이 웃고 특히 어머니에게 더 다정한 모습을 보이는 것 같았다.

다정한 대화와 웃음소리가 있는 일상의 평화는 그렇게 한여름 햇살처럼 집안에 충만했다.

"오늘 모임에 애나가 나랑 가줄 수 있겠니?"

아침 식탁에서 어머니가 날 바라보며 말하셨다. 어머니의 모임엔 주로 손수 운전하시거나 나도 가끔 운전으로 어머니와 동행을 했다. 부인들의 모임이라 조심스럽고 재미는 없지만 나는 기꺼이 어머니를 따랐다.

운전을 이유로 모임에 동참하노라면 부인들 모임에서 하고 있는 봉사활동 등, 그 사회에 대한 소소한 정보들을 어깨너머로 접할 수 있었다. 그리고 부인들이 주고받는 정보는 남편들의 와이너리 운영에 직 간접으로 영향을 미치기도 한다는 사실도 알게 되었다.

그 속에는 알게 모르게 시기가 있었고 비교와 경쟁이 있었다. 그러면서도 품위가 있었고 나름으로 그어놓은 배타적인 선도 존재했다. 동종의 비즈니스에 남편들은 실질적으로, 부인들은 그들끼리의 대화로 참여했다. 남편들이 부인들의 말에 귀 기울이지 않을 수 없으니 결국 부인들도 간접적으로 비즈니스에 동참하는 셈이었다. 그래서 부인들의 정기적인 모임은 각자에게 중요했다.

화장을 정성껏 하고 어깨를 약간 덮은 연 푸른 원피스 차림을 한 어머니는 살림을 하고 정원에 엎드려 화초를 돌보는 여느 주부의 모습이 아니었다. 한 달에 한 번씩 모임에 나갈 때마다 어머니는 우아한 귀부인이었다.

　내가 운전해 간 곳은 골프클럽 레스토랑이었다.

　온타리오 호수는, 북미대륙의 내륙에 위치한 오대호의 가장 큰 호수, 슈피리어에서 흘러 호수 휴런과 미시간을 만나고 이리호수와 합류, 다시 나이아가라 강으로 흐르다가 나이아가라 폭포에서 곤두박질치고 협곡에 휘둘린 후 마침내 고된 긴 여정에서 물이 몸을 풀어 쉼을 누리는 곳이다.

　나이아가라 강의 끝자락이자 온타리오 호수의 초입인 창밖엔 세일보트가 돛을 올려 바람에 밀려가고 있었다.

　"조앤, 오늘은 따님과 동행 했군요!"

　다른 부인들이 가끔 딸이나 며느리가 운전을 이유로 동행하면 우리는 우리끼리 앉아 얘기를 나누기도 했는데 오늘은 나 혼자여서 부인들 사이에 앉았다.

　"곧 할머니가 되신다고요, 조앤!"

　부인들은 어머니를 향해 일제히 축하의 말을 했다.

　"그런데 며느님은 사우스(South)에요, 노쓰(North)예요?"

　부인들은 코리아에 대해 질문을 했다.

　"당연히 사우스 코리아죠."

　어머니가 말했다.

　"조앤은 행복하겠어요, 이렇게 예쁘고 참한 딸에다 며느님까지.."

　"고마워요. 사실은 오늘 함께 와서 인사드리게 하고 싶었는데 몸이 무거워서 쉬라고 했어요."

실은 결혼식 없이 부부가 된 탓에 모르긴 해도 입에 꽤 오르내렸을 수아를 아직은 부인들 앞에 세워 난감하게 만들고 싶지 않은 마음 때문일 것이었다. 그 점은 어머니도 아직은 이해하지 못하는 부분이기도 했다. 코리아에서 결혼한다고 했을 때 결혼식에 갈 준비를 하시던 부모님에게 브라이언이 반지만 주고받는다며 먼 길 오지 마시라고 해 많이 실망을 하셨고 가서 이유를 말하겠다던 브라이언은 여태 아무런 언급을 하지 않았다.

'무슨 말 못할 사연이 있기에 결혼식도 없이 반지만 주고받니? 정말 아들을 잃어버린 것 같아, 애나야.'

외아들 결혼식을 거하게 할 계획을 하고 있던 부모님은 거한 결혼식은커녕 저들끼리 반지만 주고받으니 오지마시라던 브라이언의 그 말에 코리아 여행까지 취소하며 크게 실망하셨다. 하여 한 번은 부인들 모임에 수아를 인사를 시키고 싶으신 것이 어머니의 마음이지만 이번엔 무거운 몸을 핑계로 내가 동행을 하게 된 것이었다.

"그럼요, 몸도 무거운데 조심해야지요."

"부러워요, 조앤. 우리 둘째도 장가를 보내야 할 텐데 어디 좋은 신붓감 없을까요?"

대화가 자식 얘기로 시작되자 에반스(Evans) 부인이 좌중을 바라보며 말했다. 그러니까 에반스 부인이 자식을 위한 중매를 공개적으로 부탁한 것이었다. 모두 과년한 자녀들을 둔 부인들이므로 자녀들의 혼사는 서로에게 관심 있는 대화꺼리이기도 했다.

"마이클 말이군요?"

누군가의 입에서 떨어져 나온 마이클이란 이름이 무심코 앉아 있던 내 정수리를 탁 치고 굴러 떨어지는 것 같았다. 나는 커피 잔을 내려놓고 벌렁거리기 시작하는 가슴을 진정시키기 위해 창밖의 호수에다 눈길을 주었다. 세일보트는 이미 저만치 바람에 밀려갔고 머리를 치켜든 쾌속 보트 하나가 물을 가르며 저 홀로 종횡무진하고 있었다.

　마이클, 그 이름만으로도 아직 철렁 가슴부터 내려앉는 것 같은 이 증세는 분명 내 속에 깊이 박힌, 오랜 세월에도 삭지 못하고 돌출한 그 기억들 때문일 것이다.

　"참, 애나도 마이클을 알겠구나?"

　그 때 느닷없이 길모어(Gilmour) 부인이 날 향해 말을 걸었다. 길모어 부인의 질문에 부인들의 시선이 일제히 내게로 쏟아졌고 내가 다시 바짝 긴장했다.

　마이클 에반스, 내가 그를 어떻게 모를 수가 있을까?

　어렸을 적의 내게 그토록 모진 상처를 안긴 아이, 같은 동네에서 우연히 라도 만날까 두려워한 그 악동, 마이클이었다. 그 마이클이 에반스 부인의 둘째 아들이란 사실은 이미 알고 있었지만 길모어 부인의 질문은 전혀 예상치 않았던 것이어서 부인들 사이에 앉아 있던 나는 그만 몹시 난감했다.

　"아다마다요. 우리 애나와 브라이언이 마이클과 같이 공부했잖아요."

　내 기분을 짐작한 어머니가 나대신 날렵하게 대답하셨다. 예사로운 것 같아도 어머니의 말 속에 뼈가 들어 있음은 나 외에 부인들은 아무도 짐작조차도 하지 못했으리라. 그 마이클 때문에 우리 아이들이 얼마나 시달렸다고요, 하는 약간의 감정의 뼈였을 것이다.

"마이클과 애나가 서로 잘 아는 사이였군요? 잘 됐네요! 말 나온 겸에 마이클과 애나, 어떻게 생각하세요?"

길모어 부인이 이미 잘 아는 사이라고 멋대로 해석하더니 말 나온 겸에 라며 느닷없이 날 끌어들였다.

갑자기 일어난 어이없는 상황에 나는 그만 그 자리에서 발딱 일어나고 싶었다. 길모어 부인의 말에 어머니와 다른 부인들은 아주 잠시 벙어리가 된 듯 입을 다물어 버렸다. 그리고 어머니와 에반스 부인이 눈을 동그랗게 뜬 채 길모어 부인을 쳐다보다가 이어 어머니와 에반스 부인이 서로 마주 바라보았다. 그 자리에 앉은 나는 투명인간이었다.

"두 청년이 서로 모르지도 않고 양가도 서로 믿을 수 있고요, 안 그래요?"

어차피 끄집어 낸 말, 끝까지 밀어붙이겠다는 듯 길모어 부인의 하는 말이 장황했다.

이미 뼈가 든 말을 한 어머니조차도 아무 말을 하지 못한 채 날 바라보고 있었다. 당황하신 기색이 역력했다.

"실은 우리 마이클한테 시련이 있었어요."

그 때 에반스 부인이 이미 다들 대충 알고 있을 일, 그러나 쉬쉬하고 있던 그 일을 시련이라며 고백하듯 먼저 언급을 했다. 모두의 시선이 일제히 에반스 부인에게로 쏠렸다. 아무도 아는 척 할 수 없던, 그러나 발 없는 말이 옮겨 다닌 바람에 알 사람은 다 알고 있을 마이클이 겪은 그 시련을 구체적으로 혼담이 시작되지도 않은 이 시점에 어머니인 에반스 부인이 직접 언급을 했기 때문이었다. 부인들은 입을 다문 채 에반스 부인의 입에서 무슨 말이 나올까를 주시하고 있었다. 소문으로 떠돌다 내 귀에까지 든 마이클의 알콜 치료에 대한 고백일 것이었다.

"그건 이미 다 지난 일이잖아요. 마이클은 열심히 일하고 애나는 또 얼마나 참한 젊은이인지는 우리가 다 알고요."

길모어 부인이 또 나서서 마이클이 겪은 어떤 일을 다 지나간 것으로 깔끔하게 정리하고, 나까지 살짝 치켜 올림으로서 에반스 부인과 갑자기 놀라고 당황해 하는 어머니를 쓰다듬었다. 에반스 부인은 더 이상 아들이 겪은 시련에 대해 말하지 않았다.

"요즘 젊은이들은 자기 생각들이 분명해서.."

할 말이 많을 것 같던 어머니는 성급히 전개되는 전혀 예상치 않은 분위기를 버거워하며 말을 얼버무리셨다. 내 속을 모르지 않을 어머니가 부인들 앞이라 길모어 부인의 말을 차마 냉큼 자르지는 못하고 요즘 젊은이들의 다른 생각을 핑계 댄 것이라 나는 생각하고 있었다.

"우리야 뭐 그냥 다리나 놓아주는 거죠. 요즘 젊은이들 똑똑하잖아요."

그러나 길모어 부인은 집요했다. 마치 마이클과 나의 혼담이 오늘 모임의 주제 같았다.

"두 집안이 자녀들로 서로 한 가족이 되면 이 지역에서는 비교할 와이너리가 없겠는데요?"

오가는 이야기를 가만히 듣고만 있던 포드 부인이 농담을 하자, '너무 앞질러 가시네요, 미세스 포드'하면서 에반스 부인은 민망해 했고 어머니는 연거푸 주는 충격에 사로잡혀 웃지도 화를 내지도 못하는 어중간한 표정을 하고 있었다.

우아하고 교양 있는 부인들의 오늘의 대화는 실망스러웠다, 적어도 내게. 이들은 남의 지극히 사적인 일에 일방적으로 나서서 관여를 하는 무례를 범한 것이다, 더구나 날 앞에다 두고. 나는 어머니를 따라 모임에 온 사실을 후회했다.

어머니가 나를 데리고 모임에 가고 싶어 하실 때마다 동참을 하는 이유는 어머니의 권유이기 때문이었다. 어머니가 좋아하시므로 불편한 자리여도 나는 기꺼이 따랐다. 그것은 평소 '노' 보다는 '예스'에 익숙한 내 대답의 습관과도 무관하지 않을 거였다. 그러나 오늘만큼은 '노'라고 했어야 했는데 하는 때늦은 후회를 하고 있었다.

어서 일어나고 싶었지만 혼자 먼저 나설 수 없던 나는 몹시 불편한 심정으로 식사를 하고 차를 마시며 부인들이 느긋하게 대화를 마치도록까지 그 자리에 앉아 있을 수밖에 없었다.

돌아오는 길의 어머니는 말이 없었다. 아무래도 길모어 부인이 한 그 말 때문인 것 같았다. 어머니도 마이클이 내게 어떤 존재였던지 브라이언만큼은 아니어도 조금은 알고 계셨다.

마이클, 내가 어떻게 그 이름을 잊을 수 있을까?

처음 캐나다에 와 브라이언과 학교에 가게 되었을 때 가장 먼저,

가장 많이, 가장 집요하게 따라다니며 날 괴롭힌 아이였다.

'넌 왜 브라이언과 다르니?'

'네 집에 가라, 애나야.'

'애나는 벙어리래요!'

마이클이 내 주위를 뱅글뱅글 돌며 날 괴롭게 하면 나는 아무 말을 하지 못한 채 그 자리에 쪼그리고 앉아 두 손으로 얼굴을 가리고 있었다. 그럴 때마다 어디서 알고 날듯이 뛰어 온 브라이언은 주먹을 움켜 쥔 채 씨근대며 마이클을 노려보곤 했다.

'브라이언, 넌 왜 애나와 다르니?'

'네가 왜 애나 편드니?'

마이클의 개구쟁이 짓은 멈출 줄 몰랐고 브라이언이 부모님께 얘기를 했어도 부모님은 크게 관여하지 않으셨다. 너무나 잘 아는 같은 업종 친구의 아들이었고 무엇보다도 아이들 일에 어른들이 개입하는 것이 아니란 생각을 하셨을 것이다.

그런데 아무 것도 모르는 부인들이 나를 마이클과 엮으려는 것이었다. 마음이 몹시 불편했지만 기색을 보일 수는 없던 자리였다.

"이제는 모임도 피곤하구나."

집에 도착하도록 침묵하던 어머니가 말하셨다. 눈에 보이지 않는 경쟁이 늘 따랐을 모임, 이제는 자식들 일까지 어머니를 피곤하게 했을 것임이 분명했다.

"우리 애나도 좋은 청년 만나야 할 텐데, 너한텐 내가 할 말이 없구나, 애나야."

나는 대답 없이 다른 생각을 하고 있었다, 마이클에게 있었다던 시련에 관한 것이었다. 길모어 부인이 말을 가로채는 바람에 에반스 부인이 하려다 만 그 일이었다.

작은 동네라 쉬쉬해도 소문은 금방 거품까지 얹어 퍼졌었는데 그 소문에 의하면 마이클이 알콜중독 치료를 받는다는 것이었고 한참 후엔 치료를 끝내고 아버지 소유의 와이너리에서 일을 한다는 것이 었다. 같은 동네에 살면서도 한 번도 마주친 적이 없었다. 정말 우연 히도 만나고 싶지 않은 사람이었다.

"널 맞을 때 페루의 아버지와 오빠와 내가 약속했어, 널 내 딸로 키울 거라고."

어머니가 부인들 간에 주고받은 말에 충격 또는 피로를 느끼셨음 이 분명했다. 처음의 그 때부터 한 번도 입에 올린 적이 없는 말을 하셨기 때문이다. 내가 어머니의 딸이어야 하는 이유였다.

내가 기억하는 그 때의 마리오 오빠는 나를 보내지 말라고 아버지 께 사정했었다. 처음엔 말하다가 나중엔 소리를 쳤었다, 보내면 안 된다고.

'네 엄마만 있어도 보내지 않는다, 마리오. 우리 마마니를 딸로 키 운다잖니?'

아버지는 오빠를 달래다가 야단도 치고 나중엔 큰 소리가 오갔다. 아버지가 치차에 취하면 오빠도 마셨다. 나 때문에 아버지와 오빠가 다투는 모습을 나는 아주 싫어했다.

"너는 내게 과분한 딸이다, 애나야. 무엇보다도 브라이언이 밝은 사람으로 잘 성장하도록 영향을 준 누나지. 엄마 아버지가 할 일을 대신 다 감당한 거야."

나는 어머니의 말씀이 진심인 줄 알았다. 그리고 어머니가 얼마나 나를 사랑하신다는 사실도 알았다. 그런데 왜 브라이언과는 그토록 야박한 경계를 두셨던 것일까? 아무리 시작이 누나와 동생이었다 할지라도 그것은 내게 너무 가혹한 경계였다.

한창 몸과 마음이 성장하던 브라이언과 나 사이에 어머니가 그으신 경계선은 내가 하는 모든 일엔 경계선이 있을 수 있다는 의식을 은연중에 갖게 했었다. 그렇지 않아도 주저하다가 참고, 매사에 소극적일 수밖에 없던 새 가족 속에서의 내 행동이었다.

자라면서 내가 느낀 경계선은 무엇보다도 어머니를 어렵게 여기도록 하는 요인으로 작용했을 것이다. 브라이언이라면 주저할 필요가 없었을 어떤 일에 나는 말이나 행동에 앞서 예의부터 의식했고 그것은 곧 내가 만든 한계선의 의미였다. 그 선이 속에 자리 잡고 있었으니 내 생각을 선뜻 드러내지 못하고 '노' 라고 하고 싶어도 '예스'로 대답했을 것이다. 남매로 자랐어도 나는 극복할 수 없던, 브라이언과는 다른 점이었다.

"오늘 모임은 어땠소? 애나도 갔다면서?"

저녁 식탁을 물린 자리에서 아버지가 여상하게 어머니의 하루 일과를 물으셨다. 아버지는 어쩌면 부인들의 모임에서 오갔을, 들을 만한 새로운 정보라도 있을까 하고 물으셨을 것이었다.

"아, 글쎄, 미세스 길모어가 마이클과 애나를 중매하면 어떨까 하는 거예요."

어머니가 하루 일과로 모임의 얘기를 하는 것은 당연한 일이어서 나는 듣고만 있었다.

"파울의 둘째 말이요?"

뜻밖이라는 듯 아버지가 어머니를 바라보며 말했다.

"안 돼요, 엄마, 마이클은!"

그 때였다, 마치 어렸을 적에 마이클이 날 놀리고 있었을 때 어디선가 나타나 마이클에게 대들던 그 때처럼 브라이언이 대뜸 안 된다며 언성을 높였다. 식구들 시선이 브라이언에게로 향했다. 수아가 먼저 브라이언을 쳐다보았고 나는 눈을 내려 뜬 채 입술만 씹고 있었다.

"그건 다 지난 일이라 더구나."

뜻밖의 갑작스러운 브라이언의 반응에 어머니가 순간 당황해 하며 에반스 부인이 하려던 것을 길모어 부인이 가로채어 대신한 그 말을 옮겼다. 마이클이 겪었을 시련에 대한 것이었다.

"그래도 안 돼요, 마이클은!"

브라이언은 완강했다.

"그래, 우리 애나에게 마이클은 그리 좋은 기억의 아이는 아니지."

아버지도 거드셨다.

"마이클은 제가 알아요. 애나한테 만큼은, 자격 없어요!"

브라이언은 단호했다. 나는 내리 뜬 눈길을 들어 브라이언을 주시하고 있었다. 브라이언이 부인들 앞에서 내가 하고 싶던 그 말들을 식구들에게 나대신 하고 있었기 때문이었다.

"그리고 끊는 일, 쉽지 않아요. 언제 또 손댈지 모른다고요."

그 또한 맞는 말이었다. 오래 가까이 하다가 서서히 그 속에 빠져 버렸을 음주습관을 어떻게 쉽게 잘라버릴 수 있을까? 그것도 낮에 길모어 부인이 말했을 때 내 속에서 불쑥 솟구치던 생각이었다. 그렇게 브라이언은 마이클과 내가 엮여서는 안 되는 이유를 조목조목 대며 나대신 나서서 목소리를 높이고 있었다.

그 이유가 두 말 할 수 없도록 합당해서였을까, 아버지와 어머니가 입을 다문 채 브라이언을 쳐다보기만 하셨고 수아는 넋이 나간 듯 멍하니 브라이언을 바라보고 있었다.

그런데 내가 하고 싶은 말을 브라이언이 대신하고 있고 일일이 옳은 말에 식구들이 말문을 닫은 채 브라이언을 바라보도록 한 이 상황을 지켜봐야 하는 나는, 몹시 불편했다. 마치 그 마이클과 손 쓸 수 없도록 이미 깊게 엮여버린 것처럼, 그래서 식구들 앞에 발가벗고 선 채 질타를 듣고 있는 것처럼 몸 둘 바 모르도록 민망했다. 바로 내 일이어서 할 말이 목까지 차올라도 나는 입 다물고 있는데 브라이언이 왜 저토록 예민한지, 왜 나서는지 이해할 수 없었다. 더구나 수아 앞이었다. 마치 내가 앞에 있음에도 나는 의식하지도 않은 채 마이클과 엮으려던 길모어 부인의 오지랖 같았다.

"브라이언 말도 일리가 있어. 술이 지천인데 끊는 일이 어디 쉽겠 느냐고?"

드디어 아버지까지 브라이언 편을 들고 나서시니 더는 말을 못하고 난감한 표정을 하신 어머니가 내 눈에 천지에 의지가지없는 고

아 같았다. 이 부당한 시추에이션에 내 속에 가라앉아 있던 반감이 불쑥 고개를 치켜들었다. 디에고 앞에서도 그러더니 내 일에 툭 하면 나서는 브라이언에 대한, 나도 그 정도는 알아, 하는 반감까지 더한 것이었다.

"만나 볼게요, 그 사람."

마침내 내가 나섰다. 브라이언의 저 주제넘은 관여부터 자르고 싶었다. 하루 일과를 가족과 나누려던 어머니를 그렇게 몰아붙이듯 난감하게 해서는 안 되는 일이었다.

갑자기 분위기가 얼어붙어 버렸다.

"애나!"

어머니와 아버지가 눈을 동그랗게 뜬 채 날 바라보고 브라이언은 날 향해 소리쳤다.

"철없었을 때의 일이잖아."

늘 잠잠히 듣기만 하던 내가 브라이언과 대치하면서까지 내 목소리를 내자 아버지와 어머니, 수아와 브라이언, 모두 입을 다물어 버렸다.

"수다 중에 나온 얘기에 신경 쓸 것 없다, 애나야"

정중하게 자식들의 혼담제의를 받은 것도 아니고 또 브라이언이 반기를 들고 있는 상황에서 없던 일로 하고 싶었을 어머니가 수다라고 폄하하며 오히려 날 자제하려 하셨다.

"기회 있다면요, 어머니."

그러나 나 또한 고집을 꺾지 않았다. 브라이언과 다르지 않았다.

"애나, 안 돼! 알잖아, 마이클이 어떤 인간인지."

브라이언은 여전히 흥분한 채였다.

"내가 알아서 할 거야, 브라이언. 다들 그렇게 하잖아."

고집을 굽히지 않는, 평소의 나답지 않은 모습에 모두 어리둥절한 채였다. 어쩌면 브라이언은 '떠나겠다.'고 한 이별 식 때의 내 말을 기억하고 내가 나 자신을 오기로 마이클에게 던지려하고 있다고 여길지도 모를 일이었다. 날 가장 많이 아는 브라이언이었다.

"그래도 마이클은 아니야!"

브라이언도 고집을 굽히지 않았다.

그 때, 주고받는 말을 가만히 듣고 있던 수아가 슬며시 일어나 위층으로 올라갔다. 내 일에 브라이언이 지나치게 나서는 것에 대한 거부반응인 것 같았다.

"그래, 이건 다시 생각해 보자꾸나, 구체적인 것은 아무 것도 없으니까."

갑자기 그 일로 분위기가 어색해지자 아버지가 나서셨다.

"촉새 같은 미세스 길모어 때문에 이게 무슨 일이니?"

어머니는 그 일을 먼저 거론한 길모어 부인을 원망하고 있었다. 평화가 여름 햇살처럼 충만하던 집안에, 다정한 대화와 웃음소리가 오가던 집안에 아들과 딸이 대치 상황을 만든 사실을 못 견뎌하셨다.

실은 부인들의 대화가 그 자리에 있었던 본인인 내게는 거북했지만 과년한 자식을 둔 부모라면 얼마든지 나눌 수 있던 말들이었고 딸의 일이었으므로 부모님도 당연히 관심을 보일 수 있었다.

"그 자리에서 안 된다고 하셨어야죠, 엄마!"

그런데 브라이언이 다시 어머니께로 원망의 화살을 쏘았다, 왜 적극적으로 길모어 부인의 말에 제동을 걸지 않았느냐는 원망이었다. 딸이 어렸을 적에 그토록 괴롭을 당했는데 왜 다시 그런 말을 듣도록 두고 보셨느냐는 원망 같았다.

또다시 아들로부터 원성을 들은 어머니는 멍하니 브라이언을 바라보고 있었다.

"브라이언 네가 너무 예민하게 그러는구나."

이번엔 어머니 대신 아버지가 나서서 브라이언을 나무라셨다.

"수다로 그칠 줄 알았지. 그런데 애나가 원하는 일에 너도 지나치구나, 브라이언."

급기야 어머니가 서운한 마음을 드러내셨다.

"그럼 그 때는 왜 애나 심정 모른 척하셨어요?"

브라이언이 '그 때'라며 다시 대들었다.

"그 때?"

아버지와 어머니가 동시에 브라이언을 향해 눈을 크게 떴다.

"그 때는 '노'라고 하셨잖아요?"

"그만 해, 브라이언!"

이번엔 내가 브라이언의 말에 제동을 걸었다. 아들의 사뭇 공격적인 말에 아버지는 정색을 했고 어머니는 입을 다무셨다.

날 핑계로 지난 일을 끄집어 올려 어머니를 괴롭게 하는 브라이언의 저 태도를 나는 이해할 수 없었다. 마치 자신은 어머니 앞에서는 마음껏 성질을 부려도 된다고 여기는 것 같았다.

"다 지난 일을 브라이언.."

어머니가 그때서야 추리 하우스에서의 일을 떠올리신 것 같았다.

나는 도저히 그 자리에 있을 수 없어 일도 없이 부엌으로 갔다. 결국 나로 인해 일이 확대된 것이었다.

"애나 인생이잖아요."

브라이언이 또 어머니께 대들었다.

"나는 그것밖에 몰랐다."

어머니가 겨우 말하셨다. 브라이언 앞에서는 목소리를 높이지 못하시는 어머니도 나는 이해할 수 없었다.

"내가 페루의 가족과 약속했다, 내 딸로 자라게 될 거라고. 나는 약속을 지키려 했고 그것이 애나의 행복을 지키는 일인 줄 알았다."

어머니가 이제야 작정한 듯 이미 오래 전의 일을 브라이언 앞에 드러내셨다. 그러니까 어머니는 페루의 아버지와의 약속을 지키기 위해 어머니가 할 수 있는 최선을 다 했다는 말씀이었다.

"엄마는 다 몰라요, 마이클 때문에 애나가 얼마나 힘들어 했는지. 길가다 우연히 라도 마주칠까 두려워했다고요. 제가 정말 걱정 하는 건 행여 애나가 자신을 던지듯이 마이클에게....."

브라이언이 말을 다 잇지 못한 채 입을 다물었다. 그리고 가만히 있더니 일어서 위층으로 올라갔다. 아버지와 어머니만 그 자리에 앉아 계셨다.

'던지듯이 마이클에게...'

브라이언의 말이 내 골수에 와 박혔다. 내 심정을 아는, 브라이언만이 할 수 있던 말이었다.

마이클은 내가 처음 학교에 갔을 때부터 피부빛깔과 생김새가 다르다는 이유로 가장 심하게 놀린 아이였다. 가장 집요하게 가장 야비하게 놀린 아이라는 브라이언의 말은 틀리지 않았다.

'길 가다가 마이클을 만나더라도 무서워 마, 애나. 내가 있잖아.'

나는 그 브라이언을 믿었다. 내가 마이클에게 놀림을 당할 때마다 그 자리에 있었으니 브라이언은 누구보다도 잘 알았다.

청년이 되어서는 술 때문에 치료를 받는다는 소문이 돌기도 했다. 아무 근심 없을 부유한 집안의 아들이 이른 나이에 무슨 이유로 술로 중독에까지 이르게 된 것인지 궁금해 한 적은 있었다.

치차를 즐긴 페루의 아버지와, 내가 입양 가는 사실을 받아들이지 못한 마리오 오빠도 술을 마신 사실을 떠올리며 어쩌면 마이클이 심성이 나쁜 사람은 아닐지도 모른다는 생각을 하기도 했다. 아버지도 오빠도 나쁜 사람들이어서 술을 마신 건 아니었다. 속에 찬 울분을, 불만을 풀 방법을 달리 찾지 못한 탓에, 그러나 술은 늘 손쉽게 구할 수 있던 탓에 마셨을 뿐이었을 것이다.

마이클 속에도 풀고 싶은 갑갑한 무엇이 차 있어서 늘 가까이 있던 와인에 의지한 것일지도 모른다는 생각을 한 것이다. 다행히 같은 동네에 살면서도 우연으로도 마주친 적이 없었으니 마이클에 대한 관심은 그나마 그것이 다였다.

부엌에서 나와 부모님 곁으로 갔다. 모임에서 있었던 낮의 일을 얘깃거리로 올렸다가 자식에게 서운하고 난감한 지경을 겪으신 어머니는 눈을 감고 있었고 아버지는 입을 꾹 다문 채 앉아 계셨다.

"죄송해요, 아버지 어머니."

부모님 앞에서 브라이언과 언성을 높인 일이 죄송했다. 어머니를 난감하게 해 드린 일은 더 죄송했다.

부모님 앞에서의 어깃장은 이미 브라이언만으로도 과했다, 그렇지 않아도 자식 일에 시달리신 분들이었다. 브라이언 앞이라고 다르지 않았다. 그 심정을 다 알면서 누나가 그렇게 어깃장을 부리면 안 되는 일이었다.

"너 정말 그 심정으로 마이클을 만나려고 했니, 애나야?"

아니나 다를까, 어머니가 날 바라보셨다. 부모님의 얼굴이 낮게 내려앉은 구름조각 같았다.

"어머니!"

내가 무슨 말을 할 수 있을까? 앞 뒤 사정 다 알면서 내 속에서 일어난 감정에 내가 휘둘리다가 내가 다스리지 못해 흘렸으니 내 책임이었다.

"애나야, 네 심정 살피는 일에 소홀했구나, 우리가."

매사에 말을 아끼는 아버지가 말하셨다.

"내 딸, 우리는 예전처럼 함께 웃고 지내면 웃으면서 살게 될 줄로 알았단다."

이번엔 어머니가 팔을 벌려 날 안으며 말하셨다.

'함께 웃고 지내면 웃으며 살게 될 줄..'

그것이 고문일 줄은 나도 그 웃음 속에서야 알 수 있었다. 하물며 경험하지 않은 부모님, 오랜만에 만난 자식과 며느리, 그리고 곧 태어날 손자를 기다리는 기꺼움 속에서 행복한 부모님이 모르신 것은 당연한 일이었다.

"나이 먹었다고 다 알게 되는 건 아니구나, 애나야"

"암, 이렇게 자식 심정도 모를 때가 있는 걸."

고백 같은 부모님의 진솔한 토로에 오히려 내가 민망할 지경이었다.

생각지도 않은 후회를 만든 하루였다. 잠자리에 들어서도 쉬이 잠을 이룰 수 없었다. 부모님 앞에서 그것도 브라이언과 언쟁을 다 하다니, 나는 내가 몹시 못마땅했다.

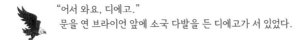

9.
디에고는 가고

여덟 시간의 진통 끝에 드디어 수아는 남자 아기를 출산했다.

오랜만에 집안에 아기 울음소리가 있자 아버지는 종일 '허허..' 웃으셨고 어머니는 마치 한 번도 아기를 키워본 적 없는 듯 '이안이 배가 고픈가 보다.' 라며 위층을 올려다보며 애를 태우셨다. 아기는 기저귀가 젖어도 울 수 있다는 사실을 어머니는 잊어버리신 것 같았다. 아기가 정말 배가 고파 울어도 수아는 퉁퉁 불은 가슴을 하고도 행동이 느릴 수밖에 없으니 동동거리는 사람은 브라이언이었다.

'아빠노릇, 쉽지 않네.'

나와 눈이 마주치면 브라이언은 겸연쩍은 웃음을 지었다.

브라이언의 아들 이안, 아직은 먹고 잠만 자는 아기를 나는 어서 업어주고 싶어 속으로 안달했다. 페루의 고향에서는 엄마들이 아기를 업어 키우고 기억은 못하지만 나도 엄마 등에 업혀서 자랐을 것이다.

집안에 새 생명이 태어났고 햇빛은 풍성하고 비도 알맞았던 여름이었다. 부지런한 인부들의 손길과 날씨까지 좋았으니 포도는 오달지게 여물어가고 있었고 그러는 사이에 테이블에 오를 포도를 수확했다. 단맛이 제대로 든 포도를 따 와인용이 아닌, 과일로 먹기 위해서였다.

작황이 좋아 농장마다 주인들도 인부들도 흡족해 했다. 첫 손자를 얻으신 아버지는 인부들을 초대해 음식을 대접하면서 연주자들을 불러 음악에 와인을 곁들였다. 그들의 손에서 자라고 수확된 포도로 빚은 와인이었다.

신명 많은 사람들은 그 자리에서 일어나 춤을 추었다. 내 눈에 그들은 열심히 일하고 맛나게 먹고 마시고 음악이 있으면 춤도 출 줄 아는 멋진 사람들이었다. 디에고도 그들 속에 있었다.

지난번에 갑자기 브라이언과 언쟁 아닌 언쟁을 했을 때, 농장 일은 이 해가 마지막이라고 한 말이 기억에서 지워지지가 않았다. 그 말은 곧 이번에 가면 농장 일로 다시 올 일은 없다는 의미였고 우리 집 관리도 할 수 없다는 의미였다. 이제 겨우 사람을 알아가고 있던 중이었는데 디에고를 다시는 볼 수 없다니 아직은 사람들 속에서 웃으며 얘기하고 있는데 벌써 서운했다.

그렇게 여름도 다 가고 이제 시월 중순을 넘기면서 인부들은 자메이카나 멕시코로 돌아갈 준비를 하고 그들은 겨울의 끝자락 즈음인 내년 2-3월에 다시 돌아올 것이다. 그들이 없는 겨울엔 이곳에 거주하는 인부들이 주변의 그린 하우스에서 겨우내 자라는 식물들을 돌보고 아이스와인 용 포도를 수확하기도 한다.

기온이 내려가면 잔디가 더 이상 자라지 않아 동네에서는 잔디 깎기 기계소리가 멈추는데 오늘은 디에고가 올 해 마지막으로, 그리고 우리 집에서 마지막으로 잔디를 깎는 날이었다.

창밖으로 물끄러미 내다보니 다시는 없을 우리 집에서의 잔디 깎는 일인지라 디에고가 더 정성을 쏟아 구석구석 손질을 하는 것 같았다. 디에고가 잔디를 깎는 동안 나는 추리 하우스에 올랐다. 나 또한 날씨가 더 추워지면 추리 하우스를 비워야 해서 아쉬운 마음에 삼뽀냐를 챙겼다. 긴 겨울 동안 찾는 이 없을 추리 하우스는 늙은 오크나무 품에서 깊은 동면에 들 것이다. 내가 연주한 삼뽀냐 음률과 브라이언과 내가 남긴 수많은 대화를 품고, 또 만날 봄을 기대하며 그렇게 길고 깊은 겨울잠에 들 것이다.

내게 추리 하우스는 가끔 몰래 뚜껑을 열어 가만히 들여다보고 싶은, 형형색색의 추억이 깃든 보물 상자다. 상자의 뚜껑을 열면 짙푸른 티티카카 호수 면을 차고 오르는 물새가 있고 일찍 세상을 떠난 엄마와 뚜르차를 잡아 집으로 오던 해거름의 아버지와 삼뽀냐를 불던 마리오 오빠가 있다. 어떤 날 상자엔 뜨개질하던 내 무릎을 베고 누워 책을 읽던 브라이언이 있고 뜨개질 하면서 브라이언의 이마를 덮은 머리카락을 쓸어 올려 주던 내가 있다. 사다리를 두고도 나무를 타고 오르던 브라이언과 나, 어머니가 구우신 쿠키가 담긴 쟁반, 희고 긴 손으로 아닌 척 하며 날 만지던 이미 변성기를 맞은 브라이언, 악몽에 시달리다 유괴의 기억을 털어놓던 브라이언과 어설프던 내 위로의 순간이 있고, 삼뽀냐를 불던 내 뒤에서 날 안고 가만히 있던 브라이언이 있다.

내 보물 상자가 품은 브라이언과의 추억은 돌이켜보니 그것이 마지막이었다. 그 일로 어머니가 사다리에서 떨어지셨고, 어머니가 평소엔 은근히 경계하시던 브라이언과 나 사이를 남매란 분명한 언어로 경계선을 강조하시자 말씀을 거부할 수 없던 나 때문에 브라이언이 코리아로 떠났기 때문이다. 아직도 내 어깨를 감싸 안던 손길과 내 목덜미에 묻힌 브라이언의 숨결, 그리고 심장박동까지 기억하는 마지막이었다.

추리 하우스란 보물 상자는 시각 뿐 아니라 청각까지 일깨워 들려준다. 내가 희미하게나마 기억하는 입양 이전의 삶과 일곱 살에 시작된 입양 후의 삶의 소리다. 상자 뚜껑을 열면 티티카카 호수와 함께 '예쁜 우리 마마니!' 라고 부르던 살았을 때의 엄마의 목소리가 들리고 '마마니, 나와서 이 고기 좀 봐!' 하고 뿌르차를 잡아들고 기분 좋게 집으로 돌아오던 아버지의 다정한 목소리, 심지어는 '아랫입술 끝에다 관을 걸치고 혀끝에 얹힌 공기를 날리듯 뱉어낼 때처럼 관에다 숨을 불어넣어야 해.' 라며 삼뽀냐를 불어보이던 마리오 오빠의 목소리까지 들려준다. 마리오 오빠는, '칠 할의 숨은 날아가고 남은 삼 할이 관을 치며 소리를 불러. 날아간 칠 할의 소리를 부르는 그리움의 소리야.'라고도 했던 것 같다. 나는 생각했다, 삼뽀냐는 티티카카 호수의 갈대숲에 이는 서걱대는 바람소리를 부르고 때로는, 그리움을 불러일으키는 고독한 악기라고.

머나먼 페루를 그리워하며 삼뽀냐를 불던 곳, 브라이언과 내가 가장 많이 시간을 보낸 곳, 브라이언과 내가 가장 많이 얘기를 나눈 곳, 브라이언과 내가 가장 가까이 있을 수 있던 곳, 그래서 추리 하우스는 내 마음의 눈과 귀로 보고 듣게 하는, 보물 상자다.

유괴의 기억으로 지하실을 두려워 한 브라이언을 위해 아버지가 손수 지으신, 나와 브라이언을 위한 공간이었지만 이제 브라이언 곁에 수아가 있고 아기 이안이 있으니 브라이언은 찾을 일도 찾을 겨를도 없다. 그러나 그 많은 추억과 그리움을 품은 보물 상자, 내 몸과 마음을 키워 지금의 나 이도록 한 추리 하우스로의 발걸음을 나는 그만두지 못한다.

디에고가 마지막으로 잔디를 깎을 때 그래서 나는 길고 깊은 겨울잠을 잘 추리 하우스에 올라 삼뽀냐를 불며 이제는 아이 아빠가 된 브라이언과의 지난 시간들을 돌아보고 있었다.

소음이 사라진 걸 보니 디에고가 잔디 깎기를 다 마친 것 같았다.
그런데 추리 하우스에서 내려와 휘 둘러보아도 그는 보이지 않았다. 아마도 기계를 창고에 들이고 있을 것이었다. 창고속의 여러 장비는 우리 식구보다 디에고가 더 잘 알아서 때마다 필요에 따라 전기톱이나 긴 전정가위, 그리고 잔디 깎기 기계(Ride On Lawn Mower)를 다루었다.

디에고가 있어 남정네들이 주로 감당하는 집안의 일은 우리식구 아무도 신경을 쓰지 않았는데 그 디에고가 지난 번 브라이언과 언쟁하고 있었을 때 말했었다, 올 해로 마지막이라고. 늘 그 자리에 있으려니 한 사람이 보이지 않으면 참으로 아쉽고 쓸쓸할 것 같았다.

누구보다도 아버지가 서운해 하실 것 같았다. 살아가면서 신실한 사람을 만나는 것은 큰 복이라고 브라이언에게 말하셨을 정도로 아버지는 그를 믿으셨다.

자주 대화를 나눈 적도 없으면서 디에고를 그리워하는 것은 어쩌면 그와 나의 비슷한 빛깔의 피부, 생김새, 그러니까 아무리 동화되었다고는 해도 절대로 브라이언처럼은 될 수는 없는 그 외양을 공유하고 있다는 사실, 그리고 무엇보다도 그와 내가 고향을 떠나와 사는 입장 때문일 것이었다.

저녁을 마치고 부모님은 거실에서 티브이를 보고 브라이언은 아기 이안을 무릎에 안은 채 책을 보고 있었다. 수아와 내가 준비한 차를 즐기려던 즈음에 초인종이 울렸다. 티브이에 가 있거나 책에 가 있던 눈길이 '누구야, 이 시간에?' 하며 서로 쳐다보았다. 나는 디에고일 거라고 생각하고 있었다.

"어서 와요, 디에고."

문을 연 브라이언 앞에 소국 다발을 든 디에고가 서 있었다.

"늦은 시간인데 실례합니다."

잠시 멈칫하던 디에고가 실내로 들어오며 손에 든 소국 다발을 가까이에 선 내게 건네기에 '고마워요.' 하면서 받아들었다.

"디에고씨에게 차 한 잔 대접할까?"

아버지와 어머니가 동시에 말하기 전에 나는 이미 찻잔을 준비했다. 차를 준비하며 어쩌면 디에고가 이별의 인사를 할지도 모르겠다는 생각을 하고 있었다. 가서는 이듬해에 꼭 다시 오기를 몇 년 째 되풀이 한 그가 무슨 본업이 있기에 이제 농장 일은 마지막이라고 말했던 것일까? 진중한 그가 농장 일은 끝이라고 했으니 내년에는 볼 수 없겠다, 생각하며 또 서운해 했다. 든 사람은 몰라도 난 사람은 마음에다 난 흔적을 남기기 때문이었다. 디에고는 자신이 보여준 만큼의 흔적을 우리 모두의 마음에다 남길 것이었다.

"이제 또 잘 마무리 하고 갈 날이 다가오네요?"

어머니가 예사롭고 다정한 대화를 시작하니, '수고했네, 디에고.' 하고 아버지가 말했다.

"그간 감사했습니다, 몇 년 간 좋은 경험했습니다."

"아니, 다시는 안 올 것처럼 말하는 군요?"

어머니가 말하셨다.

"실은 올해로 농장 일을 그만 두려고요."

"그만두다니, 왜?"

아버지가 소파에 기대고 있던 허리를 벌떡 세우셨다.

"이제 돌아가면 제가 해야 할 일을 하려고 합니다. 덕분에 유익할 경험을 했어요."

디에고가 공손히 말을 하자 참지 못한 브라이언이 말했다, '그 본업이란 것이 도대체 뭐요?' 하고.

디에고가 브라이언을 바라보며 한 번 씩 웃었다.

"실은 제가 글 쓰는 일을 하고 있어요. 많은 멕시칸들이 캐나다로 와 일을 하는 현장을 작품으로 구상하면서 농장 일을 계획하게 되었죠. 농장 일을 알아야 했거든요. 일을 하다 보니 좀 더 길어졌고요."

"자네, 작가란 말인가?"

"예."

디에고가 미소를 지었다.

"세상에, 우리가 몰랐네, 작가였구나!"

어머니가 작가에게 너무 험한 일을 시켰다는 송구한 표정을 지으셨다.

"유명한 작가는 아니고요. 농장주와 인부들과의 관계, 다른 문화끼리 만나 어떻게 서로 도우며 사는지, 그리고 멀리 남의 나라에서 온 인부들은 이 땅에서 어떤 대우와 어떤 환경 속에서 일하며 구체적으로 어떤 일을 하는지 알고 싶었어요. 경험한 것을 토대로 완성한 초고를 좀 더 집중적으로 다듬으려면 시간이 필요해서 그만두게 되었고요."

디에고가 조근 조근 말했다. 디에고는 말을 아주 잘 하는 사람이었다.

"자네가 사람을 놀라게 하네, 그려."

아버지 뿐 아니라 식구 모두가 감탄의 눈으로 그를 바라보았다.

"아직 경험이 필요한 나이라 어르신들 속에서 일하며 배운 것이 많아요."

"여러 번 놀라게 하네요, 디에고."

브라이언이 말했다.

"아, 지난번에는 내가 무례했어요, 브라이언. 그리고 애나씨에게 도 고맙다는 말 하고 싶었어요."

디에고의 무례란 표현에 아버지와 어머니가 무슨 일 있었기에? 하는 표정으로 브라이언을 바라보았지만 브라이언과 디에고는 웃기만 했다.

"두 분 어르신께 진심으로 감사드립니다, 절 믿고 집안 일 다 맡겨주셔서요. 베풀어주신 것 작품 속에서 다시 감사드리려고요."

"가만있자, 우리가 섭섭하게 한 적 없던가?"

아버지가 농을 하자 모두 웃었다.

"그래, 어떤 종류의 글을 쓰는가, 디에고?"

어머니가 작품의 구체적인 장르를 물으셨다.

"소설을 쓰고 있어요. 농장에서 일 하는 세계에도 사랑이 있고 이별이 있죠. 가족을 두고 남의 나라에서 한 해의 절반을 일하며 살아야 하는 사람들의 삶의 애환이 있고 기다림의 희망과 배반도 있고요. 그 작업을 위해 일하며 돈도 벌었으니 이젠 작품에 몰입하려고요."

"멋지다, 디에고! 하고 싶은 일 마음껏 하며 삶을 즐기는 것 같아요."

어머니가 탄성을 냈다.

"그래도 마지막이라고 여기지 말고 언제든 또 오게. 우리는 자네가 그리울 거야."

아버지도 정말 아쉬운 눈빛을 하고 있었다.

"예, 어르신, 언젠가 다 쓴 작품, 책으로 내면 그 땐 책 들고 오겠습니다. 그 때도 잔디 깎을 철이면 잔디도 깎고요."

"디에고 올 때까지 잔디 깎지 않고 둬야겠네!"

어머니의 조크에 우리는 또 웃었다.

아직 눈앞에 있음에도 나는 자꾸만 디에고가 그리웠다.

"거절하면 어쩌나 했는데 고마워, 내 전화 받아줘서."
마이클은 조금씩 긴 문장의 말을 하기 시작했다.
"무슨 일로 전화를?"

10.
그를 만나다

　겨울이 깊어갈수록 식구들은 파이어 플레이스를 중심으로 자주 한 자리에 모였다. 얼마나 많은 눈이 와 길을 덮든, 얼마나 차고 모진 삭풍이 호수를 훑으며 불어오든 가족이 한 자리에 모이면 따뜻하고 화사했다.

　어머니는 뜨개질로 늘 손을 움직이시고 아버지에게는 새로운 낙이 생겼다. 가끔 이안을 안고 창밖에 끝없이 펼쳐진 눈 덮인 포도농원을 바라보는 일이었다. 품에 안긴 아기 이안에게 아버지는 말하셨다,

　'이안, 보아라, 저 포도농원을. 네 것이란다.' 라고.

　끝 간 데 없이 질서정연하게 줄을 선 포도농원을 손자에게 보여주며 어린 가슴에다 주인의식을 심어주기 위한 아버지 나름의 의식 같은 것이었다.

'내가 어렸을 때도 내 손을 잡고 아버지는 그러셨어, 봐라, 브라이언, 네 것이다, 라고. 이담에 크면 나는 당연히 포도농원 주인이 돼야 하는 줄 알았지.'

언젠가 브라이언이 내게 한 말이었다.

아버지 나이 열여섯에 영국에서 이주해 오던 배에서 멀미하던 열다섯 살의 소녀, 조앤에게 건넨 박하사탕 하나가 인연의 고리가 되어 결혼하셨다. 후에 아버지와 어머니는 작은 농장을 시작으로 이 동네에 정착하셨는데 이제는 멕시코나 자메이카에서 오는 인부들이 아니고는 결코 감당할 수 없는 대농장과 와이너리로 확장되었고 모두가 브라이언을 위해서였을 것이다. 그런데 정작 브라이언은 어느 날 아버지에게 '포도주로 사람들을 취하게 하는 일은 하고 싶지 않아요, 아버지.' 라고 말한 적이 있었다. 그것은 아버지의 오래되고 원대한 꿈을 꺾을 수도 있던 말이었다.

'브라이언, 모든 일에는 절제가 필요하단다. 아무리 좋은 음식이라도 과식하면 배탈이 나지. 내가 와인을 만드는 이유는 사람들을 취하게 하기 위해서가 아니라 즐기게 하기 위해서란다. 즐거울 때 힘들 때 위로가 필요할 때 한 잔의 와인은 와인 이상의 역할을 하지. 다만 절제는 각자의 몫이야.'

술에 대한 아버지의 철학이었다. 그래서 브라이언은 술에 대한 유혹이 많은 일을 하지만 과하게 마시지는 않았다. 아버지의 말처럼 알맞게 즐길 뿐이었다.

이제 아버지는 브라이언에게 했던 말들을 아기 이안에게 들려주고 있었다. 말을 알아듣든 아직 알아듣지 못하든 아버지는 아들에게 들려준 말을 손자에게 되풀이하면서 아침을 여셨다. 이제 시작했으니 이안은 할아버지의 말씀을 들으며 자연스럽게 농장의 주인의식을 갖게 될 것이었다. 그리고 책임감을 느끼게 될 것이었다.

브라이언은 와인 비즈니스 때문에 중국이며 3년 간 지낸 적 있는 코리아에 다녀오기도 했다. 코리아에 갈 때는 수아도 가고 싶어 했지만 아직 아기가 어려 장거리 여행을 하는 일이 쉽지 않을 거라며 포기했다.

겨울이 깊어갈수록 바깥출입이 잦지 않은 어머니는 이안이 조금 더 자라면 쓸 털모자와 장갑을 뜨고 모유를 수유하는 수아는 계속 뭔가를 먹었다.

'어머나, 또 늘었어요, 애나!'

수시로 저울 위에 올라가 기울어지는 눈금에 자지러지면서도 수아는 먹을 것을 들고 있었다.

'입맛이 달아서 다행이다, 수아야. 너는 두 사람 몫을 먹어야 한단다. 몸무게 좀 불면 어때? 젖 뗀 후 운동하면 되지, 우리 셋이서 수영 다니자꾸나.'

어머니는 과일 조림을 내 놓으셨고 수아는 '안 되는데..' 하면서 계속 먹었다.

나는 수아에게 허락을 받고 아기 이안을 업어주기도 했다.

'예전엔 코리아의 어머니들도 아기를 업어 키웠어요.' 라며 내가 이안을 업고 싶다고 하면 수아는 포대기를 여며주었다.

그렇게 겨울이 깊어갈 때 나는 가끔 이제는 다시 못 볼지도 모를 디에고를 생각할 때가 있었다. 무엇보다도 그의 소설, 이곳에서의 경험이 녹았을 스토리가 궁금했다. 다른 나라에서 온 농장 인부들의 세계, 사랑과 희망과 배신이 있다고 했던가? 그의 상상력까지 가미되었을, 브라이언과 내가 만든 소문도 스토리의 한 부분을 차지하고 있을 것만 같았다. 만일 그렇다면 그 소문은 디에고의 상상 속에서 어떻게 날개를 달아 소설적인 이야기로 표현되었는지 궁금했다. 그래서 나는 독자로서 아직 출간되지도 않았을 그의 소설을 기다렸다.

그리고 겨울이 깊어갈수록 나는 어머니와 함께 식구들이 즐기는 음식을 만들고 가끔 삼뽀냐를 불었다. 겨울잠에 든 추리 하우스에는 갈 수 없어 내 방에서 창 너머 온타리오 호수를 바라보며 삼뽀냐를 부노라면 수아가 기척 없이 와서 듣고 있었다.

'눈물 나요, 애나.'

수아는 정말 눈물을 흘렸다.

'브라이언이 왜 애나의 삼뽀냐 연주를 들으면 착해지는 것 같다고, 울고 싶다고 했던지 알 것 같아요.'

수아는 그렇게 말하며 또 우물 같은 깊은 눈에서 눈물을 길어 올렸다.

와이너리에서 집으로 오는 길 양쪽에 도열한 단풍나무는 이미 몇 번이나 눈을 입었다가 벗기를 되풀이하며 온타리오 호수 바람에 쓰러질 듯 흔들리고, 키 작은 포도나무행렬, 앙상한 가지끼리 와이어로 이어져 서로 결속한 채 겨울을 나고 있는 포도나무는 호수를 할

퀸 겨울바람이 아무리 모질게 후려쳐도 쓰러지지 않았다.

그 날도 나는 내 방에서 삼뽀냐를 불고 있었다, 마리오 오빠가 즐겨 연주한 곡들이었다. <엘 콘도르 파사>를 끝내고 <외로운 양치기>를 연주하고 있을 때 수아가 노크를 하고 들어와 '전화 받아보세요, 애나' 라고 했다.

나는 연주를 멈추고 아래층으로 내려갔다. 어머니가 날 향해 수화기를 흔드셨다.

"전화 받아봐라. 마이클이라는 구나."

분명히 마이클이라고 어머니가 말하셨는데 갑자기 들은 이름이라 나는 마이클이 누군지를 잠시 헷갈려하고 있었다. 마이클이란 이름을 한 사람이 날 찾을 일이 없기 때문이었다.

"그 마이클이야."

어머니가 수화기를 내게 넘기며 작은 소리로 말하셨다. 어머니는 긴장과 호기심이 어우러진 것 같은, 아주 묘한 표정을 하고 있었다.

'그 마이클, 어렸을 적의 그 마이클 요?'

나는 눈으로 어머니께 그렇게 묻고 있었고 동시에 가슴이 두근거려서 심호흡을 한 번 하고는 '애나 힐스입니다.' 하고 상대방에게 날 알렸다.

"애나!"

마이클이란 남자가 마치 아주 친근한 관계인 듯 내 이름 '애나'를 불러놓고는 가만히 있었다. 분명 할 말이 있어 한 전화였을 텐데 막상 내가 받으니 말이 막혔을까, 그는 그러고 있었다.

130

"마이클 에반스?"

심호흡을 한 번 한 내가 오히려 침착하게 그의 이름을 불렀다.

"응, 나 마이클이야. 잘 있었어, 애나 힐스?"

그 목소리는 어렸던 마이클, 날 놀리던 개구쟁이 마이클의 목소리는 분명 아니었다.

"거절하면 어쩌나 했는데 고마워, 내 전화 받아줘서."

마이클은 조금씩 긴 문장의 말을 하기 시작했다.

"무슨 일로 전화를?"

나는 몹시 사무적인 언어로 말했다.

내 말에 잠시 주저하던 마이클이 대뜸 말했다, '한 번 만나고 싶어서.' 라고.

그 때서야, 길모어 부인의 수다와, 브라이언의 반대, 그리고 어깃장을 부리듯 마이클을 만나보겠다는 말을 한 기억이 줄줄이 떠올랐다. 지난여름의 일이었다.

"사실은...많이 늦었지만 사과를 하고 싶어서, 애나."

'사과?'

사과란 말에 나는 가만히 수화기를 든 채 있었다. 떠올리기도 싫은 불편한 기억들이 우루루 들고 일어나는 것 같았다. 머릿속에서 다투어 일어나는 기억들은 하나 같이 돌아보고 싶지 않은 것들이었다. 같은 동네에 사는 탓에 행여 길가다가라도 마주치게 될까 두려워했었는데 다행히 우연으로도 스친 적이 없었다. 지난여름 길모어 부인이 마이클을 나와 연결하겠다고 한 후, 그래서 오기로 한 번 만나보겠다고는 했지만 실제로는 실현 가능성은 없었다. 그것은 내 진심이 아니었고 무엇보다도 내게 마이클은 나쁜 기억의 악연으로 이름조차도 잊고 싶은 사람이기 때문이었다.

그런데 만나고 싶다니, 사과하겠다니, 두근대던 가슴은 더욱 벌렁거리고 그럴수록 진정하기 위해 나는 수화기를 움켜쥐었다 수화기를 쥔 손바닥이 땀으로 젖었다.

"그래? 나, 그 사과를 받아야겠어, 마이클. 그리고 나도 할 말이 있어."

그렇게 마이클과 만날 약속을 하고 전화를 끊은 후, 나는 내가 무슨 정신으로 사과를 받아야겠다느니 할 말이 있다느니 했던지 마치 횡설수설한 것 같아 수화기를 놓자마자 후회부터 하기 시작했다. 더구나 할 말이라니, 도대체 마이클에게 내가 하고 싶었던 말이 무엇이기에, 내가 언제 그에게 말을 하고 싶다는 생각을 했기에 그렇게 대뜸 할 말이 있다고 했는지 나의 경솔을 이해할 수 없었다. 아마도 지나치게 긴장한 탓일 거였다.

"마이클이 왜 전화했대, 애나?"

당장 어머니가 굳은 얼굴로 물으셨다. 어머니에게도 그리 유쾌한 기억을 안긴 사람이 아닌 탓이었다.

"사과를 하고 싶다고 하네요."

나는 좀 담담한 심정이 되어 말했다.

"사과를? 마이클이? 마이클이 또 내 딸 가까이 다가오는 것이 난 반갑지 않구나."

경계부터 하시는 어머니의 심정을 나는 이해했다. 마이클 때문에 아들 앞에서 이미 난감한 지경을 겪으신 어머니였다. 그러니까 마이클은 우리 식구 모두에게 유쾌한 기억을 남기지 않은 사람이었다. 사과는 받아야겠다며 대뜸 약속부터 한 나는 그래서 더 후회하기 시작했다.

"더 만날 일 없을 거예요, 어머니."

어차피 약속했으니 한 번은 만나지만 더는 만날 일 없을 거라고 나는 자신 있게 말했다. 우리 식구 아무도 반기지 않는, 무엇보다도 내가 싫어하는 마이클이 사과를 했다고 다시 만나거나 하는, 관계를 이어갈 일은 결코 없을 것이었다.

그렇게 정한 약속날짜, 그 시간에 나는 마이클을 만나기 위해 동네의 호텔에 갔다. 한 때 어머니와 함께 수영을 다닌 호텔이었다.

'행여 마이클이 예전처럼 또 무례하면 그 자리서 일어나 오너라. 그 때는 내가 나서마.'

마치 딸을 적진에 보내는 것처럼 어머니는 당부하고 또 당부를 하셨고 나도 아닌 척하며 속으로는 꽤 긴장하고 있었다. 이 나이에 다시 마이클에게 휘둘리지는 않겠지만 그래도 만나잔다고 대뜸 약속에 응한 내 태도는 자꾸만 마음에 걸렸다. 얕잡아 무시하고, 약 올리고, 브라이언의 말처럼 집요하게 괴롭히던 그 마이클이 어른이 되었다고 얼마나 달라졌을까 싶었다. 그러나 어차피 왔으니 사과를 듣고 내 할 말만 하고 일어서야지, 하며 호텔에 들어갔다.

파이어 플레이스가 타오르고 있는 호텔라운지에는 평일이라 빈 테이블이 많았다.

나는 두루 살피지 않은 채 파이어 플레이스를 등 뒤에 두도록 한 테이블에 가 앉았다. 웨이터가 다가와 마실 것을 주문하겠느냐고 했을 때 마이클을 기다릴까 하다가 나는 커피를 주문했다. 그렇게까지 예의를 차리고 싶지 않아서였다.

마이클,

내가 어떻게 그를 잊을 수 있을까? 일곱 살 그 때, 새 부모님과 이 땅에 와 부모님이 브라이언과 함께 입학을 하게 했을 때 그 때부터 가까이에 있었던 마이클이었다. 마이클은 브라이언보다 키가 컸고 둘은 친구이면서도 마이클이 나를 괴롭게 하던 바람에 서로 사이가 나빠졌다.

'애나, 넌 왜 다르니?'

'네 집으로 가라, 애나!'

'넌 왜 말을 못하니, 벙어리래요!'

케추아 언어를 썼던 나는 마이클이 내 주위를 뱅글뱅글 돌면서 놀리는 소리로 무슨 의미인지 짐작만 했을 뿐 같이 대들며 그러지 말라고 할 수 없었다. 마이클이 그럴 때마다 나는 그 자리에 주저앉아 얼굴을 가린 채 가만히 앉아 있었다.

'애나는 바보래요!' 하며 어머니가 땋아주신 양 갈래 머리를 잡아당기며 놀리면 휙 하고 어디선가 브라이언이 나타나 씨근대며 이미 붉어진 볼과 주먹을 쥔 채 마이클 앞을 가로 막곤 했다.

'그러지 마, 애나한테!'

저보다 큰 마이클에게 힘으로는 못하고 말로 브라이언이 대들면 마이클은 또 '브라이언 넌 뭐냐? 넌 왜 애나와 다르니?' 하고 놀려댔다.

그렇게 잘 참던 브라이언도 한 번은 마이클에게 힘으로 대든 적이 있었다. 갑자기 나타나 휙 마이클을 덮쳐 패준 일이었다.

그 일로 둘은 선생님에게 불려가 주의를 들어야 했고 그래도 마이클의 버릇은 여전했다. 그래서 마이클이란 이름만 귀에 들어가도 브라이언은 치를 떨었고 나와 엮일까봐 한사코 반대하는 것이었다.

그 마이클이 날 만나자고 해 나는 이곳에 와 있고 그가 먼저 와 있다면 어딘가 앉아 있을 텐데 나는 살피지 않았다. 저가 날 알아보고 찾아오면 모를까 내가 휘 둘러 찾아보고 싶은 마음은 없었다.

나는 긴장을 풀기 위해 웨이터가 갖다 놓은 커피에다 우유와 설탕까지 넣어 한 모금 마셨다. 마이클은 아직 오지 않은 것 같았다. 내가 시킨 커피가 오도록, 우유를 넣고 설탕을 넣어 젓고 한 모금 마실 때까지 여기저기 앉은 사람 중에 아무도 날 알아보는 사람은 없었다.

수영을 마친 후 가끔 어머니와 이 라운지를 찾을 때가 있었다.

'애나야, 난 돈 주고 마시는 커피가 더 향기롭더라.'

이곳을 찾을 때마다 어머니와 나는 공모자처럼 한 마음이었다. 작고 사소한 것에 한 마음이 되면 어머니는 소녀처럼 까르르 잘 웃으셨다.

"혹시 애나 힐스?"

그 때였다. 어머니와 이 자리에서 커피를 즐겼을 때처럼 마이클도 잠시 잊은 채 달달한 커피를 음미하고 있는데 한 남자가 내 이름을 불렀다. 체구가 우람하고 짧은 구레나룻이 뺨을 덮은, 장정이었다. 그 때서야 생각에서 깨어나며 내가 지금 누군가를 기다리고 있음을 상기했다.

"마이클?"

내가 그의 이름을 불렀다. 그가 고개를 끄덕이며 몹시 겸연쩍어하는 것 같기도 하고 몹시 반가워하는 것 같기도 한 표정을 한 채 날 내려다보고 있었다.

"나, 앉아도 될까?"

그가 내 허락을 받고 있었고 이건 마이클의 행동은 아닌데? 하는 생각을 나는 순간적으로 하고 있었다.

"그럼."

내 말과 동시에 마이클이 의자를 약간 물려내어 내 건너편에 앉았다. 가슴이 몹시 두근거리기도 하고 떨리는 것도 같았는데 나는 깊게 숨을 한 번 내쉬며 마음을 가다듬었다.

"실은 들어올 때 봤는데 긴장 푸느라 좀 앉아 있었어."

마이클의 목소리는 부드러웠고 친절했다.

'너도 긴장할 줄 아니?' 하고 묻고 싶었지만 차마 그럴 수는 없었다. 그러나 생각보다 솔직한 표현이어서 내가 마이클을 물끄러미 바라보았다.

마이클은 너무나 변해서 길가다가 스쳤다면 알아볼 수 없을 것 같았다. 우연히 라도 만날까 한 걱정은 기우였다.

"사과하고 싶었어, 애나. 미안해. 참 부끄러운 일이었어."

마이클은 성질이 좀 급한 편인지 커피도 시키기 전에 자세부터 가다듬더니 '미안'을 말했다. 오랫동안 미안한 마음을 품고 있었던 사람의 진심어린 자세란 느낌이 들었다.

'미안'

듣고 보니 남자에게 듣는 두 번째의 미안이었다. 그 날 눈 쌓인 새벽에 브라이언이 한 말도 '미안'이었다. 브라이언과 마이클의 '미안'은 의미가 달랐지만 들으며 나는 생각하고 있었다, '미안'은 참 편리한 단어구나, 하고. 상대편 마음을 아프게 했어도 없던 일이듯 되게 하는 것이 '미안', 이 한 마디였다.

그 짧은 한 마디의 힘은 강해서 오직 한 사람으로 알고 있던 브라이언이 내 눈 앞에 수아를 데려다 놓고 한 '미안' 이란 말에 내 마음을 풀어야 했고, 어렸던 그 때부터 지금까지 날 따라다닌 불편한 기억이 내 속에서 여태 선명함에도 이제야 하는 '미안'에 나는 용서를 해야 했다.

'사과는 받아야지. 그래도 애나야, 사과한다고 방심하지는 말아라.'

마이클의 전화에 나보다 더 경계심을 풀지 못한 어머니가 당부하신 말이었다. 마이클이 또 무슨 말로 내 마음을 할퀼까 어머니는 지레 걱정을 하셨다.

그런데 내가 방심을 하고 있었던 것일까, 마이클의 '미안'을 듣는 순간, 아니 긴장을 말하고 커피도 시키기 전에 머리부터 조아리는 자세에 쌓인 오래 묵은 감정 같은 것이 '미안'에 씻겨 내려가는 것 같았다. 어렸을 적의 일이기 때문이었다.

"많이 늦었지만 용서해 주겠니, 애나?"

마이클의 푸른 눈이 흡사 맑은 날 하늘이 내려앉은 것 같았을 때의 온타리오 호수 빛깔 이었다.

'내 앞에서 정말 용서를 구하네? 이 사람이 정말 그 아이 마이클이라고?'

내가 나 자신에게 물었다.

마이클이 분명했다, 그 개구쟁이 마이클.

'도대체 무엇이 그 마이클을 이렇게 변화시킨 거야?'

나는 또 나 자신에게 묻고 있었다, 믿을 수 없어서였다.

이즈음에서 나도 뭔가 말을 해야 하는데, 나도 할 말이 있다고 분명히 말했었는데, 이제 내가 그 말을 할 차례였다.

"우리가 다 어렸었잖아. 난 이 말을 하고 싶었어, 마이클 네게."

어렸으므로, 철이 없었으므로 그럴 수 있었고 그래서 용서될 수 있다는 말이었다.

그리고 나는 생각했다, 어렸던 마이클의 눈에 내 외양은 얼마든지 호기심의 이유가 될 수 있었고 놀림의 이유 또한 될 수 있었다고. 내 눈은 마이클의 저 푸른 눈동자와도 달랐고 피부 빛깔도 생김새도 분명 달랐다. 나는 어렸던 마이클의 입장에 서 보며 철없던 마이클의 언행을 이해하기로 했다. 방심하지 말라던 어머니의 말은 잊은 채였다.

"오, 애나 고마워. 애나 넌 정말 멋진 어른이 되었구나!"

이미 긴장을 떨쳐버린 마이클의 목소리는 유쾌했다.

'마이클, 너도 많이 변했는데 뭘.' 하고 나는 속으로 말하고 있었다. 수많은 시간 동안 속에다 그 깊은 반감을 품고 있었다는 사실이 무색할 정도로 나는 빨리 놓아버렸다. 그러지 말라고 어머니가 당부를 하셨음에도 작정했던 것보다 빨리 내 마음의 경계를 풀어버린 것이다.

그 개구쟁이로 하여금 자신의 잘못을 인정하게 하고 사과를 할 줄 알게 하는 청년으로 변화하게 한 것은 정말 무엇일까, 하고 생각하기 시작했다.

시간이었다. 하면 안 된다고 했어도 멈출 줄 모르던 행동을 후회하게 하고, 미안하다고 할 줄 알게 한 것, 그것은 시간일 것이다. 마이클과 내 앞으로 지나간 시간, 그 긴 시간이 '미안'을 말할 수 있는 용기를 갖게 했고, 그 시간이 어렸기 때문이란 '이해'를 할 마음의 여유를 품게 한 것이다.

"같은 동네에 살면서 어쩌면 한 번도 마주친 적이 없었을까?"

신기하다는 듯 마이클이 커피를 마시며 말했다.

마주친 적이 없었으니 내게는 다행이었다. 만일 길 가다가 또는 레스토랑에서든 어디서든 갑자기 부딪쳤다면 이런 '미안'의 기회는 없었을 것이고 나 또한 시간 속으로 기억을 흘려보내는 작업은 가능치 않았을지도 모른다, 계속 마이클을 싫어했을 것이므로.

"그러게."

나는 마이클의 말에 슬쩍 동조했다. '미안과 용서'의 순간을 살짝 넘기고 나니 많은 숨은 이야기들이 오갔다. 마이클과 나 사이엔 같은 동네에서, 같은 학교에서 공부한 공통의 이야기들이 있었다.

마이클은 말하면서 '넌 어떻게 생각해?' 란 말을 몇 번이나 물었다. 그것이 마이클의 말의 습관인 것 같았는데 '너도 나와 같은 생각이면 좋겠는데..' 하는 마이클의 희망사항 같은 의미여서 그 순간마다 나는 그냥 웃었다.

"애나, 나는 널 또 만나고 싶은데 넌 어떻게 생각해?"

헤어질 즈음에 마이클이 또 그렇게 말했을 때는 나는 순간 갈등했다, 사과만 받고나면 더 이상 마이클을 만날 일은 없을 거라고 어머니 앞에서 장담한 그 말 때문이었다. 그 때는 정말 내 마음이 그랬었다, 내가 마이클을 더 만날 일은 결코 없다고, 내가 어떻게 마이클을 더 만날 수 있겠느냐고.

그런데 내 마음이 갈등하고 있는 이유, 그것은 바로 지금 이 순간 내가 마이클의 청을 거절하고 싶지 않은 데 있었다. 아니, 또 만나고 싶었다. 한 번 더 만나보고 아니다 싶으면 그 때 '노!' 라고 해도 늦지 않을 거라는 합리화를 하며 나는 마이클을 향해 웃고 있었다.

'싫어.'란 말이 아니어서인지 마이클의 표정이 어린 아이처럼 밝아졌다. 그래서 마이클이 다잡아 확인하듯이 '우리 또 만날 거지?' 하고 물었을 때 '그러지 뭐.' 하고 말할 수 있었을 것이다.

집에 오는 길에 생각해 보니 생각보다 내가 많이 웃은 것 같았다. 마이클을 만나 많이 웃다니, 그것도 시간이 만든 요술일까? 아니라고 말할 수는 없을 것 같았다.

"너 괜찮니, 애나야?"

그렇게 마이클을 만나고 왔더니 어머니가 문 앞에서 기다리셨다.

어머니의 두 눈은 호기심과 걱정으로 뒤섞여 있었다. 딸이 행여 또 상처를 받았을까봐, 그래도 이젠 성인이 된 남녀의 만남이라 약간의 호기심도 있었을 것이다.

"첫 데이트 어땠어요, 애나?"

수아는 숫제 첫 데이트라며 어머니 곁에서 날 채근했다.

"그래, 얘기 좀 해 다오, 애나야. 우리가 너 오기만 기다렸단다."

"다른 사람 같았어요, 마이클이."

내가 미소 지으며 말했다. 정말 그랬다, 호텔 라운지에서 서로 다른 테이블에서 기다렸는데 내가 마이클을 알아보지 못했고 마이클은 이미 날 알아보고 긴장을 다스리느라 조금 앉아 있었다고 했다. 그리고 미안하다고 먼저 말했었다.

나는 그 모든 것을 어머니께 말했다.

"그러니까, 그 개구쟁이 마이클이 아니더란 말이지?"

"그건 마이클이 철없었을 때…"

어머니가 눈을 들여다보며 다그치자 내가 엉겁결에 한 것이 마이클을 변명하는 말이었다. 어머니를 향해 마이클을 변명하는데 나도 모르게 웃음이 감도는 것도 희한했다. 마이클을 기억하며 마이클을 말하며 미소를 짓다니 나는 상상도 하지 못한 내 모습이었다. 어머니가 내 눈을 뚫어지게 들여다보고 있었다. 내 눈에서 색다른 느낌을 발견한 눈빛이었다.

"다행이다, 마이클이 좋은 청년으로 성장해서. 에반스 여사가 마음고생을 많이 했는데 이제 다 지나간 얘기구나."

어머니가 안도하셨다.

"한 번 더 만나보려고요, 어머니."

"애나야!"

어머니가 날 불러놓고는 말을 잇지 못하셨다. 다시는 만날 일 없다고 해 놓고 어떻게 된 거야, 하는 질책 같기도 하고 딸 심경의 변화에 놀라신 의미 같기도 했다. 수아는 함빡 웃음을 머금고 있었다. 마치 그 심정 안다는 것 같은 표정이었다.

브라이언의 완강한 반대에도 날 던지듯 불쑥 마이클을 만나보겠다고는 했었지만 그 뒤 나는 그 일을 잊고 있었다.

'지난여름, 길모어 부인의 말을 듣고 전화를 하고 싶었는데 실은 용기가 나지 않았어. 내가 애나에게 잘못한 일이 너무 많잖아.'

마이클이 한 말이었다. 그러니까 마이클은 이미 길모어 부인을 통해 그날 부인들 모임에서 오간 얘기들을 들어 알고 있었던 것이다.

"내 딸이 '노'를 할 수 없었구나. 그래, 그 심정 나도 이해는 할 것 같아. 그러나 서두르지는 말자."

어머니가 평소에는 보인 적 없던 내 고조된 심정을 지그시 가라앉히시는 것 같았다.

그렇게 만남이 잦아짐에도 나는 '노!'를 해야 할 적당한 기회는 잡지 못했다. 내 마음이 마이클에 대해 관심을 갖기 시작한 것이다. 변화된 마이클을 만나면서 마치 애초부터 몰랐던 사람인 듯 점점 호기심을 느끼기 시작한 것이었다.

오랫동안 깊은 반감만 품고 있던, 그리고 한 번도 브라이언이 아닌 남자에 대해 관심을 가져본 적 없던 내게 마이클에 대한 호기심은 파격적인 심경의 변화였다. 수아를 만났을 때의 브라이언의 심정이 이랬겠다, 하는 생각을 나는 그 때서야 하게 되었다.

"마이클 넌 대단한 사람이야, 너 자신을 이겼으니까."
"나는 그렇게 널 괴롭혔는데 넌 원망대신 용기를 주네, 애나."
마이클이 말했다.

11.
첫 키스

마이클의 일이 끝나는 시간이 곧 우리가 만나는 시간이었다. 함께 드라이브한 후 식사하고 주말엔 영화를 보러 다녔다. 아직 겨울이 미적대고 있어서 우리가 만나 할 수 있는 것은 그 정도였는데 마이클은 여태 내 눈치를 보느라, 나는 아직은 마이클을 더 알아야 한다는 마음을 앞세우느라, 그리고 맘에 들지 않으면 언제든 '노' 라고 해야 한다는 약간의 강박관념을 속에다 둔 탓에 서로가 성큼 다가가지 못한 채 주저하고 조심했다.

마이클은 겨울이 물러나면 파크웨이를 따라 자전거를 타자고 하더니 너랑 어서 보트를 탔으면 좋겠다며 아직은 겨울인데 여름을 기다렸다. 마이클은 우리의 만남이 여름까지 갈 거라고 생각하는 것 같았다.

마이클을 만나기 전까지 내가 아는 남자의 세계는 브라이언이 전부였다. 브라이언과 자라면서 함께 경험한, 그래서 대부분 나도 너무나 잘 아는 세계였다. 그러나 브라이언이 들려준 이야기들이었으므로 이미 알고 있던 이야기들도 내 마음은 늘 그 속에 빠졌었다. 아마도 브라이언에게 빠졌을 게다.

마이클도 이야기하기를 좋아하는 것 같았다. 이야기로 솔깃하게 하는 것, 그것은 남자들이 여자와 가깝고 싶을 때 하는 그들 나름의 연애방법일까? 브라이언도 수아와 사귈 때 그렇게 접근했다고 했었다, 오죽하면 수아가 브라이언을 일러 세헤라자데라고 했을까?

그러나 마이클이 내게 들려주는 이야기는 내가 몰랐던 세계의 것이었다. 다른 환경의 가정과 가족의 이야기, 브라이언과는 다른 성장 과정의 이야기, 다른 취미와 일 이야기, 심지어는 알콜중독과 치료 이야기까지였다.

마치, 할 이야기는 많은데 그 동안 들어줄 사람이 없었구나, 하는 착각마저 들도록 마이클이 내가 경험한 세계와는 다른 이야기들을 들려주면 브라이언의 이야기에 수아가 그러했듯이 나는 마이클의 이야기에 빠져들었다. 아직은 마이클이란 사람보다는 그의 이야기가 나를 사로잡았다. 그리고 다음 이야기를 기다렸는데 그것은 곧 내가 마이클을 향해 점점 마음을 열어가고 있다는 의미였다.

마이클도 나와 같은 심정이었던지 헤어질 때는 늘 말했다, '애나와 함께 있으니 시간 가는 줄 모르겠네.' 라고. 그러면서 '내일도 만나고 싶은데 너는 어떻게 생각해?' 라고 하며 내 생각을 확인하고 대답을 듣고야 그날의 만남을 마무리했다.

이미 둘 다 성인인데 다음 약속을 받아내는 방식은 어린 아이들 같았다. 어린 아이였을 때 그 때 만일 사이가 좋았다면 만나고 헤어질 때 그런 말투를 썼을 것 같았다. 나는 그의 언어 습관을 통해 마이클이 생각보다 순진한 사람일지도 모르겠다는 생각을 했다.

내가 아무리 마이클에 대한 좋지 않은 감정을 켜켜로 쌓아두고 있었다할지라도 바로 내 앞에서 눈을 들여다보며 매일 저렇게 묻는다면 나는 결코 '노!'란 대답은 할 수 없을 것 같았다. '노!'는커녕 자주 만날수록 그를 더 알고 싶은 호기심을 느끼기 시작했다. 그것은 마이클만큼이나 나도 만남을 원한다는 의미였다.

처음 만난, 오래된 그 호텔라운지에서 우리는 자주 만났다. 파이어 플레이스를 가까이 두고 우리는 식사를 하고 차를 마시며 자리에서 일어날 줄 몰랐다.

'내가 엉클 테드를 많이 따랐어.'

그 날은 마이클의 삼촌, 테드 이야기를 했다. 아버지의 동생, 테드는 독신으로 살며 마이클이 어렸을 때부터 자식처럼 데리고 다녔다고 한다.

'나는 엉클이 하는 모든 것을 따라하고 싶었어. 낚시를 잘 했으니까 낚시를 잘 하고 싶었고 스키를 잘 탔으니까 겨울을 기다렸지. 엉클은 사냥도 즐겼어.'

'너도 사냥했어, 마이클? 총으로 짐승을 죽였어?'

나는 이미 머릿속으로는 무심히 열매를 따고 있는 사슴의 머리에다 마이클이 총구를 겨누는 상상을 하고 있었다. 그것은 정말이지 끔찍한 상상이었다.

'노, 노, 애나, 난 사냥을 아주 싫어해!'

마이클이 어린 아이처럼 정색을 하며 손사래를 쳤다.

'사냥엔 따라가 본 적도 없어. 실은 내가 겁이 좀 많거든. 엉클이 낚시 갈 때는 늘 나를 데리고 다니셨는데 다만 낚싯밥으로 지렁이 꿰는 일은 절대로 시키지 않는다는 조건이었어. 내가 지렁이도 싫어 하지만 살아 움직이는 걸 그렇게 하는 걸 아주 끔찍해 했거든. 그러면 엉클이 그러셨지, 마이클, 지금은 가게에서 낚시용 지렁이를 손쉽게 사지만 내가 너만 했을 때는 밤중에 잔디밭에 나오던 지렁이를 잡아서 낚시 갔단다, 하고'

그러니까 지렁이도 만지지 못하는 사람이 짐승을 총으로 쏘는 일을 할 수 있겠느냐는 말이어서 나는 마이클의 그 말을 믿었다.

총으로 짐승 잡는 일을 꺼려하기는 마이클의 아버지도 마찬가지여서 엉클의 사냥 습관을 못마땅해 했지만 정부에서 라이선스로 허락한 일이라며 때 되면 북쪽지방으로 사냥을 떠났다고 했다.

'총은 가족이라도 손대지 못했어. 엉클은 자신의 집의 정해진 장소에다 잠금장치가 있는 박스에 넣어 보관을 했는데 행여 호기심을 가질까 내게는 총을 보여준 적도 없었어. 뭐든 따라하고 싶어 한다는 걸 엉클도 알고 있었거든.'

'나 같으면 사냥은 절대로 따라가지 않을 것 같아.'

무심하게 놀고 있는 사슴을 향해 총을 겨누는 일은 아무리 생각해도 끔찍했다.

'너도 그렇게 생각하는구나? 엉클이 하는 건 다 좋아했는데 사냥만큼은 절대로 따라하고 싶지 않은 엉클의 취미였어. 내가 만일 한 번이라도 엉클을 따라가고 싶었다면 아마 개미가 되고 싶어서였을 거야.'

'개미? 아!'

말의 의미를 얼른 알고 내가 엉겁결에 감탄의 소리를 냈다. 마이클이 동화 얘기를 하고 있었기 때문이었다. 나뭇잎을 떨어뜨려 물에 떠내려가던 개미를 살려준 비둘기가 어느 날 사냥꾼의 총에 맞을 위기를 맞자 비둘기 덕에 살아난 개미가 사냥꾼의 바지 속에 들어가 살갗을 깨물어 비둘기를 구하며 은혜를 갚는다는 이솝의 우화였다.

한 편의 우화를 응용한 마이클의 말을 들으며 나는 생각하고 있었다, 마이클은 책을 많이 읽었구나, 그리고 읽은 이야기를 적용하여 말을 재치 있고 설득력 있게 할 줄 아는 사람이구나, 하고. 그리고 여차하면 '노!'라고 해야 하는데 이러다가는 '노!'를 못할 수도 있겠구나, 하는 생각도 했다. 그 속에 내가 몰랐던, 정말 알고 싶었던 그의 따뜻한 심성이 있었기 때문이었다.

여상하게 했을 '개미'란 단어 하나가 마이클을 더 유심히, 그리고 흐뭇한 심정으로 바라보게 했다. 그 작은 개미 한 마리에 의해 내 속에 오래, 깊이 박힌 비호감이란 뿌리가 맥없이 흔들리는 것 같았다.

파크웨이를 드라이브하다가 강가에 자동차를 세우면 자동차는 우리만의 공간이었다. 자동차는 음악 감상실이었고 들고 간 커피가 있는 커피숍이었고 아직은 그럴 사이는 아니지만 또 어떻게 아는가, 첫 키스의 공간이 될지는.

온타리오 호수와 나이아가라 강에는 늦봄부터 초가을까지 모양도 기능도 다양한 보트들이 등장하는데 아직은 공기가 차가워서 사람들은 보트를 들여놓은 채 철이 오기를 기다렸다. 강물에는 보트들 대신 구스와 다른 새 떼들이 찬 물에 떠 가끔은 엉덩이를 치켜들고 물속으로 들어가 고기를 잡았다.

"여름엔 보트를 타."

바람에 이는 잔물결과 그 물결을 타고 새떼가 물결에 따라 일렁이며 떠있는 강을 내다보며 마이클이 말했다.

"보트엔 몇 가지의 종류가 있어. 물속의 모터사이클이라 불리는 시 두(Sea Doo)가 있고, 모터를 배 뒷부분의 바깥에다 장착하는 아웃보드(Outboard), 모터를 배 앞부분의 안쪽에다 장착하는 인보드(Inboard), 그리고 평평한 사각형으로 갑판에다 차양을 두는 폰툰보트(Pontoon Boat)라 불리는 것도 있어. 내가 즐기는 스피드 보트는 시가 보트(Cigar Boat) 라고도 하는데 모터가 주로 안쪽에 장착되어 있어. 날씨 따뜻해지면 나랑 타자. 애나도 좋아하게 될 거야."

아무래도 마이클은 우리가 여름에도 함께 할 수 있을 거라고 확신을 하는 것 같았다.

"틴 에이지 때부터 술을 마셨어."

마이클이 갑자기 술 이야기를 했다. 작은 동네에서 소문으로 퍼져 내 귀에까지 든, 마이클의 어머니 에반스 부인이 모임에서 고백하려 다 만 그 일일 것이었다. 마이클의 지극히 사적인 일이라 나는 약간 긴장을 한 채 그를 바라보았다.

"처음엔 부모님 몰래 마시다가 나중엔 와이너리에서 집에서 어디 서든 마셨어. 매일 마시다가 문득 나는 왜 늘 술을 마시지, 하고 생 각을 한 적이 있어. 좋은 부모님이 계시고 하나 뿐인 성실한 형은 제 갈 길로 잘 가고 있었고 나는 식구들 사랑을 받으며 자랐고 그러니 까 부족하거나 어느 하나 불만을 해야 할 일이 없었지. 불만할 수 없 던 환경이 불만이었을까? 결국 나 자신 때문이었어.

나는 어렸을 때부터 지나치게 심술궂었고 심술이 심술을 부르며 더욱 강퍅해지고 그러다 보니 나 자신에 대해 만족하지 못하는 것 의 악순환이었어. 그런 나 자신을 회피하는 방법으로 처음엔 조금씩 마시다가 점점 빠져들었다가 나중엔 폭음을 했는데 내 주변에 술은 늘려 있었고 그걸 단호히 외면하기엔 내 의지가 너무나 약했어. 그 러면서도 수시로 '도대체 무엇이 불만이야?' 하고 자문을 하기도 했 는데 원인은 늘 내 속에 있었어. 답은 아는데 푸는 과정의 인내가 부 족했다고나 할까? 결국 나약함이 문제였어."

마치 '이제는 애나 널 믿고 다 드러내고 싶어.' 라는 듯 마이클은 속에 든 힘들었던 부분까지 쏟아내기 시작했다.

"보트 타기는, 나는 약하지 않다는 일종의 과시였어. 스피드를 즐 기기 위해서가 아니라 나의 약함을 덮을 목적이었다고나 할까? 그런데 스피드로 물살을 가르고 공기를 가르다보니 내 고질적인 나약함도 다 날려버리고 싶다는 오기가 생기더라. 여름엔 물에서 살다시피 했는데 잠시라도 술을 피하는 계기가 되긴 했어."

알고 보니 마이클은 자신의 나약함에서 벗어나기 위해 스스로 많은 시도를 했던 것 같았다.

"나 자신을 좀 알고 있었던 것은 아주 다행이었어. 내 심약함을 가리기 위해 남을 괴롭게 하고 그도 성에 차지 않으니 술을 마시며 술기운 뒤에 숨는 일, 지금 생각해 보면 너무나 어리석고 유치한 방법이었는데 그 때는 내가 다른 방법을 몰랐어, 아니 부모님의 관심이나 좋은 가르침 같은 것이 있었지만 관심을 두지 않았던 거야. 좋은 길로 인도하려는 가족들과는 어긋나게 가는 것, 그렇게 어긋나면서 그것으로 가족을 긁고 날 긁었으니까. 자식 키우는 부모님의 행복감, 환상 같은 것을 내가 낱낱이 깨뜨리고 주저앉게 했을 거야, 그 때.

왜 이렇게 살지, 이렇게 살고 싶지는 않아, 하는 생각은 늘 따라다녔는데 그럼 어떻게 해야 해, 하면서 술을 피할 수 있는 방법을 생각하게 되었고 보트로, 자전거로, 뛰기로 날 내몰았어. 그 때는 내가 생각해도 참 모질게 마음먹었던 것 같아. 뭔가를 시도해 나 자신을 이겨본 적이 없었던 내가 날 알았던 것이 도움이 됐다고나 할까? 더 이상 그런 나 자신에게 휘둘리며 살고 싶지 않았거든."

마이클은 조근 조근 자신의 지난했던 시간, 그러나 숨기고 싶었을 그 시간의 이야기를 내게 하고 있었다. 날 괴롭게 한 것 보다 더 많이 그런 자신에게 휘둘리며 힘들게 산 이야기였다. 한 심약했던 젊은이의 고통스러웠던 시간의 이야기였다.

그러함에도 그 이야기가 내 마음을 끈 이유는 그 고통에 휘둘리면 서도 이겨내려 몸부림한 흔적과 마침내 이겨낸 이야기였기 때문이다. 고통의 이유를 타인이나 환경에 두지 않고 자기 자신에게서 찾아 마침내 자신의 단점을 극복한 긍정적이고 희망적인 이야기였기 때문이다.

"마이클, 넌 아주 강한 사람이야."

나는 진심으로 그렇게 생각했다. 마이클이 심층에 묻어 둔 자신의 나약함까지 드러내자 나는 내가 경험으로 알고 있던 그에 대한 어렸을 적의 선입견을 자신의 나약함을 알고 극복한 강한 사람의 이미지로 바꿨다.

만일 마이클이 자신이 가진 점, 자신이 얼마나 누리고 사는지, 그래서 얼마나 자신감이 넘치는 남자인지를 내게 과시하려고 했다면 나는 아마 그에게서 인간적인 매력은커녕 또 실망만 느꼈을 것이다. 그에게서 시간이 만드는 인격의 변화는 결코 볼 수 없었을 것이기 때문이었다.

"마이클 넌 대단한 사람이야, 너 자신을 이겼으니까."

"나는 그렇게 널 괴롭혔는데 넌 원망대신 용기를 주네, 애나."

마이클이 말했다.

"내가 말했잖아, 그건 다 어렸기 때문이었다고."

마이클이 가만히 내 눈을 들여다보았다.

"널 만난 후부터 좋은 사람이 되고 싶다는 생각을 할 때가 있어. 나, 좀 유치하지?"

마이클이 씨익 웃었다. 정말 어린 아이 같았다, 아주 순진한 소년.

"응, 아주 순진한 보이 같아, 꼭 안아 주고 싶도록."

진심이었다. 어두웠던 자신의 과거를 드러내는 일이 어디 쉬운가, 더구나 여자 앞에서? 어린 아이 같은 순수함, 진솔한 용기가 없으면 가능하지 않다. 그래서 내 눈에 마이클은 근사한 사람이었다.

"지금, 나 안아주면 안 돼?"

마이클이 아이처럼 졸랐다. 귀여운 소년 같았다.

"그러지 뭐."

내가 망설이지 않고 옆의 마이클을 안았다. 그리고 내 입술을 그의 이마에다 콕 찍었다. 내게 마이클은 장한 일을 해 낸 기특한 소년이었다.

내 가슴에 가만히 묻혀 있던 마이클이 이번엔 자신의 차례라는 듯 나를 안았다. 안은 채 가만히 있더니 자신의 입술을 내 뺨에다 조심스럽게 눌렀다. 내 뺨 위에서 잠시 주저하던 마이클의 입술이 이제는 소년이고 싶지 않다는 듯 내 입술을 찾았다.

내 입술을 만난 마이클의 입술이 잠시 머뭇대더니 이내 격하게 움직이기 시작했다. 소년에서 마침내 한 남자의 입술이 되어 내 입술을 탐하기 시작했다. 내 입술이 기꺼이 마이클의 입술을 만났다. 우리는 이미 그 모든 과정을 거쳐 지금은 남녀로 만나고 있기 때문이었다.

그렇게 우리가 입술로 하나가 된 것도 나이아가라 강가의 그의 자동차 안에서였다.

"애나 힐스, 네가 처음 날 안아주고 우리가 첫 키스를 한 이곳에서
내 진심을 말하고 싶었어. 나, 너랑 오래 살고 싶어."

12.
프러포즈

그렇게 마이클을 만나면서 겨울을 보냈다. 캐나다의 겨울이 원래
그렇게 짧았던가? 늘 아쉽게 왔다가는 봄 같았다. 매일 마이클을 만
나 봄날의 햇살처럼 화사하게 보내느라 어쩌면 계절의 경계도 의식
하지 못했는지도 모른다. 겨울이 유난히 짧았던 것이 아니라 내가
마음을 딴 데다 둔 탓이었을 게다. 그래서 잿빛 음산한 겨울은 잊은
탓이었을 게다.

그렇게 겨울을 봄처럼 보내고 자메이카에서 멕시코에서 돌아 온
인부들이 농장에서 일을 시작한 그 때, 앙증맞은 봄꽃들이 아직은
차갑기만 한 땅을 비집고 얼굴을 내밀던 그 즈음에 마이클이 프러
포즈를 했다. 그는 자신이 운영하고 있는 레스토랑을 두고도 파크웨
이의 그 곳, 자동차 안에서 내게 반지 함을 열었다.

"애나 힐스, 네가 처음 날 안아주고 우리가 첫 키스를 한 이곳에서 내 진심을 말하고 싶었어. 나, 너랑 오래 살고 싶어."

그것은 분명 프러포즈였다. '너랑 오래 살고 싶어.'란 말이 결혼하자는 말 아니면 무엇일까?

처음 만나서 상대편을 탐색하고, 알고, 확신하기까지 겨우 계절 하나가 지나간 길이의 시간이었다. 타고난 나의 성정과 후천적인 영향의 긴 시간이 어우러져 나, 애나 힐스를 만들었는데 그 긴 시간 중의 지극히 짧은, 계절 하나 만큼 날 만난 마이클이 뭘 믿고 너랑 오래 살고 싶다고 하는 것일까? 그리고 결코 돌아보고 싶지 않은 어렸을 적의 악몽 같은 기억을 품고 있던 나는 또 뭘 믿고 그의 제의를 받아들일 수 있을까? 상대편에 대해 서로가 확신을 할 정도로 우리는 서로에 대해 알고 있을까?

설령 다 안다할지라도 결혼은 둘 다의 인생을 건 도박일지도 모른다. 부정적인 측면만을 본다면 큰 리스크가 따를 수 있는 도박일 것이었다.

나는 내 인생을 건 이 도박을 진심으로 원할까?

화려하고 근사한 장소 다 두고 처음 안고 첫 키스를 한 자동차 안에서 마이클이 너랑 오래 살고 싶다고 했을 때, 수많은 질문이 내 속에서 일어나고 있었지만 나는 잠시 아무 말 없이 마이클을 바라보았다. 마이클의 푸른 눈동자가 영화 스크린인 듯 내 머릿속 필름의 기억이 마이클의 눈동자에 투시되며 빠르게 지나갔다.

동생을 낳다가 죽은 엄마가 제일 먼저 지나갔고 삼뽀냐를 불던 마리오 오빠와 티티카카호수에서 뚜르차를 잡아 석양을 등 뒤로 하고 집으로 오던 아버지가 지나갔다.

이어서 '마마니'였던 나를 '애나!' 라며 말을 건 아이, 내 인생에 남자는 그 아이 뿐일 것이라 여겼던 그 브라이언이 잠시 마이클의 눈동자 스크린에 머물렀다.

첫 키스도 프러포즈도, 결혼도 그와 하고 싶다며 그것만 꿈꾸었던 내게 난데없는 한 남자가 반지 함을 내밀고 있다. 그렇지 않아도 낯설어서 울고 그리워서 울고 마음 붙일 데 없어 울어야했던 날 놀리고 또 놀리며 괴롭혔던 그 아이, 길 가다가 행여 우연으로라도 마주칠까 두려워한 아이, 하늘이 두 쪽이 나도 내 마음이 우호적일 수 없도록 어렸던 내게 깊은 상처를 안긴 그 아이, 그리고 젊은 나이에 겪어야했던 고단했던 자신의 행적을 그대로 드러낸 청년, 브라이언의 말처럼 언제 다시 그 수렁에 빠질지도 모르는 가능성을 배제할 수 없는 마이클이 나와 함께 오래 살고 싶다는 것이었다.

그는 지금 내 눈 앞에다 반지를 내밀며 거절하기 쉽지 않은 달콤한 말로 날 능멸하고 있는 것일까, 어렸던 때처럼? 도대체 이것이 말이 되는 소리일까? 도대체 그것이 가능키나 한 일인 것일까?

절대로 말 안 되는 그 이유대로라면, 끝까지 날 능멸하는 언행만으로 라면, 그 즈음에서 내가 그의 등짝을 한 대 후려치거나 뺨이라도 한 대 갈겨도 무방할 것 같았다. 나도 한 번쯤은 그럴 수 있지 않을까? '미안' 그 한 마디에 '어렸었잖아.' 라며 넘어간 그 일이 무게에 비해 너무 가볍게 넘긴 것은 분명했다. 그러니까 또 이런 헛소리를 하고 있을 테니까.

그런데 문제는, 분명 말은 안 되는데 '마이클, 너 왜 말도 안 되는 그

딴 소리를 하고 그러니?' 란 말을 내가 못 했다. 말은커녕 눈물이 먼저 핑 돌았다. 눈물이라니, 내가 아무리 눈물이 많았던 아이였기로 이 시점에 이 무슨 눈치 없는 현상인지 내가 생각해도 어이가 없었다.

그런데 왜 눈물이 먼저였을까? 왜 눈이 내 입술보다 먼저 대답을 했을까. 분명 서러움도 아니었고 슬픔일 수는 더욱 없었는데 눈에서는 한 번 핑 돌기 시작한 눈물이 걷잡을 수 없도록 흐르는데 나는 눈을 씀뻑이다가 고개를 치켜들어 진정했다가 그래도 감당할 수 없어 방치해 버렸다.

마이클이 이미 연 반지 함을 들고 '애나, 괜찮아?' 하며 어찌할 바를 몰랐다. 속에서 쿨렁쿨렁 뭔가가 마구 솟구치는 것 같아서 그러함에도 나는 아무 말을 할 수 없었다.

'애나, 너 정말 왜 이러니?'

나도 날 다스릴 수 없었다. 도대체 무슨 증상일까? 제동이 가능하지 않은 정체불명의 이 쿨렁거림을 감당하지 못해 급기야 두 손으로 얼굴을 감싼 채 엉엉 울기 시작했다. 그리고 울면서 말했다,

"그래, 살 거야 너랑. 마이클 너랑 오래 살고 싶다고!"

그러면서 손을 내밀었다. 아무리 생각해도 프러포즈엔 도박이라는 부정적인 의미의 계산보다는 내 마음의 향방이 답일 것 같았다.

내 눈물에 당황해하던 마이클이 그 때서야 함빡 웃음을 머금으며 반지를 내 손가락에 끼웠다. 마이클도 이미 눈물이 그렁한 채였다.

"울보네, 애나."

마이클이 날 안고 젖은 내 뺨에다 키스를 하며 말했다. 내 손가락에는 내 눈물방울 같은 반지가 얹혀 있었다. 환희의 방울이었다.

"그 개구쟁이 마이클이 … "

마이클의 프러포즈를 식구들에게 말했을 때 어머니의 표정은 아주 복잡 미묘해 보였다. 왜 하필 마이클이니, 란 의미 같기도 하고, 우리 딸이 마이클에게 프러포즈를 받았구나, 하는 대견함 같기도 하고, 마이클에게 딸을 줘야 하는 어머니의 심정이 얽혀 있기도 했다. 브라이언은 입을 다문 채였다.

"내 딸을 어떻게 보내나!"

그리고 어머니는 눈물부터 앞세우셨다. 기쁨의 눈물, 섭섭함의 눈물, 많은 의미가 어우러진 눈물이었을 것이다.

"마이클이 좋은 청년으로 성장했다니 다행이구나. 집안끼리 서로 잘 아니 그것도 다행이야."

그리고 아버지와 어머니는 긍정적인 생각만 하고 싶어 하시는 것 같았다.

"이렇게 될 줄 알았어요, 애나."

수아는 활짝 웃었다. 수아가 나보다 더 좋아하는 것 같았다.

"첫 날부터 애나가 행복해 보였어요."

수아가 오히려 사랑에 빠진 여자의 표정을 하고 있었다. 부모님과 수아가 오히려 사뭇 들떠 웃음을 얼굴에 걸고 있어도 '축하해, 애나.' 란 한 마디 뿐, 브라이언은 잠잠했다.

마이클의 프러포즈를 받아들인 그 이튿날부터 더 이상 기다릴 수 없다는 듯 결혼날짜부터 잡은 우리 둘은 세상에서 가장 행복한 커플이었다.

나는 점점 말이 많아졌다. 마이클을 만나고 온 날은 할 이야기가 더 많은 나는 더 이상 고요한 애나가 아니었다. 나의 변화에 어머니는 '사랑이 내 딸을 이렇게 바꿔놓는구나.' 하며 신기하다는 듯 날 물끄러미 바라보셨다.

"꼭 오래 전의 내 모습을 보는 것 같구나."

가족과 캐나다로 이민 오던 배에서 멀미로 고생하던 열다섯의 소녀에게 열여섯의 보이가 건넨 박하사탕이 인연이 되어 부부가 된 어머니와 아버지였다. 지금도 연애하듯 사시는 어머니가 그 때, 사탕 하나를 계기로 아버지로부터 프러포즈를 받았을 때를 생각하시는 것 같았다.

"애나야, 네가 내 딸이어서 엄마는 늘 행복하단다. 이제 마이클과 그 행복을 나눌 때가 왔구나. 그래도 잊지 않았으면 해, 네 뒤엔 우리가 있다는 사실을."

페루의 엄마는 일찍 세상을 떠나셨고 오빠와 아버지와 산 어렸을 적의 기억은 낡은 사진 같았다. 부모님의 딸이 되고 브라이언의 누나가 되어 산 시간에 몸과 마음이 다 자랐으니 이제는 어머니의 딸임이 확실했다.

그러나 브라이언은 말수를 줄였다. 이미 확정된 일에 홀로 안 된다고 나설 수 없는 브라이언은 그래서 속의 불만을 홀로 삭이느라 말수를 줄이는 것이라 나는 이해했다. 브라이언을 가장 잘 아는 나였다. 마이클과 내가 행복하면 브라이언도 마음을 바꾸게 되리라. 모두 누나에 대한 동생의 관심으로 여기기로 했다. 그래야만 했다.

"부모님이 애나 결혼식이라도 마음껏 준비하실 수 있으니 얼마나 다행이야?
나는 오히려 고맙다고 하고 싶은데?"

13.
그들의 사연

　체리가 붉어갈 너무 덥지 않을 유월 초에 결혼식을 하자고 마이클
과 나는 약속을 했다. '미안'을 말하려고 했었고 나는 '그 때는 우리
가 어렸었잖아' 라며 용서를 위해 시작한 만남이었다. 그 만남으로
주저하며 서로를 향해 다가갔고 만남이 다음 만남들을 만들어 마침
내 결혼약속을 했다.

　온타리오의 유월은 무르익은 봄이면서 설익은 여름이다. 살아 있
는 것은 마음껏 비치는 햇빛을 누리고 바람과 신선한 공기를 누리
고 신록과 꽃을 누리는 달이다. 체리는 붉어가고 유월 말 즈음이면
농장에서는 체리 피킹 간판을 내 놓을 것이다. 사람들은 사다리에

올라 따면서 먹으면서 체리의 계절을 즐긴다. 복숭아와 살구, 자두
는 체리에 이어 나오고 포도와 사과는 천천히 익었다.

'그렇지 않아도 농장 일로 바쁜데 아이들 결혼으로 우리가 더 분
주하게 되었어요.'

어머니와 마이클의 어머니 에반스 부인은 서로 덕담을 주고받으
며 행복한 고민을 했고 두 아버지들도 다르지 않았을 것이다.

'결혼식은 우리 집 뜰에서 하죠. 브라이언이 못한 것까지 다 하고
싶어요.'

'아이들 살 집은 준비되어 있어요, 조앤.'

두 어머니의 의견은 양 손바닥처럼 서로 잘 맞았다.

'그렇군요. 그날 비는 오지 않았으면 좋겠어요.'

'혼인 날 비오면 부자 된대요.'

그러면서 두 부인은 호호호 웃었다. 좋은 생각만 하고 싶은 두 부
인은 무엇에든 긍정적인 해석을 앞세웠고 이제 사돈이 될 사이라
그런지 관계가 더 돈독해진 것 같았다.

결혼식을 앞두고 나는 꼭 한가지 하고 싶은 것이 있었다. 바로 브
라이언을 만나는 일이었다. 매일 집에서 보긴 하지만 이번만큼은 둘
이서 만나 지금까지 내 동생이어서, 날 지켜줘서 고맙다는 말을 하
고 싶었다. 그리고 걱정하지 말란 말을 하고 싶었다.

나는 브라이언이 일하는 와이너리에 갔다. 관광객들이 점점 찾기
시작하는 계절이어서 브라이언은 다른 어느 때보다 바빴다. 시중 주
류 판매점에서 우리 와이너리에서 생산한 여러 종류의 와인을 팔고

있지만 외국에서 또는 다른 지역에서 찾는 관광객들은 역시 와이너리에 와 시음을 하고 기호에 맞는 와인을 사기 때문에 브라이언은 주인으로서 그 모든 일을 두루 살펴야 했다.

"브라이언, 나 왔어."

"웬 일이야, 애나?"

종업원과 얘기를 나누고 있던 브라이언이 날 보고 반색을 했다.

브라이언은 점점 사업가로 틀을 잡아가는 것 같았다. 아버지도 브라이언이 코리아에서 온 후부터 경영수업을 시키셨고 성격적으로는 비즈니스보다 연구실에서 연구하고 실험하는 편이 어울릴 것 같은데 브라이언은 가업을 물러 받아야 한다는 현실을 이해했다.

"보고 싶어서 왔지."

사람들 앞에서 보고 싶어서 왔다며 농을 할 정도로 마이클을 만난 후부터 나도 바뀌어가고 있었다.

"와, 가슴 두근거리네, 애나!"

브라이언도 나도 정말 가슴 떨리게 할 말도 이젠 농으로 주고받게 되었다. 피할 수 없는 변화였다.

브라이언이 커피를 만들 동안 나는 사무실로 들어갔다. 아버지가 오래 일하신 공간이었고 이제는 브라이언이 주로 일을 하는 곳이었다.

브라이언의 책상엔 컴퓨터가 놓여있고 아기 이안의, 금방이라도 까르르 웃음소리가 터져 나올 듯 활짝 웃고 있는 사진과 브라이언과 수아가 이안을 사이에 두고 찍은 사진이 놓여 있었다. 이다음 내가 아기를 낳으면 마이클의 책상에도 사진이 놓일 거라는 생각을 했다. 브라이언의 방에서 브라이언이 아닌 마이클을 생각하고 있는 내 심정의 변화를 나는 주시하고 있었다. 결국 이렇게 다른, 각자의 길을 갈 것을 왜 그토록 많은 시간을 그리워하고 애태우며 마음 아파한 것일까? 다시는 돌이킬 수 없는 관계의 이유는 이제 브라이언에게서가 아닌 내 마음에서 나는 확인하고 있는 셈이었다.

"정말 무슨 일이야, 애나?"

양 손에 커피 컵을 든 브라이언이 경쾌한 목소리로 말했다.

"내가 할 말이 많잖아, 네게."

할 말이란 내 말에 브라이언이 날 올려다보았다. 실은 브라이언도 마이클과의 관계에서 일어나고 있는 일은 다 알고 있었을 것이다. 다만 그 일에 대해 말을 아낄 뿐이었을 거다.

잠시 아무 말 없이 나도 브라이언도 커피 컵을 들고 있었다.

"결혼식 준비는 잘 진행되고 있어?"

브라이언이 먼저 결혼식을 말했다. 이것도 브라이언 방법이었다, 말하기 어려워하는 날 수월하게 해 주려는. 아련한 그리움이 일었다. 늘 나 먼저였고 나 때문에 마음 아파야 했고 나 때문에 코리아로 떠났고 나 때문에 부모님 앞에서 언쟁까지 마다하지 않은 브라이언이었다. 말하기 거북해 할 날 위해 먼저 말문을 튼 것이다.

"응."

나는 짧게 대답했다. '응' 그 한 마디로도 내 마음을 짐작할 브라이언이었다.

"그런데 왜? 순조로운데 왜?"

순조로운데 왜 저 때문에 마음을 쓰느냐는 말이었다.

"내 걱정하지 말란 말 하고 싶었어. 지금까지 나 때문에 넌 너무 많이.."

말을 하려는데 눈물이 가렸다.

지금까지의 내 입양의 삶을 브라이언에 대한 언급 없이 어떻게 생각할 수 있을까? 브라이언 때문에 시작되었고, 브라이언과 함께 성장했고, 브라이언을 좋아하고 사랑했고 브라이언과 함께하는 것이 내 꿈이었다. 내 인생에 가장 큰 영향을 미친 사람, 소중한 첫사랑으로 기억의 창고에 간직되어 여전히 사랑하는 동생으로 존재할 사람이었다.

"우리를 우리이도록 한 소중한 시간이었어. 그렇게 기억하며 사는 거야, 애나."

그러면서 컵을 탁자 위에 놓고는 내 앞으로 와 이미 눈물이 구르고 있던 내 볼을 쓰다듬었다. 그리고 어깨를 안았다, '잘 살아야 해.' 하면서. 오빠 같았다.

"내가 집에서 결혼식 하게 돼서 미안해."

자리에 가 앉은 브라이언에게 내가 진심으로 말했다. 외아들인 브라이언이 집에서 결혼식을 했다면 어머니와 아버지는 얼마나 더 흐뭇하고 행복하셨을까? 그 브라이언의 결혼식에 부모님은 참석조차도 하지 못했었다.

"부모님이 애나 결혼식이라도 마음껏 준비하실 수 있으니 얼마나 다행이야? 나는 오히려 고맙다고 하고 싶은데?"

브라이언이 동생으로 돌아가 유쾌하게 말했다.

"다 지나간 일이지만 그 때, 많이 서운해 하셨어. 결혼식 참석 겸에 코리아 여행 한다고 기대가 크셨거든."

브라이언이 수아와 함께 집으로 돌아온 후 한 번도 언급하지 않던 그 말을 내가 이제야 말하고 있었다, 부모님 심정에 대한 것이었다.

추리 하우스의 그 일로 어머니 앞에서 대들고는 코리아로 떠나 그 곳에서 삼년 간 살면서 수아와 결혼반지만 서로 주고받는 것으로 결혼식을 대신한다면서 부모님은 오지 마시라고 했으니 이유를 알 수 없던 부모님은 서운하실 수밖에 없었다.

'애나야, 내가 그렇게 잘못했니? 어떻게 어미를 결혼식에 못 오게 하니?'

그 때는 나도 브라이언의 방법이 옳지 않다는 생각을 했고 브라이언이 그럴수록 내가 부모님께 면목이 없었다. 브라이언의 코리아 행이, 그리고 그곳에서의 결혼이 모두 나로 인해 생긴 일이기 때문이었다. 그러나 브라이언은 너무나 매몰차서 부모님의 서운한 감정을 쓰다듬는 시늉조차도 하지 않았고 그것은 내가 아는 브라이언의 방법이 결코 아니어서 나 또한 이해하지 못했었다.

'어렸을 때 잃은 브라이언을 다시 잃은 것 같구나.'

어머니는 오랫동안 자리에서 나오지 않으셨고 어머니 때문에 아버지는 자식에 대한 실망감조차도 드러내지 못하셨다.

"사정이 있었어, 애나."

부모님께 변명으로라도 한 적 없던 그것을 브라이언이 사정이라고 말했다. 그러나 나는 그것이 무엇이었는지 물을 수 없었다. 분명 있었을 사정, 그 사정을 말할 수 없을 때는 그럴 수밖에 없던 이유가 있었을 것이기 때문이다. 그리고 이제 다 지나간 일이었고 부모님은 그 때의 일은 묻어두고 아기 이안과 브라이언 내외와 웃음소리 속에서 사시기 때문이었다.

"내가 영어를 가르치던 학원건물에 카페가 있는데 그곳에 가면 늘 같은 테이블에 긴 머리의 한 여자가 앉아 있었어."

브라이언이 그 사정을 말하려고 하는 것 같았다. 나는 브라이언의 말에 귀를 기울였다.

"그 여자는 내 클래스의 학생이었는데 수업이 끝난 후에도 그곳에 앉아 있어서 좀 궁금했어, 왜 돌아가지 않을까 하고. 하루는 내가 다가가 커피 함께 할까요, 하고 얘기를 하기 시작했는데 가까이서 보고는 깜짝 놀랐어, 그 눈, 눈이 애나의 눈이었어."

수업시간에는 그리 눈길을 끈 학생이 아니었다고 했다.

"내가 처음 애나를 봤을 때의 그 눈이었어, 까만 포도 같은. 그래서 하루는 물었어, 수업이 끝났는데 왜 돌아가지 않느냐고. 그랬더니 '가면 다시는 나오지 않게 될까봐서요.' 라는 거야."

브라이언이 커피 한 모금을 마시며 말했다.

'애나 눈이 포도 같아.'

오래 전 내가 마마니였던 그 때, 페루를 찾은 브라이언 가족을 처음 만난 마마니였던 나를 일러 브라이언이 '애나'라면서 '애나 눈, 포도 같아.'라고 했다며, 포도농원에 둘러싸여 사는 아이 아니랄까봐

네 눈을 보고 그렇게 표현 하더라며 어머니가 웃으신 적이 있다. 마마니였던 나를 브라이언이 왜 애나라고 불렀는지는 어머니도 알 수 없다며 아마도 부르기 쉬워서였을 거야, 라며 그 때부터 내 이름 마마니는 애나가 되어 불렸다. 그런데 수아의 눈이 바로 검은 포도 같았다고 브라이언이 말했다.

나도 커피 한 모금을 마셔야했다.

"무슨 사연이 있구나, 짐작을 했었어. 집에 돌아가면 다시는 나오고 싶지 않을 사연을 품은 여자, 그 때 내 속에서는 장난기가 좀 발동했어, 무슨 수를 써서라도 집에만 있지 않고 매일 나오도록 해야겠다는. 그래서 내가 가장 잘 아는 얘기를 하기 시작했는데 내 나라 캐나다, 온타리오 호수, 우리 동네, 낚시, 과수원, 와이너리..."

하나씩 이야기를 하고는 '다음 얘기는 내일' 하며 다음 날을 기다리게 했다고 언젠가 수아가 한 말을 브라이언이 했다. 그렇게 매일 한 가지씩 이야기를 들려주는데 하루는 수아가, 애나란 누나는 이야기 속에 꼭 등장하네요. 하고 말했단다.

"수아에게 들킨 거지, 내 마음을. 그래도 상관없었어, 수아는 다만 내 클래스의 약간 사연을 가진 학생이었으니까. 그렇게 매일 나는 이야기 하고 수아는 내 영어 수업보다 더 귀 기울여 듣더니, 또 그러는 거야, 당신, 세헤라자데 같아요, 하고. 처음엔 무슨 소린가 했는데 애나랑 추리 하우스에서 번갈아 읽은 바로 아라비안나이트, 그 이야기들로 목숨을 부지하고 왕비가 된 여인이 떠오르는 거야."

그 때 아마도 브라이언은 내 무릎을 베고 누워 책을 읽고 있었을 테고 나는 뜨개질을 했거나 삼뽀냐를 불고 있었을 게다. 그리고 브라이언이 읽다가 잠이라도 들면 손에서 살며시 책을 뽑아들고 내가 읽었다.

'그렇게 사랑을 키웠구나, 수아와.'

들으면서 생각하니 그것은 바로 브라이언의 연애 담이었다.

"그런데 코리아에서 일을 마치고 집으로 오려는데 수아가 마음에 걸리는 거야. 이야기로 수아의 마음을 좀 밝게 해 주었다고 여겼는데 내가 떠나면 아무도 수아가 바깥으로 나오고 싶도록 해 줄 사람이 없을 것 같은 생각이 들었어. 그래서 내가 말했어, 나 이제 더 이상 세헤라자데는 안 하겠다고, 목숨을 걸고 하는 그 방식은 더 이상 못하겠다고, 내 방식으로 하겠다고. 그래서 캐나다에 함께 가서 말로 한 그것을 다 보여주고 싶다고 했지."

"프러포즈였네?"

내가 말했다.

연인에게 프러포즈는 가슴 설레게 하는, 멋진 일이었다. 마이클이 내게 한 프러포즈도 그러했었다.

나는 브라이언 앞에서도 이제 거리낌 없이 마이클을 생각했다.

"분명 프러포즈였는데 수아가 그러는 거야, 나에 대해 얼마나 아느냐고? 그러고 보니 나만 늘 말하느라 수아에 대해서는 아는 것이 없었어. 그래서 아는 것이 없다, 라고 했더니 '알지도 못하면서 인생을 걸려고 하다니 경솔한 사람이군요.' 그러는 거야. 단호하게 거절하는 수아의 냉정에 성큼성큼 다가가고 있던 마음이 싹둑 잘려나가는 것 같았어."

그렇지 않아도 이루지 못한 사랑의 아픔을 안고 코리아로 간 브라이언이었다. 그리고 수아에게 그런 단호함이 있다니 내게도 의외였다.

"그래서 내가 말했어, 만일 수아 당신의 개인적인 이야기를 들려줬어도 당신을 다 안다고 말할 수 없을 거다, 내게 중요한 것은 당신의 개인적인 배경이 아니라 지금까지 내 말을 듣고 이야기를 주고받던 수아, 그 모습이다, 라고. 당신은 그 동안 내가 알아야 할 중요한 것을 스스로 다 보여주었다고. 내가 물어본 적 없는, 내가 꼭 알아야 할 이유가 없는 과거의 그 무엇보다 이것이 더 작고 하찮은 건가, 하고. 서로 모르는 어떤 부분은 앞으로 알게 될 거라고. 내 관심은 수아가 내 프러포즈를 받아들일 것인가 하는 거라고."

그래, 브라이언은 이런 사람이지, 나는 생각하고 있었다. 따뜻하고 이해하고 품어주는 사람. 멋진 남자였다.

"그런데 수아가 그러는 거야, 나, 결혼에 실패한 적 있어요, 하고."

"수아가?"

무심코 있는데 누가 얼음물이라도 휙 끼얹기라도 한 듯 내가 화들짝 놀라 소리쳤다. 그래서 수아의 눈이 그토록 고요히 깊었던가?

"내가 말했어, '많이 아팠겠네요, 수아. 나도 이룰 수 없는 사랑을 했어요. 많이 아팠죠. 코리아에 온 이유도 그 때문이고요. 그런데 그 일로 다시는 사랑을 하면 안 된다는 생각은 하지 않아요. 수아도 마찬가지예요. 우리는 다만 끝까지 이루지 못할 아픈 경험을 했을 뿐이죠.' 라고."

그리고 부모님을 모시고 결혼식을 한 후 돌아오려고 했는데 수아가 자신의 결혼식과정을 말했다고 했다.

"결혼식 날, 신랑과 신부가 주례 앞에 서 있는데 갑자기 출입문이 열리면서 유모차를 앞세운 여자가 식장에 들어서며 '그러지 마세요. 저 사람, 내 아기 아빠예요!' 라며 울부짖는 일이 있었대. '그 여자의 손가락이 분명히 내 옆의 남자를 가리키고 있었어요.' 라고 수아가 말했어."

"...!"

나는 숫제 외마디 소리도 지르지 못한 채 멍하니 브라이언을 바라보고 있었다.

" '그 여자의 손가락은 남자를 가리키고 있었지만 내 아기 아빠예요, 란 말은 분명히 나한테 한 말이었어요.'라고 수아가 말하더라."

분명 브라이언을 보고 있는데 내 눈 앞으로 수아, 웨딩드레스를 입은 채 우물처럼 깊은 눈으로 넋이 나간 듯 서 있었을 그 수아가 스쳐지나갔다.

말할 수 없는 슬픔과 분노가 내 속에서 일었다. 많은 사람이 바라보던 인생의 최고 정점에 올라 선 한 여자의 삶이 한 순간에 무자비하게 난도질당하고 마구 짓이겨진 일이었다.

'그래서 눈이 그렇게 깊었구나. 어떻게 다 감당했을까?'

나도 모르게 눈물이 괴었다. 그 가혹하도록 무거운 사연을 묻어두고 있었으니 그렇게 깊고 고요할 수밖에 없었을 것 같았다.

그것도 모르고 눈앞의 브라이언과 수아로 힘들어 한 일들이 미안했다. 눈치가 없지 않았을 수아로 하여금 더 침묵하게 했을, 나와 수아 사이의 브라이언으로 하여금 더 힘들도록 했을 '미안'이었다.

"그래서 말 못했어. 나, 수아를 편하게 해 주고 싶어, 애나. 애나도 마이클과 행복해야 해."

'아, 브라이언, 좋은 내 동생.'

내가 브라이언을 깊이 바라보았다. 이제야 이해할 것 같았다, 결혼식으로 부모님을 그토록 서운하게 해 드리고서도 아무 말을 할 수 없었던 그 사정과 심정을. 다 안다고 생각했는데 나는 브라이언을 다 안 것이 아니었다.

우리는 서로 마주보며 미소 짓고 있었다.

견고하던 남매란 경계선 앞에서 애가 타던 그 더운 감정을 다 걸러내고 나니 다른 어느 때보다 다정한 동생과 누나였다.

"곱다, 신부! 내가 생각해도 기막힌 중매를 한 것 같아."
길모어 부인이 한 말이 현실이 되었으니 기막힌 중매였다.

14.
유월의 신부

양쪽 집안은 결혼식을 앞두고 몹시 분주했다. 결혼식은 아버지와
어머니의 제의로 집 뜰에서 하기로 했다.

'애나 결혼식에는 다 초대할 거야.'

특히 어머니는 아직 내게 혼담이 없을 때부터 말하셨다. 브라이언
과 수아의 결혼을 섭섭하게 보낸 뒤여서 부모님은 내 결혼식엔 친
구들과 비즈니스 동료들, 그리고 마을의 지인들을 초대해 집 뜰에서
야외 결혼식을 하기로 한 것이다. 초대받지 못했던 브라이언의 결혼
식으로 부모님의 마음엔 여태 삭지 않은 서운한 감정이 남아 있겠
지만 나는 브라이언에게서 들은 그 이유를 차마 부모님께 말씀드릴
수가 없었다.

마이클의 부모님은 나이아가라 강변에 위치한, 마이클이 결혼하면 주기로 한 집에다 신혼살림을 채우셨고 요리사를 불러 하객들을 대접하는 일도 하겠다고 했다. 리셉션에 쓰일 양가에서 빚은 와인과 샴페인은 넉넉히 준비되었다. 양가의 부모님은 같은 업종의 비즈니스를 하고 같은 동네에 사는 이유로 서로 친한 사이였고 동네 사람들이 하객이었다.

무엇보다도 브라이언이 축하를 해 줘서 나는 기뻤다. 나는 부모님의 딸, 브라이언의 누나로 이제 마이클에게 시집가는 것이다. 마음이 아무리 애절하고 간절했어도 더 질기고 더 강한 인연 앞에서는 지나가는 바람일 뿐이었다. 이렇게 가까운 곳에, 너무나도 엉뚱한 사람과 인연이 맺어질 줄은 아무도 알지 못했다. 브라이언도 나도 이제 그 인연의 길을 자각하게 된 것이다.
　각자 필연의 길을 가고 있었다.

유월초의 결혼식은 성대하고 아름다웠다. 본격적인 여름을 부르는 눈에 보이는 초여름의 자연은 골고루 풍성했다. 정원엔 어머니와 내가 가꾼 여러 빛깔의 장미가 넝쿨 따라 만발했다. 햇살 받은 온타리오 호수는 잔물결로 반짝였고 군데군데 세일보트가 돛을 올려 물결에 실려 가며 보트 위의 사람들은 손을 흔들어 축하했다. 현악 사중주가 연주하는 음악은 온타리오 호수에서 부드럽게 불어오는 바람에 실려 포도 밭 저 너머로 퍼져나갔다.
　마치 우리 집의 충실한 집사처럼 늙어가고 있는 오크나무는 넉넉한 그늘을 지어 햇빛을 반기지 않는 사람들로 하여금 호수를 스치면서 식혀진 바람결까지 누리게 했고 나의 보물 상자, 추리 하우스는 오크나무 품에서 내려다보고 있었다.

'참으로 모를 것이 사람들 간의 일이야. 브라이언밖에 모르던 애나가 마이클에게 시집가네!'

'하늘이 내린 인연을 이제야 만난 거지.'

'행복해라, 애나야!'

'암, 행복해야지, 우리 애나!'

추리 하우스와 오크나무가 주고받을 말이었다. 그러면서 그들은 입을 가리고 속삭일 것이다, '우린 너의 첫사랑과 이 순간까지다 품고 있을 거야.' 하고.

드디어, 호수를 바라보는 큰 뒤뜰 양 쪽으로 나누어 세팅한 좌석 사이로 연주에 맞춰 아버지의 팔을 잡고 신부가 걸어 나오자 하객들은 숨을 죽였다.

나는 신부였다, 유월의 신부.

'엄마, 마마니가 신부가 되었어.'

아버지의 팔을 잡고 걸으며 이 세상에 없는 페루의 엄마에게 말했다.

'아버지, 마리오 오빠, 나 시집가요.'

그리고 나는 또 이 세상에 없는 아버지와 마리오 오빠에게도 말했다.

엄마와 아버지, 마리오 오빠가 '잘 살아라, 마마니. 행복해라, 우리 마마니.' 하고 축복해 주는 것 같았다.

유월의 신부, 나는 검은 머릿결에 약간의 웨이브를 넣어 물결치듯

한 쪽 목덜미를 거쳐 어깨로 면사포와 함께 흘러내리게 했고 오래 전에 어머니가 입으셨던 백장미 빛의 드레스는 기품이 있었다.

결혼 날짜를 잡자 어머니는 웨딩드레스부터 사러 가자고 재촉하셨는데 나는 어머니가 간직하고 있던 그 옛날 어머니의 웨딩드레스를 입고 싶다고 했었다.

'애나야, 평생에 한 번 있는 결혼식이야. 가장 아름다운 걸로 하자꾸나.'

어머니는 나와 함께 웨딩드레스를 고르는 즐거움을 누리고 싶다고 하셨다. 브라이언의 결혼식을 누리지 못하신 어머니는 내 결혼식에서 그 한을 다 풀겠다고 작정을 하신 것 같았다.

'저, 어머니 웨딩드레스를 입고 싶어요.'

그러나 나는 어머니의 오래 된 웨딩드레스를 입고 싶었다. 그 드레스를 입고 어머니가 아버지와 그러하시듯 마이클과 오래 행복하게 살고 싶었다.

평소 실없는 말은 하지 않는 나의 은근한 고집을 아시는 어머니는 드레스를 사는 즐거움을 누리는 대신 당신이 입었던 오래된 드레스를 내 몸에 맞도록 고치는 일을 누릴 수밖에 없었다.

'내가 애나를 위해서는 침대커버를 만들지 않아서 미안했었는데 대신 웨딩드레스를 고쳐보자꾸나. 내 딸은 뭘 입어도 아름다울 거야.'

수십 년이 된 웨딩드레스는 어머니 손에서 나의 웨딩드레스로 거듭 태어나고 있었다.

그 웨딩드레스, 이미 유행이 지나 간 오랜 것이었지만 오늘의 주인공, 신부가 입었으므로 더 격조 있고 우아해 보였으리라.

거뭇하던 턱수염을 완전히 밀어버린 마이클은 푸른빛이 돌도록 산뜻하고 맑은 얼굴빛을 하고 짙은 턱시도차림으로 어우러져 귀공자 같았다. 도대체 마이클의 어떤 면 때문에 내가 그토록 싫어했던지 적어도 예식의 그 순간엔 내가 나 자신을 알 수 없었다. 과거는 환희 속에 다 묻혀버렸다.

딸의 손을 잡았던 아버지는 눈을 씀뻑이며 나를 한 번 꼬옥 안고는 사위 마이클에게 손을 넘겼다. 나는 방긋이 웃기만 할 뿐 눈을 치뜨고 마이클을 바라보지는 않았다. 내가 바라보지 않아도 마이클이 날 보고 있기 때문이었다.

"곱다, 신부! 내가 생각해도 기막힌 중매를 한 것 같아."

길모어 부인이 한 말이 현실이 되었으니 기막힌 중매였다.

기막힌 중매일 뿐 아니라 기막힌 예식이었다. 덥지도 춥지도 않은 초여름의 온타리오 호수로부터 불어오는 신선하고 온화한 바람과 따스한 햇살, 연초록의 나무들과 마음껏 피어오른 갖가지의 장미, 신부와 신랑, 그들에게서 눈길을 떼지 못하는 하객들의 넉넉한 표정들은 최고의 웨딩을 연출하고 있었다.

높은 흰 모자를 머리에 얹은 요리사들은 하객들을 위해 음식을 준비했고 양가에서 빚은 와인과 샴페인은 넉넉했다.

브라이언과 수아 몫까지 더한, 근사한 웨딩이었다.

그것으로 애나 힐스로 성장한 나, 마마니는 이제 미세스 애나 에반스가 되었다.

'고마워요, 수아.'
나는 다만 그 말은 하고 싶었다. 다 품어 줘서 고맙고 무엇보다도
부모님 곁에 있어줘서 고마웠다.

15.
우리는 서로에게

'너무나 아름다워서 눈물 났어요, 애나.'

신혼여행을 다녀온 후 통화 중에 수아가 한 말이었다.

자신의 첫 결혼식을 떠올렸을까? '눈물 났어요.'란 수아의 그 말이
내 마음에 걸렸다. 결혼식장에 유모차를 앞세운 여자가 들어와 신랑
을 향해 '저 사람, 내 아이 아빠예요.'라고 했다던 그 결혼식이었다.

'어떻게 감당했을까?'

신부에게 너무나 가혹했을 결혼식 날의 비극이었다. 그래서 더 미
안했다, 행여 나까지 수아의 마음을 아프게 했을까 봐.

수아가 또 말했다, '식구들이 모두 바삐 움직이던 일손을 다 놓아
버린 것 같아요.' 하고. 아버지는 '애나!' 하고 부르려다 마시고 어머
니는 아직도 수시로 '애나야!' 하고 불렀다가 '내가 왜이러니, 애나는

가고 없는데.' 라며 내가 없는 쓸쓸함을 자책하는 것으로 덮으신다고 했다.

'브라이언도 많이 허전할 거예요.' 라며 '함께 살았을 때는 너무나 고요해서 몰랐는데 빈자리가 나무나 커요, 애나.' 하고 말했다.

'브라이언도 정말 허전할까?'

누구보다도 허전할거라고 나는 감히 생각했다. 브라이언이 여섯 살, 내가 일곱 살이던 그 때부터 함께였다. 남매였고 친구였고 연인이었다. 여러 의미의 관계만큼이나 깊고 끈끈한 정으로 엮여진 브라이언과 나였다. 눈앞에서 떠났다고 어떻게 마음에서마저 털어버릴 수 있을까?

나는 미소 지으며 말이 많아진 수아를 그려보고 있었다. 늘 고요한 수아가 아무래도 내 몫까지 부모님과 나누느라 말이 많아진 것 같았다.

늦게 만난 친구 같은 수아였다.

수아에게는 차마 말로 드러낼 수는 없었지만 미안했다. 눈치가 없지 않은 수아가 브라이언이 사랑했다던 사람이 나였던 줄 왜 몰랐을까? 그렇지 않아도 낯설어 긴장했을 시집살이에 간간히 흘리던 브라이언과 내 눈빛, 그 눈빛이 뒤엉키며 일으킨 갈등은 또 얼마나 말 못할 고심을 만들었을까? 수아란 존재를 눈앞에다 두고도 여상하게 말하고 여상하게 웃어야 한 내 심정과 결코 다르지 않았으리라.

그러나 수아는 늘 고요했었다, 아무 것도 모르는 것처럼.

나는 속에 찬 것을 그 눈 덮인 포도농원에서 눈물로 다 발산할 수
나 있었지만 수아는 생으로 참았다는 의미였다. 말로 드러낼 것은
모두 그 깊은 우물 같은 눈 속에다 가라앉혀 둔 것만 같았다. 그래서
더 미안했다.

'고마워요, 수아.'

나는 다만 그 말은 하고 싶었다. 다 품어 줘서 고맙고 무엇보다도
부모님 곁에 있어줘서 고마웠다.

어머니가 가장 허전해 하실 것 같았다. 눈만 뜨면 함께 이야기 하
고 함께 차 마시고 함께 장보러 가고 함께 꽃 가꾸고 함께 음식을 만
든 그 많은 시간들, 처음 페루에서 왔던 다음 날부터 양 갈래로 머리
를 땋아주시던 분, 브라이언과 함께 해야 하는 것이 입양의 이유였
지만 자라면서 막상 둘이 가까이 할 때는 경계하시던 어머니였다,
'애나야, 브라이언은 네 동생이란다,' 라며. 그것은 곧 어머니가 내
어머니이기를 포기할 수 없다는 의미이기도 했다.

'페루의 부모님과 오빠를 잊어서는 안 된다. 나도 자식 잃은 고통
을 경험했으면서 자식을 멀리 떠나보내야 하신 아버지의 심정은 모
른 척 한 것이 늘 마음에 걸렸어. 그러나 기억 때문에 네가 마음 아
픈 것은 싫구나. 너는 내 딸로 살 거야. 밝고 화사하게 네가 누릴 수
있는 것 다 누리며 그렇게.'

일곱 살에 떠나온 페루에서의 모든 기억은 어머니가 의도하신 삶
에 편입되면서 희미해졌지만 삼뽀냐를 불면서 남은 자락을 그리움
으로 간직할 수 있었다. 어렸던 기억, 그 기억을 품고 있되 그것으로

내가 아픈 것은 어머니가 원치 않으셨다.

내 앞에서 늘 먼저 정갈하고 고상한 언어를 쓰셨고 부족함 없는 원만한 세계를 보여주려 애 쓰셨던 분, 이 분이 내 어머니, 조앤 힐스 여사이시다.

어머니가 날 새 집으로 보내며 말하셨다, '이제부턴 엄마 아버지보다 마이클을 더 많이 생각해야 한다.' 고.

추리 하우스를 품은 오크나무가 있는 집, 일곱 살에 가족이 되어 내 몸과 마음이 자란 집을 떠나 마이클을 따라 자동차로 40여분 걸리는 파크웨이에 위치한 신혼집으로 가면서 나는 어느 때보다 깊이 어머니의 말을 새기고 있었다, 마이클을 많이 생각하라고 하신 말이었다.

이젠 마이클이 있는 곳이 내 집이다. 이제야 내 몸과 마음이 마음껏 뿌리를 내릴 곳에 온 것 같았다. 나는 마이클에게, 마이클은 내게 소속된 것 같은 깊은 유대감을 살아가면서 확인하게 될 마이클과 나의 공간이었다.

부부, 한 사람이 성장하고 성숙한 긴 세월을 딛고 새롭게 이어진 관계, 아직 무르익을 시간이 부족했지만 그러함에도 무엇이든 가능한 관계에의 당당함이, 책임이, 의무가 있었으므로 그것은 사랑이란 이름의 다른 빛깔일 것이다. 오직 내게만 허용된, 사랑할 권리였다.

자동차 속에서 사랑을 키울 수밖에 없었던 깊은 겨울의 그때, 우리가 기다린 여름은 결혼과 함께 시작되었고 우리는 여름 놀이를 즐기기 시작했다.

나이아가라 강을 끼고 파크웨이를 따라 자전거를 탔고 롤러 블레이드를 탔다. 강을 따라 함께 걸었고 그 강에다 우리는 보트를 띄웠다.

일찍이 윈스턴 처칠이 '세상에서 가장 아름다운 일요일 오후의 드라이브 길' 이란 시적인 이름을 붙인 파크웨이는 결혼 전부터 지금까지 마이클과 나의 데이트 코스였다. 그리고 우리는 보트를 탔다.

결코 나약하지 않다는 걸 과시하기 위해 시작한 스피드보트 타기가 이미 마이클이 즐기는 여름 놀이이듯 익숙하지 않던 나도 뒤집어질 것 같던 아찔한 속도감에 몇 번 공포를 경험한 뒤에야 환호를 지르게 되었다.

나는 더 이상 손에 삼뽀냐를 들고 있지 않았다. 처절하면서도 그리움이 서걱대는 잃어버린 제국, 잉카를 그리는 음악 속에다 내 마음을 빠뜨리고 싶지 않았다. 환호가 터져 나올 것 같은 스피드, 긴장감이 땀으로 발산되면서 전신을 적시게 하던 자전거 타기가, 롤러 블레이드가, 스피드보트가 훨씬 흥미로웠다.

일손은 재바르면서도 지극히 정적이고 느림에 익숙한 나는 점점 스피드에 익숙해 가고 있었고 그것은 내가 몰랐던 내 속의 어떤 성향이었다. 그으면 금방 불꽃으로 피어날 기질이 내 속에 있었던 것이다. 오래 갇혀 없는 듯 존재하던 내가 지닌 다른 성향, 곧 열정이었다. 마이클은 내 속의 열정을 하나씩 불러 일으켜 자신의 방식으로 길들였다. 주저하는 날 이끌어 함께 되풀이 하여 마침내 스피드를 누리게 하고 넘어지지 않도록 롤러 블레이드를 즐기게 만들었다.

'할 수 있어, 애나! 나도 하잖아!'

내가 주저하는 일은 '나도 하잖아!' 라며 마이클이 날 끌었다. 마이클이 주저하며 겁을 내는 날 이끌어 결국 하게 만들 때 나는 그의 속에서도 내가 몰랐던 어떤 성향을 발견했다. 적극적이면서 끈기 있는 추진력, 마이클은 그렇게 술에서도 해방될 수 있었을 것이고 우연히도 만나기를 꺼려한 날 사랑에 빠지게 하고 마침내 나를 아내로 만들 수 있었을 것이다.

"함께 해야 즐겁고 행복하다는 걸 이제야 알았어, 애나."

나이아가라 강을 따라 이어진 파크웨이에서 자전거를 타다가 마이클과 나는 자전거를 잔디에 뉘여 둔 채 피크닉 테이블에 앉았다. 그 동안 마이클은 스피드보트를, 롤러 블레이드를 혼자 탔다고 했다. 자전거를 혼자 탔고 혼자 뛰었다고 했다.

"늘 혼자였다고?"

마이클 곁에 친구가 없었다는 의미였다. 브라이언과는 비즈니스 동료들 모임에서는 서로 만났지만 놀 때는 혼자였다니 내 마음이 아팠다.

"내가 원한 일이야."

"원했어? 왜?"

우리는 아주 느리게 흐르는 나이아가라 강을 바라보고 있었다.

"제대로 치료를 시작하려면 격리되어야 했는데 나는 나 스스로를 격려하기로 했거든.”

　그러니까 알콜중독 치료를 위한 격려였다. 술을 눈앞에 둘 가능성이 있는 모임, 그 사람들과는 치료의 목적으로 거리를 두었다는 것이었다.

　“어머니는 집안에 있던 와인 병도 다 치우려고 하셨는데 그러자면 우리 와이너리부터 팔아야 했어. 내가 그러지 마시라고 했어. 어차피 나 자신과의 싸움이었거든.”

　아버지가 경영하시던 와이너리와 집에 와인이 지천이었다. 마음만 먹으면 언제든 손에 넣을 수 있는 것이 와인이었고, 와인 동네에 살고 있었다.

　“눈앞에다 두고도 손이 가지 않을 수 있도록 나는 날 이기고 싶었어. 열심히 일하고 싶었어. 그래서 혼자 뛰거나 혼자 보트타고 어느 날은 혼자 롤러 블레이드를 타고 다음 날은 자전거를 타면서 철저하게 나를 격리시켰어, 사람들로부터, 그리고 술로부터.”

　“얼마나 힘들었을까, 혼자서!”

　“힘들었어, 포기하고 싶었을 정도로. 친구들은 다들 왕성하게 일하고 결혼하고 자식도 두고 그 나이에 맞는 삶을 사는데 내 인생은 한참 뒤쳐져 있다는 자괴감에 빠질 땐, 다시 술병 하나에 날 내팽개치고 싶기도 했어.”

　담배도 그 때 끊었다고, 마이클이 말했다.

　“그런데 이것 못 해내면 내 인생은 없다, 는 서늘한 생각이 따라다녔어. 아직 제대로 살아보지도 못했는데 내 인생이 없다면, 너무 억울하지 않아? 그 때는 정말 무서웠어. 누군가에게 기대고 싶었어.

'괜찮아, 마이클, 넌 해 낼 수 있어.' 그 말을 듣고 싶었나봐"

"오, 마이클!"

내 마음이 미어지는 것 같았다. 어렸을 적의 기억으로 내가 반감을 품고 있었을 때 마이클은 누군가를 향해 간절하게 손을 내밀고 있었다는 의미였다. 마치 내게 내민 그의 손길을 매몰차게 뿌리치기라도 한 듯이 미안했다.

"넌 해 낼 수 있어, 마이클, 하고 부모님이 울면서 애원하고 격려하셨을 땐 내가 외면하다가 철저하게 혼자가 되자 그 말을 그리워하게 된 거지. 어느 날 문득 그런 생각이 들더라, 지금이야말로 내 의지가 필요한 때라고. 철저하게 혼자일 때가 바로 내가 할 때라고.

그래서 생각을 바꿨어, 어차피 해 낼 수밖에 없을 바엔 즐기자고. 스피드보트에서 물살을 가르며 나는 나약하지 않다는 생각을 했고, 롤러 블레이드를 타면서 다시는 넘어지지 않을 거란 각오를 했어. 자전거를 타거나 혼자 뛰면서 다 나아서 열심히 일할 생각을 했고, 혼자 걸을 땐 함께 걷고 싶은 좋은 사람을 만날 거라는 상상을 했지. 그리고 술 마셨을 때는 한 번도 한 적 없던 가족에 대한 생각을 많이 했어, 내 삐뚠 언행 때문에 나도 괴로웠는데 부모님은 얼마나 더 힘드셨을까, 하고. 그렇게 생각하려니 나 때문에 괴로웠을 사람들이 계속 떠오르는데 그 중에 브라이언도 있고 애나가 있었어."

"나도?"

그것은 전혀 예상치 않은 마이클의 고백이었다.

"응, 애나를 떠올리는 일은 그것 자체가 고통이었어. 그 어렸던 나이에 말도 통하지 않던 낯선 곳에서 힘들었을 아이에게 내가 무슨 짓을 한 거야, 하는 후회를 하기까지 너무 많은 시간이 걸렸는데 그때는 이미 늦었더라. 혼자서 자전거 타거나 걷거나 뛰면서 혹 애나를 만나게 될까, 하고 사람들을 눈여겨 본 적도 있었어. 미안하다는 말을 해야겠는데 어떻게 같은 동네서 한 번도 부딪지 않았을까 몰라."

우연으로라도 부딪치게 될까 나는 두려워했을 때 마이클은 우연으로라도 만나게 되기를 기대했다는 말이었다.

"평소 부인들 모임에 다녀오면 어머니가 그러셨어, 오늘은 힐스댁의 애나가 어머니를 모시고 왔더라고. 나도 언제 운전평계로 부인들 모임에 갈까 하고 생각한 적도 있었어. 그런데 길모어 부인이 한 말을 어머니로부터 들었을 때 드디어 사과할 기회가 왔구나, 하고 속으로는 기뻤는데 막상 전화를 하려니 쉽지 않았어, 네가 내 전화를 거절할까봐."

자주 생각을 한 것은 아니지만 내가 마음속에다 마이클에 대한 반감을 여전히 품고 있었을 때 마이클은 그렇게 스스로 자신이 한 행위, 심지어는 어렸을 때, 철없었을 때 한 행동까지도 돌아보며 후회를 하며 내게 사과를 할 기회를 찾고 있었던 것이다.

"내 인생에서 가장 많이, 가장 진지하게 나 자신과 남과의 관계에 대해 생각했던 시간이었어. 그러면서 점점 술을 멀리하게 되었어. 눈앞에다 와인을 두고도 손을 대지 않자 지켜보시던 아버지가 와이너리 일을 해 보라고 하시더라."

"아버지께서 당신을 믿으셨네?"

"응, 나한테 술을 맡기셨으니까. 자식 인생과 아버지의 비즈니스를 건 모험을 하신 거야. 좀 다르게 제대로 해 보고 싶었어. 그래서 시장조사도 하고 와인과 음식의 상관관계와 사람들의 선호도를 조사하고 동네의 특성도 감안해야 했어."

내가 마이클의 뺨에다 키스를 했다. 마이클이 장해서였다. 기분 좋은 표정을 하며 날 바라보던 마이클도 내게 키스를 했다.

"혼자서 한 번은 해 냈는데 두 번은 못하겠어. 애나와 함께 하면서 같이 즐기는 것이 더 행복하다는 걸 알게 됐거든."

"다시는 혼자 안 둘 거야, 마이클."

나는 정말 그럴 참이다, 그를 혼자두지 않을 참이었다. 그러려고 우리는 부부가 되었으니까.

"애나, 당신과 해 보고 싶은 것, 우리 아이들이 태어나면 함께 해 보고 싶은 것이 너무나 많아. 하나씩 다 해 볼 거야."

마이클과 나 사이에 이런 대화가 오갈 줄 누가 알았을까? 나쁜 기억만 쌓은 채 다시는 만날 일 없을 것 같던 마이클과 내가 서로에게 가장 소중한 사람이 되었다. 그리고 우리는 더 기대하는 것이 있다, 바로 우리의 아이들이다. 마이클이 계획한 것을 함께 할 우리 아이들이었다.

“매일 눈앞에서 애나를 힘들게 했을 것 같아요.”
수아가 또 고백했다.
‘매일 눈앞에서…’

16.
그녀, 수아

“보고 싶어요, 애나.”

속을 잘 드러내지 않는 수아가 전화로 ‘보고 싶어요.’ 라고 했을 때 나는 다른 생각을 했다, 혹 힘든 일이라도 있었던 걸까, 그래서 할 말이라도 있을까, 하는.

어머니는 ‘수아를 자주 불러다오, 애나야.’ 하며 내게 슬쩍 당부를 하기까지 하셨다.

“요즘은 이안을 따라다니느라 바빠요.”

수아는 식사를 하면서도 차를 마시면서도 이안 이야기를 했다. 그러면서 행복한 미소를 지었다. 자식을 둔 엄마만이 지을 수 있는 미소였다. 이안은 이제 걸음걸이를 배워 앞만 보고 뛰듯이 걷느라 잠시도 한눈팔지 못하게 하는 몹시 바쁜 아기다.

나는 저 흡족한 미소를 짓는 엄마, 수아가 몹시 부러웠다. 나도 어서 아기를 낳아 앞만 보고 뛰듯이 걷는 아기 꽁무니를 따라 다녀보고 싶은데 내게는 아직 아기 소식이 없었다.

"애나, 실은 하고 싶은 말이 있어요."

식사를 끝내도록 한창 걸음에 재미를 붙인 이안 얘기만 하던 수아가 찻잔을 앞에 두고 갑자기 머뭇대며 말했다.

"해도 괜찮을까, 하지말까, 많이 생각했어요."

날 보고 싶어 한 이유가 하고 싶었던 말이 있어서였다는 의미였다.

"그러니까 더 듣고 싶네요."

내가 수아를 바라보며 미소 지었다. 무슨 말인지 몰라도 편안하게 말하게 하고 싶었다.

수아가 잠시 눈을 내리뜬 채 입술을 물고 생각을 하는 것 같더니 말하기 시작했다.

"브라이언이 이루지 못한 사랑을 했다고 했을 때 누구였을까, 궁금해 했던 적이 있어요. 그 땐 호기심이었죠. 그런데 마이클 때문에 화를 내던 그 날, 알았어요."

수아가 내게 난데없이 말의 폭탄을 날렸다. 그 날, 모임에서 마이클과 나를 중매하겠다던 길모어 부인의 말을 옮긴 어머니에게 절대로 안 된다며 브라이언이 화를 낸 이유를 결국 수아가 알게 된 것이었다. 알면서도 모르는 척 했던 것이다.

‘그래서 먼저 일어났었구나!’

가까스로 정신을 가다듬으며 그날 일을 떠올리고 있었다.

내 일로 브라이언이 어머니께 무례하도록 격한 태도를 보였고, 그 것은 아직도 마음에서 날 지우지 못했다는 오해를 부를 수도 있겠던, 위태로운 언행이었다. 더구나 수아 앞에서였다.

수아가 그렇게 뒤늦게 나와 브라이언의 관계를 언급한 것이다.

마치 수아가 ‘어떻게 동생인 내 남편을 사랑할 수 있어요?’ 하고 몰아붙이며 나무라는 것 같아 내가 몸 둘 바를 모를 지경이었다. 그러면서도, 가정을 이뤄 잘 살고 있는 수아가 지난 일을 끄집어내어 날 난감하게 하고 있는 저의가 뭘까 하는 생각을 하고 있었다. 브라이언은 말했었다, 수아를 편하게 해 주고 싶다고. 그러면 되는 것 아닌가? 아니면 그 지극한 브라이언의 마음을 아직도 수아는 모른다는 말인가? 그래서 날 의심하고 있다는 말일까? 그러기에는 시기적으로도 적절하지 않았다. 나는 이미 마이클의 아내가 되었고 내 관심은 오직 마이클에게 있기 때문이었다.

“브라이언을 만나기 전에, 한 남자를 알았어요.”

수아가 또 예기치 않은 말의 폭탄을 던졌다. 수아가 오늘 날 놀라게 하려고 작정한 것 같았다.

“그와 결혼식 중이었는데 갑자기 유모차를 앞세운 여자가 나타나 ‘저 사람, 우리 아기 아빠예요.’라고 한 해프닝이 있었죠.”

수아가 오늘 왜 이러는지 나는 어리둥절한 채인데, 마치 남의 얘기하듯이 잊고 싶었을 자신의 결혼식 얘기를 하고 있었다. 그것은 내 결혼식 전에 브라이언으로부터 들은, 바로 수아 자신의 결혼식에

188

서 있었던 일이었다.

도대체 뭘 말하려고 아무 상관도 없는 내게 그 가혹하던 결혼식 장면을 수아 스스로 터뜨리고 있는지 나는 도무지 알 수 없었다. 아들의 결혼식에 참석하지 못한 이유를 몰라 그렇게 서운해 하신 부모님께는 지금까지 함구한 수아였다.

"나는 신부였는데 모르는 여자와 아기가 느닷없이 나타나 내 결혼식을 헝클고 있었어요."

그러나 한 번 말을 시작한 수아는 멈출 마음이 없어보였다. 그것은 평소 말 수가 적은 편인 수아가 보이는 파격적인 언행이었다.

"사람들은 웅성거리고 예식은 멈춰버렸죠. 면사포를 쓴 채 이러지도 저러지도 못한 채 내가 주례 앞에서 떨고 있는데 그 여자가 또 말했어요, '우리 아기에게 그러지 말아요, 제발!' 하고. 분명히 날 보며 한 말이었어요. 그 때서야 정신이 들었어요. 그들이 내 결혼식을 헝클고 있었던 것이 아니라 내가 그들에게서 남편과 아빠를 빼앗고 있었던 거예요."

입은 남의 일이듯 담담히 말을 하는데 깊은 우물 같은 수아의 눈동자엔 눈물이 잘금거렸다. 그러나 나는 여전히, 수아가 저토록 스스로의 심정을 할퀴며 하기도 힘든 말을 내게 다 드러내고 있는 이유는 도저히 짐작할 수 없었다.

"애나에게 미안했어요. 마치 내가 다시 그 면사포를 쓰고 애나 앞에 서 있는 것 같았어요."

"...?

수아가 지금 무슨 말을 하고 있는가?

그러니까 브라이언이 화를 내던 그 순간이 여자와 아기에게서 남편과 아빠를 빼앗던 면사포의 그 순간을 떠올리게 했다는, 결국, 내게서 사랑을 빼앗아 미안했다는 의미의 말이었다.

'이렇게 생각할 수도 있구나!'

곤혹스럽고 난감했다. 너무나 곤혹스러워 입조차 뗄 수가 없었다.

'미안'을 말하기 위해 수아는 치욕스러웠을 면사포의 그 순간을 적나라하게 드러내었는데 나는 여태 수아의 그 '미안'에는 공감조차 할 수 없었다. 나는 어느 누구에게도 내 사랑을 빼앗긴 적은 없기 때문이었다. 나는, 뿌리 견고하던 관계의 경계에 부딪쳤을 때 애초에 설정된 남매란 다른 빛깔의 사랑을 택했을 뿐이다. 부모님이 설정한 그 경계는 너무나 견고해서 브라이언은 몰라도 적어도 나는, 결코 뛰어넘을 수 없다는 사실을 이미 알고 있었다. 그것이 브라이언과는 다른 입장의 내 한계란 엄연한 현실을 내가 인식하고 있었다는 의미였다. 그러함에도 내가 앓아야 했던 지독한 마음의 고통은 가능치 않은 사랑에 빠진 내가 치러야 한 대가였으므로 수아 탓은 아니었다.

"매일 눈앞에서 애나를 힘들게 했을 것 같아요."

수아가 또 고백했다.

'매일 눈앞에서...'

수아가 내 입장을 알고 있었다. 수아와 브라이언 앞에서 매일 아무 일 없었던 것처럼 말하고 웃어야 했던 내 입장이었다. 그리고 그것은 내가 수아에게 느낀 미안이기도 했다. 수아가 나 때문에 겪었을 고통에 대한 것이었다.

깊이 묻어뒀을 기억의 항아리, 스스로도 결코 되돌아보고 싶지 않았을 그 모진 기억을 수아는 내 눈 앞에서 깨트려 낱낱이 쏟아놓았는데, 나는 무슨 말을 해야 할까? 수아의 사랑인 내 첫사랑에 대해 나는 도대체 무슨 말을 해야 할까? 깨트리는 고통을 감수하면서까지 드러낸 수아 방법대로라면 나도 일곱 살의 그 때부터 다 드러내야 하는데 나도 그래야 할까?

나는, 그러고 싶지 않았다. 수아나 내가 결코 의도한 것이 아닌 그 일, 이제는 가슴에 묻어둔 과거를 나는 수아 앞에서 다시 환기하고 싶지 않았다, 아니, 할 수 없었다.

유년의 한 아이가 성인이기까지 그 아이에게 모든 것이었던 그 첫사랑, 지금은 아무리 수아의 사랑일지라도 첫사랑의 그 긴 시간만큼은 내 것이었다. 나는 내 방법대로 내 첫사랑을 대하고 싶었다. 과거는 과거이도록 내 속에다 고이 묻어두는 것, 그것이 첫 사랑에 대한 예의요, 내 과거를 대하는 내 방법이었다.

이제 수아와 내겐 브라이언과 마이클이 있고 각자의 사랑 밖에 볼 줄 모르는 이 시점에 눈앞의 사랑이 아닌, 다른 말은 필요하지 않다는 것이 내 생각이었다.

나는 가만히 수아의 손을 잡았다, 내 침묵의 의미를 수아가 이해하기를 바라면서. 침묵은 그 자체로 많은 말을 대신하는, 소리 없는 언어이기 때문이었다.

나도 내 언어로 마이클의 경박했던 언어와 행동을 누를 수 있었어야 했다,
다시는 함부로 대하지 못하도록.

17.
부 부

물비늘로 반짝이는 집 앞 나이아가라 강은 내려앉은 별 총총한 밤 하늘 같았다. 어머니집 앞의 온타리오 호수로 흘러갈 물이었다. 이리호수가 집에서 20여분 채 떨어지지 않았고 내 집에서 온타리오 호수변의 어머니의 집까지는 40여분 떨어진 거리다.

이리 호수의 물이 미국과 연결된 피스 브리지를 지나면서 나이아가라 강으로 이름이 바뀌어 강폭에 따라 급하게 또는 완만하게 흐르다가 집 앞에 이르러서는 졸리듯이 머물러 있듯이 흐른다. 그러다가 낭떠러지를 만나면서 폭포가 된다. 바닥 치며 떨어져 거품 물고 쓰러졌다가 다시 소용돌이와 협곡을 만나고 마침내 바다 같은 호수, 온타리오에 당도하는 물의 흐름은, 때로는 폭포와 급류처럼 거친, 때로는 졸리도록 고요한 인생과 흡사하다.

마이클이 출근하면 가끔 나는 자전거로 집을 나선다. 나이아가라 폭포까지 또는 이리 호수까지의 외출이다.

폭포에는 밤낮 거대한 물줄기가 수직으로 떨어져 내린다. 평화롭게 흐르다가 느닷없이 만난 낭떠러지에서 떨어져 기함하고 있는 것 같은 물은 흡사, 뿌리는 페루의 그 땅에다 묻어둔 채 낯선 땅에 와 다른 말과 다른 사고의 충돌, 다른 관습과 문화에 치여 반은 넋이 나간 채이던 어렸던 내 모습이다.

죽은 듯 웅크리고 있던 물줄기는 시간이 흐르면서 거품을 털며 주섬주섬 기동하기 시작하고 아주 느리게 움직이던 물이 점점 좁아지는 강폭 앞에서 다시 서로 결속하며 흐름을 재촉한다. 그러다가 곧 협곡을 만나면 갈기 휘날리며 달리는 말처럼 흘러 마침내 바다 같은 호수, 온타리오에 당도한다.

비록 실개천에서 흐름을 시작했어도 온타리오에 당도한 물은 이제 수많은 종류의 물고기를 품은 호수다. 모든 지류를 품고도 늘 유유한 온타리오 호수는 강물이 바다로 가 안착하기 전에 곤한 몸을 풀어놓고 쉼을 얻는, 강물의 어머니다.

어머니에게서 온타리오를 느낄 때가 있었다. 온갖 지류의 강과 수많은 종류의 물고기를 품은 온타리오처럼 어머니의 품이 늘 넉넉하기 때문이었다. 아버지에게 아내이자 가장 친한 친구로, 외아들 브라이언의 유괴의 고통까지 속에다 삭인, 무엇보다도 입양한 나를 브라이언과 똑 같은 자식으로 키운 분이었다. 살면서 걸림돌을 만날 때, 그래서 일어서기 버거울 때 식구들은 먼저 어머니를 찾았다. 내게 어머니는 바로 온타리오였고 온타리오는 어머니였다.

온타리오 호수는 내게 페루의 하늘 호수, 티티카카이기도 하다. 안데스 설산의 녹은 물이 흘러 이룬 호수엔 갈대숲이 무성하고 무성한 갈대 사이로 새떼들이 비상했다. 페루 사람들은 잉카 문명이 티티카카호수에서 시작되었다고 믿는다.

일곱 살에 티티카카에서 흘러 당도한 온타리오, 다른 언어, 다른 사고, 다른 문화, 그 낯섦은 호수가 품고 있는 물고기 종류만큼이나 많았지만 이제 이 땅의 사람이 된 내게 온타리오는 티티카카보다 익숙하고 친근하다. 돌이켜 보니 온타리오 호수 변에서의 평화를 누리기까지 수많은 낯섦이 매일 발에 채였어도 어머니와 아버지, 브라이언과 가족이 되어 살면서 하나씩 익숙해 질 수 있었고 그것은 아버지와 어머니, 그리고 브라이언이 있었기에 가능한 일이었다.

이제 세월 흘러 마이클과 독립된 가정이란 세계를 만들었고 그 세월도 또 몇 해나 흘렀다.

마이클로 인해 새로운 가족이 된 시어머니와 시아버지는 친정어머니와 아버지처럼 따뜻하고 인자한 분들이다. 어머니의 모임에 가끔 동행하며 낯을 익힌 시어머니, 에반스 부인은 딸이 없는 집안에 든 나를 딸처럼 다정하게 대하셨다.

'애나야, 마이클이 널 만난 후 새 사람이 되었단다.'

194

시부모님은 마이클이 술을 절제하고 와이너리와 레스토랑 운영에 열정을 쏟는 것은 곁에다 나를 두었기 때문이라 믿으셨다.

그러나 내 생각은 달랐다. 마이클은 날 만나기 전에 이미 새 사람이 되어 있었다. 치료의 그 지난했을 과정을 스스로 결정하고 스스로를 고립시켜 마침내 이겨냈기 때문이다. 자기 자신의 나약함을 냉정하게 파악한 후 그것을 극복하기 위해 자신과 싸운 것이다. 마이클의 의지가 해 낸 일이었다.

그러나 시부모님이 그렇게 말하실 때마다 나는 에반스 패밀리의 일원으로서 깊은 유대감을 느꼈다. 시부모님의 말씀은 나를 믿는다는 믿음의 의미이기 때문이었다. 이제 마이클과 나 사이에 자식을 둔다면 더 이상 바랄 것이 없을 것 같은데 무슨 이유인지 임신 소식이 없었다.

시부모님의 말없는 기다림이 아니어도 시간이 흐를수록 나는 초조했다. 벌써 브라이언과 수아의 아들 이안은 학교에 들어가도록 시간이 흘렀음에도, 수아가 둘째 아이, 딸을 얻었음에도 나는 임신의 조짐이 없었다. 어서 아기를 낳아 두 집안의 어른들과 마이클에게 안기고 싶고, 무엇보다도 '마이클이 널 만난 후 새 사람이 되었단다,'라시던 시부모님을 기쁘게 해 드리고 '손자가 날 완성시키는 것 같아. 이 기분, 괜찮아.' 라고 하신 어머니를 흡족하게 해 드리고 싶은데 임신의 소식은 없고 같은 비즈니스를 하는 회원들의 모임에 다녀오면 언젠가부터 마이클은 말 수를 줄였다. 한 번도 아이 때문이라고 말한 적은 없지만 나는 마이클의 심정을 그렇게 해석했다.

와이너리와 농장 경영에 마이클과 브라이언은 꽤 의욕적으로 선의의 경쟁을 하고 있었다. 두 사람은 부모 세대가 일군 농장과 와이너리를 현대화된 시설로 바꾸고 해외시장을 개척하며 적극적으로 비즈니스를 확장하고 있었다.

유명한 와인 생산지를 찾는 관광객들의 선호도를 조사한 후 시작한 마이클의 와이너리와 레스토랑 운영은 순조로웠다. 적어도 그 세계에서 만큼은 마이클이 자신감에 차있고 그의 거침없는 경영방식과 트렌드를 이끄는 소비자의 수요는 서로 맞아 떨어졌다.

마이클의 공격적인 비즈니스 마인드인 '다르게'는 브라이언을 의식한 차별의 의미도 있을 것이다. 마이클에게 브라이언은 처남 매부지간 훨씬 이전부터 경쟁과 언쟁, 시기를 유발한, 그러나 한 번도 너끈히 제압의 통쾌함은커녕 사사건건 거슬리게 한 장본인이었다. 특히 날 보호하려던 브라이언에 대한 경쟁과 시기는 어른이 된 지금까지도 가슴 밑바닥에 앙금으로 남아 있을 것이었다. 마이클이 비즈니스의 성공과 강한 보호자로서의 이미지로 고질적인 앙금을 극복하고 싶어 한다는 사실을 나는 모르지 않았다.

그런 마이클을 위축하게 한 것이 있었다. 바로 자식이었다.

친구들 모임에서 커가는 자녀들 얘기를 할 때 대화에 동참할 수 없는 마이클이 위축된 심정으로 소외감을 느끼기 시작한 것이다. 나만큼이나 자식을 기다린 사람이었다. 자식이 태어나면 함께 하고 싶은 것이 너무나 많은 사람이었다. 공통의 대화에 동참할 수 없는 마이클은 그래서 대신 와인 잔을 들기 시작했을 게다.

초조함은 내 속에서도 일었다. 수아가 둘 째 아이 레이첼을 얻자 나도 모르게 비교를 하면서 마이클이 브라이언과 경쟁하는 것과 다르지 않을 심정이 되는 것이었다. 비교할수록 이미 저만치 앞서 가고 있는 그들과는 다시는 나란히 걸을 수 없을 것 같은 초라한 심정이 되는 것이었다. 그래서 마이클을 이해했다.

초조한 심정을 이기지 못한 나도 와인을 마시기 시작했다.

"브라이언이 당신 안부 묻더라. 애나 행복하지? 하고 말이야."

오늘도 마이클은 모임에서 와인을 마셨던 것 같았다. 한잔이 두 잔이 되고 그렇게 다시 술이 늘까 나는 걱정하고 있었다. 그러나 나는 '와인은 안 돼, 마이클.' 하고 말할 수 없었다. 절제를 해야 한다는 사실은 마이클 자신이 더 잘 알고 있었다.

"근데 애나, 그 말이 왜 기분을 묘하게 할까? 브라이언이 왜 당신 행복을 묻느냔 말이야."

약간 취기가 있는 마이클의 말속에서 나는 가시를 느끼고 있었다. 그래서 얼른 대답을 하지 않았다.

"당신, 나랑 행복하지 않아?"

빤히 눈을 들여다보며 다그치는 마이클의 말이 나를 코너로 밀어 붙이는 것 같았다.

"누나 안부가 궁금했던 거겠지."

나는 의도적으로 누나란 단어를 썼다. 그런데 브라이언은 왜 내 행복을 물었을까? 내가 행복하지 않을 수도 있다고 생각하는 것일까? 모임에서 와인 잔을 들기 시작한 마이클 때문에 나를 걱정하기 시작한 것일까? 오래 전, 부모님 앞에서 마이클을 반대하며 브라이언이 말했었다, 알콜중독, 고치기 쉽지 않다고.

"근데 왜 내겐 거슬리지? 브라이언에게 내가 수아의 안부는 물을 수 있어도 행복을 물을 수는 없는 거 아니야?"

마이클 역시 그 말에 집착했다. 받아 넘길 수 있는 말에 집착하는 이유는 술기운 때문일 것이었다. 가슴 깊숙이 가라앉아 있었을 오래된 앙금이 마이클의 목소리에서 부유하고 있는 것 같았다.

몰아붙이듯 하는 마이클의 표정이 눈길만 부딪쳐도 오금이 저리던 어렸을 때의 기억을 불렀다. 그 자리에 앉아 고스란히 감당해야 했던, 결코 돌이켜보고 싶지 않은 기억이었다.

서로를 향한 그토록 간절하던 마음은 어디로 가고 마이클은 나를 의심하고 나는 되돌아보기도 싫은 어렸을 적의 기억을 떠올리고 있는 것일까? 이것은 간절하던 심정을 무디게 한 둘 사이에 흐른 시간 때문일까, 아니면 우리 품에 없는 자식 때문인 것일까? 어느 이유였든 맘 아프기는 마찬가지였다.

더 대꾸를 하지 않은 채 나는 마이클을 벗어나 잔에다 와인을 채웠다. 나도 주량을 늘이고 있던 참이었다.

"당신, 술 마셔?"

식구들과 식사 시간에 가끔 한 잔씩 즐기던 일조차 결혼 이후부터는 금한 줄 모르는 마이클은 내가 와인을 싫어하는 줄 알았다.

"응."

당신이 마시면 나도 마신다, 라는 사뭇 공격적인 대꾸였다. 주량을 늘려가고 있는 마이클을 향한, 말을 대신한 나 나름의 제동의 방법이기도 했다. 그리고 벌컥 벌컥 와인을 들이켰다.

"애나!"

마이클이 눈을 부릅떴다.

"지천인 게 와인이잖아."

브라이언이 어떤 심정으로 했든 그 말이 마이클과 나 사이에서 이런 불신의 기류로 작용해서는 안 되는 일이었다. 이미 둘 다 동생과 누나란 위치에서 각자의 울타리 속 모든 것에 전부를 걸어 외눈조차도 주는 마음의 허점을 허용치 않기 때문이었다. 그런데 아무리 술기운이기로 이렇게 애꿎은 소리로 어깃장을 부리다니 몹시 서운했다. 다시 잔을 채우며 내가 말했다.

"마이클, 난 당신 밖에 몰라. 브라이언? 그래, 사랑하는 내 동생이야. 그래서 뭐 어쨌다는 거야? 당신이 느낀 그 감정, 그걸 왜 내게 따져? 당신과 브라이언 사이의 일이면 둘이서 해결해야 하는 거 아니야?"

그러고는 벌컥벌컥 다시 들이켰다. 마이클이 멍하니 나를 바라보았다. 이 모습, 쏘듯이 두 눈을 들여다보며 대드는 나의 저돌적인 모습에 마이클이 벙어리가 되어버린 것 같았다.

한 번도 본 적 없던 나의 반응이었을 게다.

"애나!"

이윽고 마이클이 내 이름을 부르더니 다시 입으로 가져가려던 와인 잔을 내 손에서 빼앗았다. 잠시 마이클의 손 안에서 뻗대던 내 힘이 수그러졌다.

와인 잔을 빼앗긴 내가 마이클을 오래 바라보았다. 마이클을 바라보는 내 눈에 원망과 노여움, 그리고 '또 마시기 시작하면 당신, 또 힘들잖아.'란, 걱정이 담겨 있었을 것이다.

그런데 바로 그 눈빛에 눈이 부시다는 듯 마이클이 잠시 눈을 감았다. 그리고 우람한 팔로 내 허리를 안았다. 아주 찰나에 있던 일이었다.

"애나!"

그리고 우리는 소파에 쓰러졌다. 결코 이 분위기를 부를 시작은 아니었다.

그의 숨결은 이미 거칠었고 손길은 다급했다. 나는 아무런 거부를 하지 않았다. 여전히 서운함에도 죽은 듯 가라앉았던 욕구가 꿈틀거리기 시작하는 이 이해할 수 없는 반응을 나는 방치한 채였다.

그런데 맘대로 의심하다가 맘대로 타오르기 시작하는 마이클의 행위가 불현듯, 날 놀린 그 수많은 어렸던 날들의 기억을 다시 부르는 것이었다. 온갖 짓궂은 말로 날 건드리고 놀리며 좋아라고 맘대로 희롱하던 그 때였다.

그 때 나는 왜 얼굴을 감싸고 주저앉은 채 말 한 마디 못했던 것일까, 내게 익숙한 언어, 케추아어를 두고도? 왜, 알아듣지도 못한 마이클의 언어에 주눅 들고 기죽어 얼마든지 방어할 수 있던 일에 지레 주저앉아버렸던 것일까?

나도 내 언어로 마이클의 경박했던 언어와 행동을 누를 수 있었어야 했다, 다시는 함부로 대하지 못하도록.

그런데, 그 때 하지 못한 후회가 내 속에서 꿈틀거리는 것이었다. 그리고 없는 듯 숨어있던 내 전의를 자극하는 것이었다.

비록 그 때는 '우리가 다 어렸었잖아.' 라며 덮어버린 일이긴 하지만 네가 그러면 나도 한 번쯤은 보여줄 수밖에 없다는 성질이 발끈 고개를 치켜드는 것이었다. 다시는 자신의 방법으로 날 희롱하지 못하도록, 다시는 자신의 기분에 따라 관계를 훼손할 의심과 스스로와 날 긁는 일은 하지 않도록 할 경고 같은 것이었다.

나는 거침없는 그의 손길에 제동을 걸고 더운 입술을 밀어냈다. 그 때, 한 번도 쓰지 못한 케추아어의 의미였다.

전에는 없던 내 거부의 제스처에 마이클이 미간을 찌푸리며 날 바라보았다.

나는 발딱 일어났다.

그리고 다시 잔을 채워 벌컥벌컥 들이켰다.

"뭐 하는 거야, 애나!"

"마이클, 당신은 아직도 날 그 때의 애나로 대하고 있어, 이제는 의심까지 하면서. 놀리고 무시하고 조롱했잖아? 또 그러고 싶어? 자!"

이미 마이클 손에서 반은 풀어헤쳐진 블라우스를 벗어버렸다. 그리고 가슴을 조이고 있던 브래지어까지 풀어 던져버렸다. 숨어있던 내 두 유방이 스프링처럼 튕겨져 나와 마이클 눈앞에서 맹랑했다.

마이클이 주춤 물러나며 눈을 부릅떴다. 술기운이 싹 가신 표정이었다.

"더 마실래."

나는 다시 탁자 위로 손을 뻗어 잔의 허리를 낚아채었다. 그리고 잔을 채웠다.

"애나!"

마이클이 다시 내 손아귀의 잔을 빼앗았다. 그리고 와락 내 어깨를 안았다.

"미안해, 이러지마. 잘못 했어 내가."

그의 팔이 날 옥죄었다.

"나, 알아들어 애나. 당신 이렇게 하게 해 미안해.'

마이클이 날 안은 채 자꾸 말을 했다.

'알아들었다고?'

내 성난 마음이 '잘못' 이나 '미안'보다 그 말에 머물렀다.

알아듣다. 왜 이러는지 알다...

그 말을 믿고 싶은 나는, 더 이상 아무 말도 행동도 할 수 없었다. 날 옥죈 그의 힘 때문이 아니라 '알아들어'란 그 말 때문이었다. 알아들으라고 한 행동의 의미를 알아차렸다니 더 이상 내가 보탤 것이 없었다.

안겨서 생각해 보니 마이클과 나는 서로의 맘을 확인하기 위해 애꿎은 말로 어깃장도 부리다가 왜 그러는지 결국엔 서로 알아듣기도 하는 그런 관계였다.

바로, 부부였다.

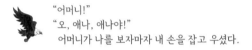
"어머니!"
"오, 애나, 애나야!"
　어머니가 나를 보자마자 내 손을 잡고 우셨다.

18.
아, 어머니

　브라이언과 수아가 두 아이들을 데리고 코리아로 가기로 결정한 것은 아이들의 여름 방학을 앞두고였다. 오래 친정엘 가지 못한 수아에게 부모님의 권유가 있었다.

　'수아야, 이번에 가면 부모님을 초대하려무나. 너희 사는 모습, 보고 싶으실 거야.'

　부모님의 권유로 친정 부모님까지 초대하게 된 수아는 차마 아이처럼 환호를 지르지는 못하고 웃기만 했다.

　어머니와 아버지는 두 아이에게 코리아에서 할아버지 할머니를 만나면 이렇게 해야 한단다, 하며 가르치시고 이안은 인터넷에서 엄마의 나라 코리아에 대해 공부하며 출국 이전의 잔잔한 흥분을 북돋웠다.

몇 년 만이지만 찾아 갈 친정을 두고 있는 수아가 부러웠다. 자주 갈 수는 없었어도 어딘가 그곳에 서로가 존재하는 것만으로도 힘이었고 위로였으리라.

나는 또 페루의 아버지와 엄마, 마리오 오빠를 생각하고 있었다, 지금은 이 세상에 없는 사람들이었다. 어떻게 나만 남겨두고 모두 떠나버렸는지 생각할수록 애달팠다. 다 잊고 새 가족과 새 집에서 마음 붙여 살라고 떠나버린 것 같았다. 만일 그렇다면 엄마와 아버지, 오빠는 돌아가 찾을 혈육이라고는 없는 내 속의 상실감은 미처 생각지 못했음이 분명했다. 코리아 첫 친정 길을 앞두고 쇼핑으로, 짐 꾸리기로 바쁜 수아를 바라보며 나는 그래서 더 쓸쓸했다. 그러다가 문득 생각했다, 아버지와 어머니를.

문제는 늘 내게 있었다. 페루의 식구와 산 세월보다 몇 갑절 더 많이 함께 산 부모님, 함께 산 집이 바로 친정인데 그렇게 많은 사랑을 받고도 페루의 부모님 자리에다 아버지와 어머니를 두지 못하는 것이었다. 마음의 거리는 아버지와 어머니가 아닌, 늘 내가 만들었다.

나는 브라이언 식구가 코리아에 가 있을 동안 매일 부모님을 뵈어야겠다는 다짐을 했다. 한 달간이지만 아이들과 자식내외가 없는 빈 집에서 부모님이 고요를 지키는 일은 못 견딜 일일 것이었다.

드디어 네 식구가 큰 짐들을 앞세우고 코리아로 떠난 후 나는 매일 낮에 집에 들러 어머니, 아버지와 점심을 함께 들거나 차를 마시고 내 집으로 돌아왔다.

"네 식구가 한꺼번에 가고 없으니 정말 빈집이네, 애나야. 한 달이 언제 지나가니."

이제 떠났는데 어머니는 벌써 브라이언 네를 기다리셨다.

"조앤, 당신은 나랑 놀기 싫소? 우리도 어디 여행 다녀올까?"

아버지는 애써 아무렇지도 않은 척 하며 어머니를 달래셨다.

"더운데 나가면 고생이죠, 탐. 우리는 그냥 집에서 시원하게 지냅시다."

결국 어머니와 아버지는 여행을 가지 않으셨고 나는 마이클이 출근한 낮 시간에 부모님을 뵈었다. 그리고 가끔은 추리 하우스에 올라 삼뽀냐를 연주했다.

"디에고는 왜 한 번 안 다녀갈까요?"

집안일을 다 맡아 하던 디에고가 멕시코에서 더 이상 오지 않은지가 꽤 되었는데 갑자기 한가해지신 어머니는 오래 전에 떠난 디에고까지 기다리셨다.

"소설 한 권 쓰는 일이 어디 쉬운 일인가? 책 만들면 들고 온댔으니까 기다려 봅시다, 조앤."

"하기는 오죽하면 산고에 비유했을까. 포도농사가 차라리 쉬울 것 같네요."

포도 한 송이가 영글기까지, 한 잔의 와인을 빚기까지 멕시코와 자메이카에서 온 인부들의 얼마나 많은 손길이 가야하는지를 아는 어머니는 소설 쓰기를 포도농사와 비교하며 아직 온다는 소식이 없는 디에고를 이해하려 하셨다. 과실농사 중에서 포도농사만큼 많은 손길이 가는 예민한 농사는 없을 거라고, 그래도 와인 한잔으로 지난한 과정을 보상 받는다고 식구들과 와인 잔을 들고 있을 때 가끔 말하신 어머니였다.

아버지도 이안을 데리고 포도농원을 바라보며 '이안 보아라, 저 농원, 네가 주인이란다.' 라며 아이로 하여금 책임의식을 갖게 하던 나름의 의식을 할 수 없으니 언제 올지, 오기나 할 지 모르는 디에고를 기다리시는 것 같았다.

커가는 손자를 옆에 세우고 주인의식을 심어주던 의식을 당분간 손에서 놓아야 한 아버지가 어쩌면 더 쓸쓸하실 지도 몰랐다.

아버지는 이제 대부분의 일, 농장과 와이너리 운영을 브라이언에게 맡기셨고 요즘은 같은 업종의 친구들과 자식들이 경영하는 방식이 당신들의 방식과 어떻게 다르며 무엇으로 젊은이들이 맡아서 점점 확장하고 있는 비즈니스에 도움을 줄까 하고 아버지들다운 대화를 나누며 아주 느리고 한적한 하루 일과를 보내셨다.

'일은 평생 물리도록 했다, 브라이언. 나도 네 엄마와 좀 놀고 싶구나.'

와이너리며 농원 일을 브라이언에게 맡기며 아버지가 하신 말이었다.

어머니는 여전히 한 달에 한 번씩 부인들의 모임에 동참하셨고 모임이 있는 날 어머니는 특히 옷차림과 머리 매무새에 신경을 쓰셨다. 이제는 사돈이 된 에반스 부인과 서로의 체면을 생각해서라도 외양부터 더 가꾸셨고 어머니는 여전히 고우셨다.

'내일은 내가 모임에 가야해. 애나야 너도 쉬어라.'

어제 부모님을 방문했더니 어머니의 목소리가 바람에 팔랑대는 나뭇잎 같았다.

'그럼 난 뭘 해?'

어머니가 약속이 있다는데 아버지가 짐짓 어리광을 부리셨다.

'나랑 모임에 갈래요, 탐?'

어머니의 말에 아버지는 역시 손사래부터 치셨다.

'저랑 점심 하실래요, 아버지?'

내가 나서서 아버지를 바라보는데 '아니다, 애나야. 나도 실은 바쁜 사람이야.' 라고 하셔서 어머니와 아버지, 나까지 서로 마주보며 웃었다.

부모님 집에 갈 일이 없는 나는 마이클이 출근한 후 모처럼 집에서 한가하게 낮 시간을 보내기로 했다.

한 여름의 해는 머리 위에 오르기도 전에 달구어져 불볕이었다. 창밖 나이아가라 강엔 더위를 즐기는 사람들이 벌써 보트를 띄워 물살을 가르기 시작했다. 바람 한 점 없어 고요하던 나이아가라 강이 보트가 지나가자 몸을 뒤틀며 거품을 물었다. 아무리 한 여름의 불볕이라도 강물 앞에서는 무력할 뿐이다.

'더운데 나가면 고생이죠. 우리는 집에서 지냅시다.'

여행갈까 하시던 아버지의 말에 어머니가 하신 말이 떠올랐다. 오늘 같은 더위엔 강이나 바다가 아니라면 어머니의 말처럼 집이 낫겠다는 생각을 하면서 한갓지게 책을 읽다가 낮잠에 빠졌다. 얼마나 잤을까, 전화 소리에 깨었다.

"경찰입니다. 애나 에반스씨 인가요?"

상대방은 상당히 사무적이면서도 정중한 목소리의 남자였다.

낮잠에 취해 여태 몽롱하던 정신이 '경찰'이라는 말에 머릿속이 서늘해지는 것 같았다. 잘못한 일도 없으면서 '경찰'이란 말에는 왜 그토록 머릿속이 서늘하도록 놀랐을까?

어렸을 때, 새 부모님을 따라 오기 전에 마리오 오빠가 어느 날 들이닥친 경찰에 잡혀 내 눈 앞에서 수갑이 채워진 채 떠난 그 일이 찰나에 지나갔기 때문일 것이었다. 그 마리오 오빠도 없는 지금 경찰이 무슨 일일까? 아주 찰나에 나는 다시 마이클을 생각하고 있었다, 혹 그가 술을 마시고 일을 만든 것일까, 하고.

지금은 술을 가까이 할 시간도 아님에도 불안한 내 머리 속에 그일 아니고는 다른 가능성은 도무지 떠오르지 않았다. 눈앞이 캄캄했다. 그 끔찍했던 치료의 시간으로 다시는 돌아갈 수 없다고 한 사람이었다.

"무슨 일이시죠?"

나는 최대한 침착하게 물었다.

"조앤 힐스씨의 따님인가요?"

"어머니가 왜요? 무슨 일 있어요, 제 어머니에게?"

그 때서야 나는 어제 방문했을 때 오늘 친구들 모임이 있다고 하신 말과 운전 사고를 먼저 떠올렸다. 어제 어머니는 분명 ' 애나야, 우리가 이번에는 좀 멀리 가서 점심을 하기로 했단다, 폭포 쪽에서.' 라고 하셨다.

폭포 근방의 레스토랑은 내 집과는 그리 먼 곳이 아니었다.

"어머니가 따님을 찾으시는군요."

어머니가 경찰을 통해 나를 찾는 이유, 그것은 분명 어머니에게 무슨 일이 생겼음을 의미했고 나는 경찰과 어머니가 계시는 그 곳으로 바로 차를 몰았다.

어머니의 자동차는 나이아가라 폭포 근처 길 한쪽에 주차되어 있었고 어머니는 자동차 안에서, 그리고 전화를 했을 경찰은 바깥에서 어머니와 대화를 하고 있었다.

"어머니!"

"오, 애나, 애나야!"

어머니가 나를 보자마자 내 손을 잡고 우셨다.

"어머니, 괜찮아요, 괜찮아요."

내가 우시는 어머니의 어깨를 안았다. 뭔가로 놀라셨을 어머니는 떨고 있었다.

"어머니가 다치셨나요?"

나는 돌아서서 경찰에게 물었다.

"아닙니다, 기억에 혼돈이 온 것 같아요."

기억의 혼돈, 처음 듣는 말이었다. 그러니까 운전 중이었을 어머니의 기억에 문제가 생겨 집에 가는 길을 잃으셨다고 했다. 그래서 한 곳에 오래 서 있던 중에 이를 이상히 여긴 경찰의 눈에 띈 것이었다.

집에 가는 길을 잃으셨다니 나도 이해할 수 없었다.

나는 어머니를 모시고 집으로 갔다. 집에 가는 삼십여 분 동안 어머니는 아무 말도 하시지 않았다. 어머니가 마음의 안정을 취하시도록 나는 아무 것도 묻지 않았다.

집에 당도해 자리에 누우시게 하고 더운 날임에도 따뜻한 차를 준비했다.

"내가 길을 잃었단다, 애나야."

어머니가 말하셨다. 두 눈에 공포가 스며있었다.

"익숙한 길이잖아요, 어머니?"

어머니 곁에 의자를 당겨 앉으며 내가 말했다.

"익숙하다마다. 결코 잃을 수 없는 길이지. 그런데 레스토랑에서 폭포까지는 갔는데 거기서 길이 사라졌어."

그래서 어디로 가야할 지 몰라 서 있었다고 어머니가 말했다.

"내가 어떻게 된 걸까, 애나야? 내 평생 지나다닌 그 폭포 앞에서 어떻게 집에 오는 길을 모를 수가 있니?"

어머니가 한 손으로 내 손을 힘주어 잡았다. 어머니는 손을 떨었다.

"지금이라면 폭포 앞에서 어떻게 집으로 올지 머릿속으로 훤히 그릴 수도 있는데 내가 왜 그랬을까?"

정말 그 때 어머니는 왜 그러셨을까? 어떻게 집에 오는 길이 기억에서 사라질 수 있을까, 평생 다니신 그 길 위에서? 아무리 그러셨어도 어머니가 노인성 기억상실증일지도 모른다는 생각은 하고 싶지 않았다. 어르신들이 주로 앓는 그 병, 너무 무서웠다.

'코리아로 간 브라이언 때문일까?'

가까스로, 몇 년 전에 브라이언이 코리아에서 돌아오지 않을지도 모른다는 상상을 하며 불안해하신 적이 있음을 상기했다. 그렇지 않아도 어머니의 의식 속에는 어렸던 브라이언을 잃어버린 기억이 잠재해 있었다. 공교롭게도 지금은 브라이언이 수아와 두 아이들을 데리고 떠났다. 어머니의 의식 속 상실의 상처가 브라이언 식구가 떠난 지금 길을 잃어버리는 것으로 나타났을까?

"브라이언 식구가 보고 싶으세요, 어머니?"

어머니의 심정을 알면서 넌지시 여쭈었다.

"브라이언이 내 눈앞에 없으면 불안해."

그러니까 브라이언의 부재는 여전히 어머니를 불안하게 하는 기제로 작용되고 있다는 의미였다. 어머니 속에 오래 쌓여있던 불안이 브라이언 식구들이 코리아로 떠난 후 가장 익숙한, 집에 오는 길을 잃어버리는 것으로 나타났을지도 모를 일이었다. 어머니에게 집과 브라이언은 가장 소중한 존재였다.

"브라이언은 늘 집에 왔어요. 부모님이 계시니까요."

"그럼, 왔고말고. 다섯 살 어린 나이에도 그 밤길에 엄마를 부르며 왔단다."

어머니가 고개를 끄덕이며 눈두덩의 무게도 감당할 수 없다는 듯 스르르 눈을 감으셨다. 운전 중에 사라져버린 길 때문에 얼마나 당황해하셨을지, 얼마나 무서웠을지 나는 짐작할 수 있었다.

어머니의 낯선 증세가 무서워 나는 곤히 잠드신 어머니 가슴에 엎드려 울었다.

'내 어머니, 조앤 힐스여사.'

아버지와 결혼해 작은 포도농장에서 지금의 대 농장으로, 와이너리로 사업을 확장하도록 아버지 곁에서 조력하신 분이었다. 인부들이 시기에 따라 해야 할 일을 아셨고 날씨가 포도농사에 얼마나 영향을 미치는지 아셨고 수확의 때도 아셨다. 심지어는 예민하고 까다로운 포도농사와 소설 쓰기를 비교할 줄도 아시는 분이었다.

해마다 먼 나라에서 오는 인부들을 어떻게 대해야 하는지를 아셨고 부인들의 모임에서는 단순히 식사를 하고 차를 마시며 담소를 나누는 의미 이상이 되는 그 교류가 아버지의 와인 비즈니스에 어떤 영향을 미칠지를 아시는 지혜로운 분. 결코 단순하지 않았을 큰 비즈니스 운영에 아버지가 지치고 흔들렸을 때마다 가장 가까이서 함께 걸으신 어머니였다.

어렸던 나를 딸로 입양해 일찍 엄마를 잃은 내게는 어머니로 사신 분이었다. 딸로 키운 나와 외아들 브라이언이 남매란 경계를 넘나들며 그 경계를 허물려고 했을 때는 야속하도록 관계를 분명히 하신 일로 가혹한 원망과 함께 다시 자식을 떠나보내야 한 아픔을 겪으면서도 가족의 질서를 지키게 한, 어머니였다.

어머니의 성품과 인품이 깃든 말씨를 들으면서, 하시는 모습을 보면서 그 속에서 자랐기에 내 속에 좋은 성향이 있다면 그것은 당연히 어머니가 보여주고 들려주신 삶의 영향일 것이었다.

무슨 일에든 식구들이 길을 두고도 헷갈려 할 때마다 일러주고 함께 걸으신 어머니가 정작으로 당신이 가야 한 길은 잃고 당황해 우시던 모습, 기진해 잠이 든 모습에 내 마음이 몹시 아팠다.

212

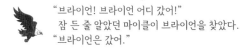

"브라이언! 브라이언 어디 갔어!"
잠 든 줄 알았던 마이클이 브라이언을 찾았다.
"브라이언은 갔어."

19.
그리고 카오스

몇 날 째 나른하고 의욕이 없었다. 마이클이 출근을 하고나면 다시 침대로 들어가 누워있었다. 늦여름에 찾아온 감기몸살 같았다.

더운 차를 마시고 자리에 누웠는데 문득 어머니가 만드신 칠리(Chili)가 눈앞에서 아른거렸다. 다진 고기와 야채, 붉은 콩에다 칠리를 넣어 걸쭉하게 끓인 음식이었다. 느끼하지 않은 칠리 한 그릇 먹으면 기운이 날 것 같았다.

느지막이 일어나 팀 홀튼으로 갔다. 커피로 머리를 개운하게 하고 싶었고 무엇보다도 칠리가 먹고 싶었다.

어머니가 만드신 것과 맛이 같을 수는 없겠지만 그래도 더운 김이 오르는 칠리를 앞에 두니 먹기도 전에 기운이 나는 것 같았다. 단숨에 한 그릇을 다 먹을 것 같았다. 마음이 급해 한 숟가락 떠 입에 넣었다.

"…?"

그런데, 그렇게 간절하던 칠리를 한 입 입에 문 순간 속에서 울컥하고 치받쳤다. 한 번도 경험한 적 없던 증세였다.

다시 한 숟가락 떠 입에 넣었다. 다시 울컥 하고 속에서 치받쳐 올랐다.

'…!'

갑자기, 수많은 오색 알전구가 일시에 불을 켠 듯 머릿속이 환해졌다, 성탄추리 불빛 같았다. 발끝까지 전율이 일면서 축 쳐져 있었던 말초신경이 일시에 활개를 치는 것 같았다. 가슴이 벅차서 숨 쉬기조차도 힘들었다. 확실한 것은 아무 것도 없음에도 생각이 자꾸만 한 쪽으로 기울었다.

수 없이 들었던 증세, 오래 기다렸지만 한 번도 없던, 그래서 실망하고 지쳐 포기하려던 그 증세였다. 지그시 가슴을 눌러 진정했다.

'엄마!'

그 경황에 내 입술이 마이클도 어머니도 아닌, 아기를 낳다가 세상을 떠나신 페루의 엄마를 불렀다. 케추아어였다.

왈칵 눈물이 쏟아졌다. 강한 햇볕과 바다 같은 티티카카 호수와 거친 갈대숲을 거쳐 분 바람결에 시달린 거친 엄마의 얼굴이 희미하게 지나갔다. 어렸던 딸, 마마니와 헌 보따리처럼 앉아 밤새 만든 장신구를 팔던 엄마였다. 피에 젖은 아랫도리와 눈물로 범벅이 된 일그러진 엄마의 얼굴도 내 기억에 남아 있었다. 늘 궁핍했고 고단했던 삶에서 벗어나 본 적 없던 엄마였다.

214

'엄마, 나 엄마가 되려나 봐.'

가라앉히려는데 자꾸만 눈물이 쏟아졌다. 어렸던 나이에 와 낯선 땅에다 마음 붙이느라, 그리고 식구들과 웃으며 사느라 잊고 살았던 엄마가 가슴 아리도록 그리웠다. 확실하지도 않은 일에 이토록 한쪽으로 마음이 기울기는 처음이었다.

'마이클!'

마이클에게 전화를 하고 싶었지만 나는 생각을 바꿨다, 더 정확한 진단을 한 후에 알리기로. 그래서 약국에서 임신 진단기를 샀다.

"오, 하나님!"

붉은 줄 둘이 선명했다. 자신의 존재를 붉은 두 줄의 선으로 먼저 알려 주다니, 나는 앞으로 붉은 색이면 무엇이든, 나란한 두 줄은 그것 또한 무엇이든 좋아할 것 같았다. 칠리를 원했으면서 막상 먹으니 거부하다니 아기가 변덕쟁이 같았다.

꼭 하룻밤만 이 그윽한 행복감을 아기와 단둘이 누리고 싶었다. 아홉 해만에 찾아 온 생명이었다. 기다리느라 지쳤지만 아가 네가 날 최고로 행복하게 하고 있다고 도란도란 나누고 싶었다. 그러다 생각을 바꿨다. 아기를 기다리는 심정은 말은 않았어도 마이클도 지극했다. 이 행복감을 마이클이 오면 한 아름 선물 안기듯 알릴 참이었다. 선명한 붉은 두 줄의 진단기를 마이클 눈앞에 내밀 작정이었다.

내 마음이 이랬다저랬다 갈피를 잡지 못했다.

그 즈음 마이클은 모임에 갈 때마다 주량을 늘려가던 중이었다. 곧 아빠가 될 사람이므로 이젠 그러지 말아야 할 것이다.

마이클은 당연히 다시 결단을 할 것이다. 그 힘들었을 치료도 이겨낸 사람이었다. 그리고 반감 많았던 내 마음을 돌이키도록 한 사람이었다.

아기가 원하므로 나는 나른한 증상을 즐겼다. 아기는 좋은 생각을 원할 것이므로 꽃을 상상하고 추리 하우스를 생각했다. 온타리오 호수의 세일보트를 생각하고 포도 농원의 검게 익어가는 포도알맹이를 생각하고 그러다가 수아가 이안을 가졌을 때 어머니가 하신 말씀을 떠올렸다,

'할머니가 되는 일이 좋으면서도 좀 서글프기도 했는데 생각해보니 엄청 행복한 일이더라. 내 손자가 날 완성시켜 주는 것 같았거든.'

라고 한 그 말이었다.

'아가야, 네가 엄마와 아빠도 부모로 완성시켜주고 있단다.'

시아버지와 시어머니, 어머니와 아버지를 다시 한 번 할아버지와 할머니로 완성의 기쁨을 누리게 하고 행복하게 할 생명이었다.

수아가 이안을 가졌을 때 어머니와 아버지, 그리고 브라이언 모두가 수아를 중심으로 각자 수아를 행복하게 하던 그 모습이 떠올랐다. 내게도 이제 두 가족이었다, 시댁과 친정이었다. 양쪽 어른들이 얼마나 행복해 하실지 생각만으로도 벅찼다.

오늘따라 마이클이 늦었다. 전화로 알릴 수 있었지만 마주보며 이 흐뭇한 행복감을 함께 나누고 싶었다. 아홉 해도 기다렸는데 이 정도는 아무 것도 아니었다. 나는 마이클을 기다리며 아기와의 첫 만남의 행복감을 누리다가 설핏 잠이 들었다. 마이클에게 보여줄 붉은 두 줄이 선명한 진단기는 탁자 위에다 둔 채였다.

잠결에 초인종 소리를 들었다. 마이클이었다면 스스로 열고 들어왔을 텐데 초인종이 요란 했으므로 무심결에 조심성 없이 벌떡 일어나 현관으로 갔다.

"브라이언!"

브라이언이 현관밖에 있었다, 마이클의 어깨를 부축한 채였다.

"애나!"

한 번도 마이클이 브라이언과 함께 집에 들어선 적이 없었다. 마이클은 브라이언의 어깨에 기대고 있었다.

"좀 취했어."

취한 남편 때문에 근심할 누나를 생각하는 동생의 말일 거였다. 어쩌면 아닐지도 몰랐다. '그래서 내가 그토록 반대했잖아.' 하는 원망일지도 몰랐다.

"대신 운전을 해야 해서 애나."

마이클을 부축한 채 브라이언은 변명처럼 말했고 누나 집에 와 자꾸만 변명을 하는 브라이언에게 '미안해 브라이언, 걱정하게 해서.' 하고 눈빛으로 말하고 있었다.

"고마워, 브라이언."

그런데 아무리 동생이지만 브라이언에게 마이클의 이런 모습을 보여주고 싶지 않았다. 그간의 걱정을 불식할 행복하고 평화로운 모습만 보여주고 싶었다.

문득, 마이클이 집에 오기를 기다린 이유가 떠올랐다. 마주보며 속에서 넘치려는 행복감을 드러내고 싶었다. 그러나 마이클은 맑은 정신이 아니었고 브라이언이 눈앞에 서 있었다. 나는 브라이언이 집을 나서기 전에 말하고 싶었다. '브라이언 나, 아기 가졌어.'하고.

브라이언은 분명 마음껏 축하해 줄 것이다. 그러나 나는 또 억눌렀다. 이 소식만큼은 어느 누구보다 마이클이 먼저여야 했다.

"혼자 괜찮겠어?"

마이클을 침대에 눕힌 후 방을 나오며 브라이언이 말했다. 말소리, 눈빛만으로도 나는 브라이언의 생각을 읽을 수 있었다. '나랑 집에 가자.'란 말을 하고 싶어 할, 그러나 차마 그럴 수 없어 애가 탈 브라이언의 생각이었다.

"괜찮아, 브라이언. 어머니껜 말씀드리지 마 응?"

그 경황에도 어머니가 아시는 것은 싫었다. 어머니가 아시면 분명 다시 술을 마시기 시작한 마이클을 두고 걱정하실 것이 분명했다. 마이클이 식구들의 걱정이 되는 것이 나는 싫었다. 더구나 브라이언 식구가 코리아에 가 있던 그 때, 운전 중에 길을 잃은 후 기분이 몹시 저조해지신 어머니였다.

브라이언이 코리아에서 돌아온 후 어머니가 보이신 증상에 대해 의논을 했더니 모시고 가 의사를 만났다. 기억력 테스트를 한 의사가 본인과 다른 사람의 안전을 위해 운전은 그만 하시는 것이 좋겠

218

다며 어머니의 운전면허증을 반납하도록 했었단다.

'나 아직 운전할 수 있어요!'

의사의 말에 어머니가 애원하다가 결국 울음을 터뜨리셨다고 브라이언이 말했었다. 젊으셨을 적에 취득한 면허증을 반납하고 다리 역할을 한 자동차를 더 이상 운전할 수 없다는 사실은 집에 가는 길을 잃어버린 일만큼이나 어머니에겐 충격과 좌절을 안겼으리라.

'나는 이제 쓸모없게 되었구나.'

그 날도 어머니는 많이 우셨다. 그리고 말수를 줄이셨다.

그 어머니께 마이클의 음주까지 신경을 쓰시게 할 수 없었다.

나를 가만히 바라보던 브라이언이 내 어깨를 안았다. 브라이언의 가슴에 안겼다.

문득 그 해의 봄, 추리 하우스의 그날이 스쳐지나갔다.

온타리오 호수를 따라 불던 바람은 감미로웠고 열어둔 창 따라 들어오던 물비린내를 맡으며 삼뽀냐를 불고 있었다. 그 때 고요히 등 뒤로 다가와 살며시 두르던 그 팔의 주인공, 살며시 시작한 팔이 조여오던 그 힘, 등에 선명하게 느껴지던 브라이언의 심장박동, 그 격정의 떨림을 나는 지금도 기억하고 있다. 그리운 기억이었다.

내 어깨를 안고 말이 없던 브라이언이 팔을 풀더니 말없이 몸을 돌려 집을 나섰다.

"브라이언! 브라이언 어디 갔어!"

잠 든 줄 알았던 마이클이 브라이언을 찾았다.

"브라이언은 갔어."

아기와 단둘이 누리던 행복감, 마이클이 오면 마주보며 나누리라던 소식을 나는 나눌 수 없었다. 술 취한 아빠의 모습을 아기에게 보여주기 싫었다. 첫 만남이었다.

'낼 아침에, 아가야. 조금만 더 기다리자.'

아직은 부피가 없는 배를 조심스럽게 감싸며 나는 속삭였다.

"브라이언, 왜 왔어? 애나 때문에?"

마치 브라이언이 그 자리에 있기라도 한 듯 마이클이 취중의 소리를 했다. 맑은 정신으로 하는 말이 아니므로 나는 입을 다물었다.

"나 다 알아, 너 애나 좋아한다는 거!"

마이클은 침대를 뒹굴며 소리쳤다.

'이 사람이 그렇게 다정하던 그 마이클인가?'

마이클은 지금 다른 사람이다.

'브라이언 넌 왜 애나 편드니? 애나는 네 집에 가라!'

마치 어렸을 적에 나를 따라다니며 놀리다가 어머니가 두 갈래로 땋아준 머리를 잡아당기며 괴롭혔을 때 브라이언이 말리면 바락 바락 대들던 그 때의 모습 같았다.

"이제는 내가 해! 애나는 내 아내란 말이야!"

마치 여태 브라이언이 곁에 있는 듯이 마이클은 소리쳤다.

"애나는 날 선택했단 말이야!"

"마이클!"

침대에 올라 앉아 몸부림치는 마이클을 감싸 안았다. 여태 어렸을 적의 그 감정에 사로잡혀 있었다. 다 지니고도 누리지 못하는 건 브라이언에 대한 스스로 만든 열등감 때문일 것이었다. 늘 의욕적이고 자신감 넘치는, 그리고 원하는 건 이제 아기까지 다 갖고도 열등감에서 벗어나지 못한 것이다.

"애나, 당신도 그래? 브라이언 좋아하냐고!"

마이클의 눈빛이 시기로 뒤틀려 있었다.

"그러지마, 마이클."

다시 마이클의 어깨를 감쌌다. 내 품에서 마이클의 어깨가 격하게 몸부림쳤다.

"당신을 모르겠어."

"마이클!"

급기야 내가 소리쳤다.

"당신을 보여줘! 내가 모르겠다고!"

마이클이 누운 몸을 일으키며 내 옷자락을 움켜쥐었다. 잡은 옷자락을 흔들자 침대에 앉은 내가 흔들렸다. 마이클의 손아귀에서 벗어날 수 없을 것 같았다.

"마이클, 제발!"

취할수록 집요해지는 말투는 마이클의 취중의 습관인 것 같았고 그 습관에 나는 익숙하지 않았다.

"보이라고, 내가 믿도록!"

다시 옷자락을 흔들자 나는 다시 흔드는 대로 흔들렸다.

"무시하니? 그래, 당신은 어렸던 그 때부터 날 무시했었어. 한 번도 대들지 않았잖아. 그거, 기분 더럽게 했다는 거 모르지? 그래서 더 그러고 싶었던 거 아냐고!"

마이클은 집요했다. 조목조목 마치 맨 정신으로 따지는 것 같았다.

이런 생각을 품은 채 어떻게 내게 미안을 말하고 용서를 구했던지 거짓 같았다. 어떻게 그토록 부드럽고 다정할 수 있었던지 위선 같았다. 도대체 무엇이 마이클의 진짜 모습인지 나는 알 수 없었다.

"너한테 브라이언은 도대체 뭐냐고!"

숨이 턱 막혔다. 지금까지 속에서 충만하던 뭔가가 와르르 쏟아져 내리는 것 같았다. 나는 아무 말을 하지 않았고 아기 소식은 잊은 채였다.

"또 무시해? 에잇!"

찰나였다, 마이클의 우람한 주먹이 눈앞에서 휙 날고 엉겁결에 피하면서 균형을 잃고 내가 침대 아래로 떨어진 것은. 마치 까마득한 낭떠러지에서 듯 몸이 날아 그대로 바닥에 패대기쳐진 것 같았다.

"엄마!"

떨어져 널브러진 채 엄마를 부르며 배부터 감쌌다. 엉덩이인지 배인지 모질게 부딪친 어느 부분이 몹시 아픈데 정확하게 어디가 아픈지 나는 알 수 없었다. 일어서지도 못한 채 신음처럼 엄마만 부르는데 마치 대답하듯 내 눈앞으로 피가 흘러내리던 엄마의 다리가 지나갔다. 아기를 낳다가 죽은 엄마의 다리였다. 이어 진단기 속의 두 개의 붉은 줄이 엄마 것인지 내 것인지 모를 두 다리를 타고 흘러내리는 것 같았다.

"노!"

나도 모르게 소리치며 세차게 머리를 흔들었다. 엄마 다리로 흘러내리던 선혈의 기억이 이 시점에 떠오르면 안 되는 일이었다. 머리를 흔들면서도 억지로 일어서려 했다. 몸이 바닥에 붙어버린 듯 일어설 수 없었다.

깨었더니 낯선 곳이었다. 어머니와 수아가 있고 마이클이 울고 있었다.

"애나야!"

어머니의 눈동자가 붉었다. 수아도 넘치는 눈물은 흐르도록 둔 채 어머니를 부축하고 있고 마이클은 헝클어진 머리를 쓰다듬을 겨를도 없었던지 꺼칠한 몰골로 침대 곁에 선 채 연신 울고 있었다.

"어머니!"

왜 모두가 울어요, 하고 묻고 싶었지만 물을 수 없었다. 두려워서였다.

"왜 말하지 않았어, 애나!"

마이클이 울면서 말했다. 분명 아기 소식일 거라고 나는 생각했다.

"아침에 하려고 했어."

간밤의 정경이 스쳐지나갔다. 브라이언이 취한 마이클을 데리고 왔었고 브라이언이 떠난 후 마이클이 술주정을 했었다. 브라이언을 의심했고 나를 믿지 못했고 그것은 오래 쌓인 속의 열등감이라고 나는 생각했었다.

"몰랐잖아 내가. 우리 아기를 몰랐잖아."

마이클이 정말 우리 아기를 알고 있었다, 내가 아직 선물로 안기지도 않았는데.

"나도 낮에 알았어. 당신 행복하게 해 주려고 기다렸어."

"애나!"

마이클이 내가 누운 침대에 고꾸라졌다. 한 번도 들은 적 없는 처절한 울음소리였다. 무슨 일이 있었던지 울음소리로 짐작할 것 같았다.

"마이클!"

마이클의 어깨를 한 손으로 잡아 흔들었다. 마이클의 큰 덩치가 내 손아귀에서 마구 흔들렸다. 마치 침대 위에서 마이클의 손에 흔들리던 내 모습이었다.

"왜 울어 마이클?"

그런데 마이클이 아무 일 아니라고, 괜찮다고 말해주지 않았다. 어머니와 수아도 울기만 했다.

"애나야!"

이윽고 어머니가 부르시는데 페루 엄마의 다리를 타고 흐르던 붉은 피의 불길한 기억이 다시 떠올랐다.

"내게 왜 이래, 엄마!"

엄마 탓인 양 갑자기 내가 소리쳤다. 케추아 말이었다.

"애나!"

몸부림치는 나를 마이클이 안았다.

"노! 노!"

마이클 품에서 몸부림하다가 정신을 놓았다. 카오스였다.

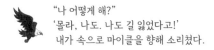

"나 어떻게 해?"
'몰라, 나도. 나도 길 잃었다고!'
내가 속으로 마이클을 향해 소리쳤다.

20.
벌 받다

나는 집으로 왔다. 추리 하우스에 오를 수 없는 겨울이면 창밖 온타리오 호수를 바라보며 삼뽀냐를 불었던 어머니의 집, 내 방이었다.

토해내야 할 말은 찼지만 나는 속에다 가뒀다. 입을 다무니 무슨 일이 있었던지 알 리 없는 식구들은 내 주위를 맴돌며 애만 태웠다. 다만 마이클의 음주를 차마 부모님에게 말하지 못했을 브라이언만이 그 밤에 날 홀로 남겨둔 탓이라며 자책을 할 것 같았다.

'네 탓 아니야, 브라이언.'

그 말은 하고 싶은데 나는 소리를 입 밖으로 내는 일조차도 하기 싫었다. 말을 한들 달라질 것이 없었다. 사는 것이 너무 어이없고 시시해서 소리 없이 사라지고 싶었다.

집에 오던 길을 잃어버리신 어머니의 심정이 이랬을까? 가던 길 위에서 길이 사라졌다고 했다. 얼마나 어이없었을까? 꿈처럼 찾아 온 생명, 내 아기도 반나절의 환희와 함께 홀연히 가버렸으니 나도 어이없다. 너무나 어이없다. 내 길도 사라진 것이다.

엄밀히 따지면 마이클 탓만 아니었다. 이미 몇 주 전에 찾아왔음에도 알아차리지 못한 내 탓이었다. 엄마라고 찾아 온 그 생명, 낯설어 미처 안착하지 못했을, 미숙했던 제 새끼를 알아차리지 못한 내 탓이었다. 그러니까 나는 엄마가 될 자격이 없던 사람이었다. 길고 추운 겨울에 시달리다가 짧은 봄 햇살에 취해 어렸던 브라이언이 유괴를 당한 줄도 몰랐던 어머니보다 더 할 말이 없는 사람이었다.

그래도 나는 억울했다. 이대로는 도저히 살 수 없을 것 같았다.

누운 채 떠오르는 사람 아무에게나 소리 없는 시비를 걸었다. 고 왔을 때도 있었을 텐데 왜 늘 피 흘리는 모습으로 나타나느냐고, 이 세상에도 없는 페루의 엄마에게 시비를 걸었다. 브라이언 넌, 왜 마마니였던 날 '애나'라고 불러 이 땅으로 오게 했느냐며 시비를 걸었고, 나쁜 기억으로 평생 미워하도록 두지 왜 만나자고 먼저 전화를 했느냐며 마이클에게 시비를 걸었다.

'힘들게 와 놓고 그렇게 가면 안 되잖아, 아가야!'

급기야 이 세상에 없는 아기에게까지 시비를 걸었다.

긁고 할퀴며 날 못살게 굴었다.

나도 사라지고 싶었다, 흔적조차도 없이.

226

길을 잃고 운전 면허증을 반납한 이래로 우울해 하시던 어머니는 부엌으로 들어가셨다. 어머니는 더운 음식을 내 방으로 들이셨다.

그러나 나는 먹지 않았고 말을 하지 않았고 방에서 나가지 않았다. 얼굴만 보고 가겠다며 아침저녁으로 마이클이 찾아와도 만나주지 않았고 마이클의 부모님이 와도 말을 하지 않았다.

'애나가 안정을 찾을 때까지 우리가 좀 기다려야 할 것 같네요, 조앤.'

시어머니는 내가 임신을 하고도 가족 아무에게도 말하지 않은 이유를 궁금해 하셨고 그 점에 대해서는 아는 바가 없던 어머니는 그래서 더 난감하셨으리라.

'마이클이 아직도 술을 마시는 줄은 몰랐어요.'

일의 시작은 마이클의 음주 때문이었으므로 술을 가까이 하지 않는 것으로 아신 어머니는 그 점을 들먹이셨다. 이미 다 극복했다고 해서 그런 줄 알았는데 그건 거짓이었다고 어머니와 아버지는 분노하셨다. 한 번도 나로부터 또는 브라이언으로부터 마이클이 다시 술을 마시기 시작했다는 말을 들으신 적은 없었다. 병원 침대 곁에서 울며 흘린 마이클의 말 부스러기를 통해 짐작하시지 않았을까 싶었다. 어쩌면 유산도 마이클의 음주와 상관이 있을지도 모르겠다고 추측을 하셨을 것이다. 그러나 내가 입을 다물고 있어 확실한 이유는 모른 채였다.

어머니는 그래도 내게 친구 같은 수아가 곁에 있어 다행이라 여기실 것이다.

나는 호수를 바라보고 있었다. 늦여름을 즐기고 싶은 시 두(Sea Doo)가 굉음을 지르며 하얀 물거품을 뿜었다. 물속의 모터사이클이라 불린다고 마이클이 말했던가. 나는 그렇게 또 마이클을 생각하고 있었다.

마이클은 천천히 바람결에 움직이는 세일보트 보다 시가 보트라고도 불리는 스피드보트를 즐겼다.

'어지러워, 천천히 가!'

처음 마이클의 보트에 올랐을 때 보트가 뒤집어질 것 같아 눈을 질끈 감았었다. 눈을 감은 채 쾌속으로 질주하고 있었으니 멀미가 더 치받혔었다.

'멀미 몇 번 해야 해! 그래야 즐길 수 있어!'

굉음 때문에 바로 옆에 있으면서도 서로를 향해 큰 소리로 말해야 했다.

그러면서 나도 서서히 마이클이 되어 스피드를 즐기고 있었다. 마이클과 나는 집 앞 나이아가라 강에서 보트를 띄워 미국과 연결된 철로의 교각과 피스 브리지의 교각 사이에 급히 흐르는 물을 거슬러 다시 이리 호수로 가곤 했다.

어머니의 집 추리 하우스에서 내려다보는 온타리오는 내게 페루의 티티카카 호수가 되는데 스피드보트로 물을 가를 때는 티티카카 호수를 느낄 수 없었다. 내가 기억하는 티티카카 호수엔 갈대숲이 있고 새떼와 짙푸른 하늘과 햇빛, 고기잡이 배와 볕에 탄 피부 빛을 한 사람들의 지극히 소박한 삶이 있었다. 그러나 스피드보트가 굉음을 내지르고 물이 몸을 뒤집으며 나대신 허옇게 거품 멀미를 하는 곳에선 나는 그 질박한 삶의 현장을 떠올릴 수 없었다. 스릴과 쾌감만 있을 뿐이었다.

'일종의 과시였어, 나는 약하지 않다는. 그런데 물살을 가르고 공기를 가르다보니 내 고질적인 나약함도 다 날려버리고 싶다는 오기가 생기더라.'

마이클이 처음 보트타기를 시작한 이유였다.

마이클처럼 나도 스피드의 쾌감을 느꼈다. 나는 점점 고요보다 굉음과 쾌속에 적응되었고 그렇게, 스릴을 즐기는 마이클이 되어가고 있었다.

"들어가도 돼요, 애나?"

보트가 지나간 헝클어진 수면을 바라보며 마이클을 생각하는데 수아가 노크했다. 방문을 열고 비켜섰더니 커피를 쟁반에 받쳐 든 수아가 조심스럽게 발을 들였다.

"함께 커피 마시고 싶어서요."

커피로 수아는 내게 말을 걸고 있었다. 애태우시던 어머니 생각이기도 하리라.

수아가 코리아서 처음 왔을 때의 기억이 스쳤다. 눈이 우물처럼 깊던, 부모님의 질문에는 '예스', 또는 '노'라며 미소만 짓던 고요한 여성이었다.

이제 두 아이의 엄마가 된 수아는 더 이상 고요할 수가 없다. 이안이 어렸던 그 때, 앞만 보고 뛰듯 걷던 이안을 따라다니느라 바쁘다고 하던 그 때부터 나는 생각했다, 수아가 아이 눈높이에 맞춰 얘기를 주고받느라, 내게 아이 자라는 얘기를 하느라 더 이상 고요할 수 없겠구나, 하고. 더구나 이제는 두 아이의 엄마였다.

"고마워요, 수아."

커피 잔을 받아들며 내가 말했다.

그러나 막상 날 찾았지만 무슨 말을 해야 할지 모르겠다는 듯 수아는 커피 잔만 만지작거렸다. 나도 입을 다문 채였다. 둘 사이에 안개가 자욱이 가라앉은 것 같았다.

"무슨 말을 해야 할지 모르겠어요, 애나."

수아가 먼저 입을 열었다. 울음이 비어져 나올 것 같은 볼을 하고 있었다.

나는 커피 잔을 탁자 위에다 얹었다. 그리고는 수아의 손을 잡았다. 브라이언이 사랑했던 사람이 나였다는 사실을 알고 '미안'을 말하기 위해 하기 힘들었을 자신의 과거를 드러낸 날, 내가 수아의 손을 잡은 후 처음이었다.

"아무 말 하지 않아도 돼요, 수아."

"그래도, 그래도 말이 안 되잖아요, 너무 가혹하잖아요."

갑자기 수아가 내게 대들듯 격하게 말을 터뜨렸다. 그러니까 이 말도 안 되는 일을 겪고도 왜 참기만 하느냐, 왜 그렇게 침착하냐고 원망을 하고 있었다. 툭 떨어지는 눈물방울을 쓱 손바닥으로 닦는 낯선 모습도 내 눈에는 격해 보였다. 두 아이를 둔 엄마의 심정에서 비롯되었을 행동일 것이었다.

분명 원망이었는데 원망스럽지 않았다. 오히려 내 속에 갇혀서 부피를 불리고 있던 덩어리 하나를 충동질하는 것 같았다. 울 자격조

230

차도 없다며 우겨넣은 채 버티고 있던 울음덩어리였다.

　나는 대답 대신 배를 끌어안았다. 생명을 건사하지 못한, 쭉정이였다. 조금씩 매일 부풀어 올라 만삭의 흐뭇함을 누려야 할, 그러나 숨소리대신 슬픔과 분노와 억울한 절규의 응어리로 채워진 배였다.

　"아주 잠시였지만 엄마였잖아요, 엄마가 자식을 잃은 거잖아요,"

　말이 안 되도록 가혹한 사실보다 침묵을 고집하는 내가 더 이해할 수 없다는 듯이 수아가 다시 대들었다. 자식 잃은 어미가 의식할 것이 무엇이 더 있어서 맘대로 울지도 못하느냐는 말이었다.

　그런데 엄마가 자식을 잃었다는, 심장을 후벼 파는 것 같은 수아의 원망이 불씨가 되어 내 속의 응어리에다 불을 댕겼다. 순식간에 파르르 불꽃이 일더니 내 분노에 옮겨 붙고 내 서러움에 번졌다. 그리고 지지고 태우기 시작했다.

　내 속이 순식간에 화덕이 되었다.

　열기가 치솟았다. 지져지고 타고 오그라드는 가슴을 끌어안고 몸을 뒤틀었다.

　"엄마!"

　신음이 케추아 어로 터졌다. 오기로 버티던 눈에서 먼저 넘쳤다. 이어 더운 머릿밑을 적시고 이마에서 흥건하더니 목덜미로 흘렀다. 눈이 감당하지 못한 눈물이었다.

　수아가 날 끌어안고 울고 있었다.

　저녁에 다시 마이클이 온 것 같았다.

마이클은 부모님의 눈치를 봤을 것이고 부모님과 브라이언은 반
갑게 마이클을 맞지 않았으리라.

비록 내가 입을 다문 채이지만 나와 마이클 사이에 큰 일이 있었
을 것이라는 짐작은 식구들은 모두 하고 있을 것이다. 힘겹게 찾아
온 생명은 유산되었고 나는 마이클이 있는 집에 돌아가지 않은 채
집에 와 침묵하고 있고 그 사이에 무슨 일이 있었던지 아무 것도 모
르는 부모님과 브라이언은 그래서 온갖 상상을 하며 마이클을 고분
고분히 대할 수가 없으리라. 무엇보다도 내가 마이클을 외면하기 때
문이었다.

"애나를 봐야겠어요, 어머니."

이미 며칠 째 아침저녁으로 찾아와도 만나주지 않는 나를 오늘은
기어코 만나야겠다면서 마이클이 어머니에게 간청 중이었다.

"도대체 무슨 일이 있었나, 마이클? 자네는 알 것 아닌가?"

어머니의 목소리가 아래층에서 올라왔다. 그러나 마이클은 묵묵
부답일 것이다. 기억하지 못할 것이기 때문이었다.

"애나 보러 갈게요, 어머니."

그리고 계단을 밟는 마이클의 발소리가 들렸다. 완강했을 것이므
로 어머니는 차마 저지하지 못했거나 의도적으로 허용했을지도 몰
랐다.

"애나."

닫힌 방문 앞에 선 마이클이 나를 불렀다. 나는 대답을 하지 않았
다.

232

"나, 오늘은 당신을 봐야 해. 당신 만나지 않고는 가지 않을 거야."

쌓인 할 말은 너무나 많았고 다 쏟아놓지 않고는 나도 미쳐버릴 것 같았지만 나는 아무 말을 하고 싶지 않았다.

여전히 아무 반응이 없자 잠시 가만히 서 있는 것 같던 마이클이 방문 손잡이를 틀었다. 문을 부수고라도 들어올 태세였다. 나는 문을 잠그지 않았다.

"애나!"

완력으로라도 열려다가 너무 쉽게 열리자 오히려 마이클이 놀란 채 선뜻 방으로 들어서지 못하고 주춤했다. 그리고 방으로 들어섰다.

"당신 얼굴이 왜 이래?"

마이클의 목소리에 이미 울음이 배어 있었다. 그 말을 하는 마이클의 얼굴도 피폐하기는 마찬가지였다. 이 시점에 우리 둘의 얼굴빛이 정상이면 그것이 비정상일 거였다.

"오, 애나, 어떡해!"

마이클이 와락 나를 안았다.

"나, 봤어! 당신이 보여주려던 붉은 두 줄 ...오, 하나님!"

마이클이 털썩 그 자리에 주저앉으며 두 손으로 얼굴을 가렸다. 마치 오래 전 마이클의 놀림에 두 손으로 얼굴을 가린 채 그 자리에 주저앉았던 내 모습 같았다.

그러니까 마이클의 말은 그 날 선명 하던 두 붉은 줄로 아기의 존재를 알린 그 진단기를 의미했다. 들고 하늘에 오를 듯이 기뻐하다가, 마이클에게 전화를 걸 생각하다가, 그래도 마주보며 선물처럼 안기겠다며 탁자 위에다 놓고는 그 사달이 일어난 후 나는 잊고 있었다. 자신의 존재를 짧은 단 두 개의 붉은 줄로 각인시키고 떠난 생명, 그걸 이제 본다고 달라지는 것이 뭔데, 하고 소리치고 싶었다.

"나 어떻게 해?"

'몰라, 나도. 나도 길 잃었다고!'

내가 속으로 마이클을 향해 소리쳤다.

"그 날 당신이 어떤 심정으로 날 기다렸을지, 내가 무슨 짓 저질렀는지 그거 보면서 다 기억해 냈어."

마이클이 두 손으로 다시 얼굴을 감싼 채 앞으로 고꾸라졌다.

'다 기억해 내?'

붉은 두 줄로 자신의 존재를 내게 보여줬던 아기가 나대신 깜깜하던 취중의 아빠의 기억을 끌어올린 것이 분명했다.

"그만해, 마이클. 이제 와서 그런 말이 무슨 소용이겠어."

그러나 나는 냉정했다. 할 말이 많았는데, 이젠 그러고 싶지도 않았다. 이미 다 기억해 냈다고 하는데 그래서 자신의 잘못을 다 안다고 하는데 내가 무슨 말을 더할까? 그 생명에게 당당하지 못하기는 나도 마찬가지였다.

"내가 어떻게 당신한테, 힘들게 찾아온 우리아기한테.."

마이클이 허리를 뒤틀었다.

한탄하는 아비 몫의 눈물은 당연한 것이었으므로 나는 마이클이 울어도 달래지 않았다.

"내가 뭘 해야 할까, 애나?"

눈물이 덮인 얼굴을 한 채 마이클이 날 올려다보았다.

"가, 마이클! 다시는 오지 마!"

나는 외면했다. 마이클의 눈물 앞에서 모질어야 했다.

"그러지 마, 애나!"

'그래, 또 술 마시고 다시 중독되고 그렇게 폐인이 되든지 맘대로 해!'

나는 차마 소리로 내지는 못했다.

마이클의 두 손이 내 발을 잡았다. 내 발등에 눈물이 후루루 떨어졌다.

울음으로 용서받을 수 있을까? 나는 용서받을 수 있을까?

그도 나도 붉은 줄의 생명에게 할 말이 없는 사람들이었다. 둘 다 욕심만 있었을 뿐 준비는 없던 부부였다.

나는 무릎을 굽혀 마이클을 일으켰다. 마이클이 일어나며 날 바라보았다.

내가 치맛자락으로 그의 얼굴을 닦았다. 다 갖추고도 누리지 못해 반항하고 방황하고 젊은 나이에 중독이 되고 급기야 자식까지 잃은 사람이었다.

갚을 수 없는 사람이었다. 내가 갚지 않아도 스스로 괴로울 사람이었다. 평생 그 짐을 지고 살 사람이었다. 그것이 벌일 거였다.

"우린 벌 받아야 해."

마이클의 눈을 들여다보며 말했다. 마이클이 어린아이 같은 눈으로 날 바라보았다. 그리고 고개를 끄덕였다.

"그 벌, 내가 받을게. 오지마란 말은 하지 마, 애나."

마이클이 애원했다.

"그게 벌이야, 서로 떨어져 이 관계를 다시 생각하는 거."

"애나, 당신 무슨 생각하는 거야?"

마이클이 내 어깨를 잡아 흔들었다.

"난 그럴 거야. 다시 생각할 거야. 당신도 그래야 해, 마이클."

그렇게 떨어져 생각하고 또 생각해도 다시 만나는 것이 둘의 결론이라면 내가 집에 돌아갈 것이고 둘 중 하나라도 아니라면 그대로 헤어지는 것이었다.

"우리가 이 정도의 벌도 없이 예전으로 돌아간다면 너무 염치없잖아?"

나는 이미 완강했다. 서로 떨어져 냉정하게 이 관계를 생각하는 것이었다.

마이클의 눈이 공포에 질린 것 같았다. 치료의 그 시간을 떠올릴지도 몰랐다.

그것도 벌일 것이다, 마이클에겐. 다시는 겪고 싶지 않다던 그 과거를 다시 자초한 잘못, '알아들었다'던 그 말을 믿은 내게 실망을 안긴 잘못까지 더한 벌이었다.

"우리관계에 대해 생각할 마지막 기회일 거야."

나는 끝까지 다정할 수 없었다.

21.
페루를 그리다

병원에서 나온 이후 나는 어머니 집에서 머물고 있다.

내가 다시 마이클이 있는 집엘 가게 될지 나는 모른다. 언제까지
일지는 모르지만 우리는 서로 떨어져 지내며 서로에 대해, 우리의
장래에 대해 진지하게 생각해야 한다. 그것은 우리가 우리에게 내린
벌이다.

'집에 가면 많이 쉬자, 애나.'

그 날 병원에서 내가 집으로 돌아가야 했을 때 마이클은 날 데리
고 집으로 갈 준비를 했었다. 그것은 유산을 한 이유와 그것으로 인
한 내 심정과 상관없던, 당연한 일이었다.

'애나는 내가 데려가겠네, 마이클.'

그런데 수아와 함께 오신 어머니가 마이클의 말을 무시하고 날 데리고 어머니 집엘 가겠다고 하셨다. 그것은 나도 예상치 못한 일이어서 나는 어머니와 마이클 사이에서 잠시 난감해 했다.

'애나는 집에 가서 쉴 거야. 언제가 되든 애나가 가고 싶다고 할 때 보낼 테니 그리 알게.'

'어머니!'

가시가 묻은 단호한 어머니의 말에 나도 어리둥절할 지경이었고 마이클은 어이없다는 듯 어머니를 바라보았다. 애나가 갈 집이 어째서 어머니 집이냐는 표정이었다. 내 귀에도 어머니의 말은, 자네를 못 믿어서 못 보내겠네, 하는 의미로 들렸다.

그래도 나를 집에 데려가겠다고 할 것 같던 마이클이 잠시 굳은 얼굴을 했다. 어머니의 말의 기세에 기가 꺾인 것 같았다.

'가자, 집에.'

'집까지 제가..'

어머니의 기세에 눌려 그럼 며칠 쉬었다 오라며 날 어머니 집까지라도 데려다 주겠다던 마이클은 '걱정 말게, 마이클' 하고 말을 자르던 어머니 앞에서 결국 그마저도 포기해야 했다. 그토록 냉정하고 그토록 단호하던 어머니의 모습은 내게 처음이었다. 마이클과 집에 가는 일을 당연한 것으로 알고 있던 나도 두 말도 하지 못하고 수아가 운전하는 자동차에 오를 수밖에 없었다.

'마음에 없는 말도 때로는 필요하단다, 애나야.'

집으로 오던 길에 자동차에서 어머니가 하신 말이었다. 의도적으로 마이클에게 냉정했다는 의미였다.

'엄마가 있는 곳이 네 집이다. 네가 원하지 않는다면 나는 절대로 보내지 않을 참이야.'

어머니는 여전히 완강하셨다.

그렇게 시작한 어머니 집에서의 시간 대부분을 나는 어머니와 함께 보냈다.

정원 일이며 과일조림 만드는 일, 바느질이며 요리를 즐겨하시던 어머니, 어느 하나 어머니의 손길이 가지 않은 것이 없고 일을 하며 내게 노래하듯 방법을 들려주시던 그 어머니가 알고 있던 것을 조금씩 잊으면서 어린아이처럼 까르르 웃는 일도 점점 잊어버리시는 것 같았다. 집안 분위기를 밝고 화사하게 하던 어머니가 말수를 줄이자 식구들도 목소리를 줄였다.

누구보다도 기운을 잃으신 아버지는 어머니보다 더 의욕을 잃어가고 있었다. 마치 엄마를 잃은 어린 아이 같았다. 돌이켜 보니 집안의 화사한 기운은 어머니의 밝은 목소리로 비롯되었는데 아버지는 그 화사한 기운이 공기처럼 늘 집안에 채워질 줄 아셨을 것이다.

그러나 어머니는 내가 겪은 일에 대해서는 침묵하시지 않았다.

웬만큼 내 몸이 회복되자 어머니는 잊으셨을 성 싶던 일까지 기억해 내며 소회를 하셨다.

'엄마가 또 방심했구나.'

어머니는 당신의 방심으로 어렸던 브라이언이 유괴를 당했듯이 내가 겪고 있는 불행도 당신의 방심 탓이라 자책하셨다. 함께 자란 브라이언과 나를 떼어 내가 날 던지듯 마이클을 선택하게 했다고 어머니는 자책했고, 내가 마이클과 잘 살고 있으려니 한 것도 방심이었다며 자책하셨다.

'자식들 인생에 내가 도대체 무슨 짓을 한 거야?'

어머니가 가슴을 치셨다.

길을 잃은 이후로 천천히 기억을 잃기 시작하는 어머니는 정작으로 잊어도 될 것은 너무나 선명히 기억해 내며 당신 자신을 긁었다

어머니 집에서 나는 자주 마이클을 생각했다. 다시 술을 마시며 스스로를 피폐하게 하고 그래서 또 치료를 받게 될까, 걱정을 하기도 했다. 마이클이 가장 두려워하는 것이었다.

마이클에 대한 내 생각은 원망보다 아직은 그를 걱정하는 것으로 시작해 걱정하는 것으로 맺었다.

그렇게 결과를 빤히 알면서도 나는 냉정했다.

하루에도 수차례 생각하고 걱정하면서도 나는 전화를 하거나 어떤 연락도 취하지 않았다. 그것은 애당초의 약속이었고 우리에게 내리는 벌이었고 그것은 당연한 것이었다.

부모님은 나와 많은 시간을 함께 하면서도 마이클에 대해 묻지는 않으셨다. 딸을 이렇게 만든 사위에 대한 괘씸 증과 마이클에 대한 언급은 오히려 날 아프게 할 뿐이란 생각 때문일 것이었다.

날씨가 추워져 추리 하우스로 가던 발걸음을 멈추고 어머니와 놀며 가끔 삼뽀냐 연주를 했다. 마이클과 함께 하면서 손에서 내려 두

었던 삼뽀냐였다.

"엘 콘도르 파사가 듣고 싶구나, 애나야."

오늘은 어머니가 곡명을 정확하게 기억하셔서 내가 반가운 마음에 얼른 삼뽀냐를 손에 들었다. 내 표정의 의미를 안 어머니가 말하셨다, '내가 어떻게 잊을 수 있니, 내 딸이 연주하는 곡인데.' 라고.

나는 삼뽀냐에다 닿을 듯 말듯 아랫입술을 얹고는 혀로 윗입술을 쳐 뱉듯이 숨을 불었다.

'오 하늘의 주인이신 전능한 콘도르여
우리를 안데스 산맥의 고향으로 데려가 주오
잉카 동포들과 함께 살던 곳으로 돌아가고 싶습니다
그것이 나의 간절한 바람입니다
전능하신 콘도르여, 잉카의 쿠스코 광장에서 나를 기다려 주오
우리가 마추픽추와 와이나픽추를 거닐게 해 주오

'혀끝에 얹힌 공기를 뱉어내면서 소리를 만들어야 해.'

마리오 오빠가 삼뽀냐를 불 때 내가 옆에서 가만히 지켜보노라면 혼자 소리로 말하곤 했다. 뱉어내듯이, 그리고 칠 할은 날려버리고 남은 숨이 만드는 소리, 그것은 바람에 흔들리는 갈대의 서걱거리는 소리였고, 이미 사라져 잡을 수 없는 날숨을 그리워하는 소리였다.

오빠는 공기를 혀끝에다 얹어두고 마치 갖고 놀듯이 음률을 만들었는데 내 귀에서는 왜 늘 슬펐는지 나는 알 수 없었다.

마리오 오빠가 왜 사람을 죽였을까?

오빠가 감옥에서 왜 죽었을까?

슬픈 노래만 연주하다 간 슬픈 오빠의 삶이 오빠가 남긴 삼뽀냐에 고스란히 남아 연주를 할 때마다 나는 슬펐다.

엄마가 실로 뜬 오색 끈으로 아버지가 갈대 관을 묶어 만든 악기, 엄마와 아버지의 손때, 오빠의 숨소리까지 스민 삼뽀냐가 멀리 캐나다까지 날 따라 온 것이다. 오빠가 감옥에 가면서 내게 주고 간 삼뽀냐를 아버지가 가방에 넣어주며 말하셨다, '잊지 마라, 넌 페루의 딸이다.' 하고.

티티카카 호수가 있고 물새들이 날고 엄마의 흔적과 아버지, 오빠가 있던 그 곳, 삼뽀냐로 엘 콘도르 파사를 연주할 때면 그 때 그곳이 그리웠다. 그곳에서 태어나고 자랐으면서도 동네를 벗어나 본 적 없어 한 번도 가 본 적 없는 잃어버린 태양의 도시, 잉카의 공중정원 마추픽추, 그림들 중의 하나가 콘도르가 분명하다고 아버지가 말한 신비의 기하학적 형태의 도형이 있는 나즈카 사막, 모두가 언젠가는 가서 볼 내 그리움의 실체였다.

"애나야, 네가 연주하면 나는 왜 눈물이 날까?"

창밖 멀리 온타리오 호수를 티티카카 호수라 여기며 앨 콘도르 파사를 연주하는데 어머니가 말하셨다. 어머니는 울고 있었다. 기억을 잃으면서 어머니는 말수를 줄이셨고 또 자주 눈물을 보이셨다.

"그 때 어렸던 네게 오빠와 아버지, 고향이 필요하다는 생각은 왜 하지 못했을까? 나도 자식 잃은 고통을 겪었으면서 널 보내야하신 아버지와 오빠의 심정을 내가 살피지 못했어."

242

삼뽀냐 음률이 어머니의 아주 오래된 기억을 부른 것 같았다. 어렸던 브라이언이 유괴란 무서운 일을 겪은 후라 누군가 브라이언과 함께 할 사람이 필요하다는 생각에만 사로잡혔었다고 어머니가 말했다.

　어머니가 내 손을 잡았다.

　"넌 내게 과분한 복이란다. 그러나 미안하구나, 애나야. 널 내 딸로 키운 걸 후회한 적은 한 번도 없는데 나이 든 지금은 그것이 내 이기심이란 생각이 들 때가 있구나."

　"어머니!"

　어머니의 주름지고 마디진 손을 감싸 쥐었다. 나 때문에 어머니가 마음 아프신 것이 나는 싫었다.

　"애나야. 우리 페루, 갈까?"

　어머니가 눈을 반짝 빛내며 나를 올려다보았다. 어머니는 내 속의 그리움의 정체를 아셨다.

　"예, 어머니, 쿠스코에도 가고 티티카카 호수에도 가요."

　옛 잉카의 후손들이 불멸의 새 콘도르를 만나기를 간절히 원한 잉카의 수도 쿠스코, 그리고 꿈에도 잊을 수 없는 엄마와 아버지, 오빠의 삶의 터전이던 티티카카호수였다.

　"그래 가자, 나랑."

　어머니가 고개를 끄덕이셨다.

　그 때부터 어머니와 나는 같은 꿈을 꾸기 시작했다, 바로 어머니와 내가 처음 만났던 그 곳, 내 고향으로 같이 가는 것이었다.

　안데스 설산의 녹은 물이 만든, 남아메리카에서 가장 높은 하늘 호수 티티카카, 잉카 문명이 비롯되었다고 믿는 호수다. 가난한 삶이지만 잉카 사람들의 정신은 하늘 호수보다 높고 깊었다. 황금빛 노을이 번지는 티티카카 호수 수평선 너머 어딘가에 쿠스코가, 마추픽추가 있으리라. 불멸의 새 콘도르의 정신을 품은 사람들이 사는 페루. 이제는 기억에도 흐릿한 그 땅, 아버지가 뚜르차를 잡고 오빠가 지그시 눈을 감은 채 연주하던 삼뽀냐 소리가 있던 그곳이 머릿속으로 지나가며 또 그리움을 불렀다. 떠나온 이후 한 번도 가지 못한 고향이었다.

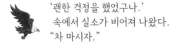

'괜한 걱정을 했었구나.'
속에서 실소가 비어져 나왔다.
"차 마시자."

22.
오 해

　농장에 사람들이 보이면 봄의 시작이었고 그들이 떠나면 가을이
었다.
　이른 봄에 자메이카에서 멕시코에서 온 그들은 농원을 누비며 시
기에 따라 할 일을 알아서 했고 그들 중 어떤 이들은 이미 여러 해
동안 그 분야의 일을 한, 전문가였다.
　디에고가 떠난 후 집안일을 다른 사람에게 맡긴지 오래였어도 어
머니는 건강하셨을 때처럼 꽃 가꾸는 일만큼은 남의 손에 맡기지
않았다. 몸과 마음의 건강을 위해서였고 그것은 어머니가 가장 잘
하시는 일이기도 했다. 올해도 어머니의 손과 늦여름부터 내 손을
보탠 정원은 늦가을까지 꽃으로 화사하더니 이젠 시들고 말라 겨울
채비를 해야 했다.

이미 꽃 가꾸기에 익숙한 나는 아홉 해 동안 마이클과 살면서도 철마다 뜰에 꽃이 차게 했었는데 올해는 봄에 손질을 한 화초들이 때마다 번갈아 피고 지는 걸 지켜보다가 한여름을 지낸 후 어머니 집에 온 바람에 꽃 소식이 궁금했지만 나는 전화를 하지 않았다. 서로 떨어져 관계에 대해 깊은 생각을 해 보자고 시작한 시간이라 집에 꽃이 피었든 시들었든 나는 그것조차도 마음에 두지 않았다. 다만 어머니가 운동이 필요했으므로, 그리고 수시로 일어나던 번잡하던 생각을 묻어야 했으므로 어머니와 함께 틈틈이 정원에 엎드려 있었다.

어머니와 많은 시간을 보내며 나는 나 어렸을 적에 어머니가 내게 해 주신 것처럼 나도 다 해드리고 싶다는 생각을 했다. 어머니의 말동무가 되고 어머니의 딸이 되고 어머니의 친구가 되는 일이었다. 어머니는 점점 날 의지하게 되었고 나는 기꺼이 어머니의 의지가 되면서 다시 딸로 태어나는 것 같았다.

나는 내게 익숙하지 않던 '노' 라는 말을 어머니와 많은 시간을 보내면서 할 수 있었다. '노' 라고 해야 할 순간에 '예스' 대신 '노' 라고 말하자 내가 비로소 어머니의 진짜 딸이 된 것 같았다.

'마이클에게 전화 한 번 하지 그러니, 애나야.'

어느 날 정원에 엎드려 화초 손질을 하면서 어머니가 하신 말이었다.

사실 어머니 말씀이 아니어도 나도 그가 궁금하고 그리웠다. 식사는 어떻게 하는지, 내가 없는 집에서 매일 와인으로 잠을 청하는지, 그리고 오래 비워둔 집은 어떤 모양을 하고 있는지, 무엇보다도 마이클이 보고 싶었다. 그러나 약속이므로 어머니 집에서 한 시간도 채 걸리지 않는 마이클이 있는 집으로 나는 한 번도 가지 않았고 전화를 하지 않았다. 우리는 각자의 처소에서 때로는 서로를 지독하게 원망하고 더 많은 시간을 지독하게 그리워하며 아홉 해 만에 찾아온 생명을 희생 시킨 대가를 치르는 중이었다. 아무 잘못 없이 흘러 버려야 했던 생명에게 속죄하는 시간이었다. 그런데 어머니가 마이클에게 전화를 해 보라고 하신 것이다.

'노!'

한 번도 '노' 라고 어머니의 청을 반대한 적 없는 내 대답이어서 어머니는 낯설어 하셨지만 나는 오히려 어머니 곁으로 성큼 다가선 것 같았다. 나도 내가 하고 싶은 대답을 하면서 어머니와 나 사이에 놓여있던, 아니 나만 느낀 그 조심스러움을 나 스스로 허물고 있다고 여겼기 때문이었다. 나의 대답 '노'는 브라이언이 어머니에게 어깃장을 부리며 대든 것과 같은 의미였다. 나도 해 보고 싶던 것이었다.

그러면서 가을도 가고 포도 수확을 끝낸 인부들도 내년을 기약하며 자신들의 나라로 떠나고 깊은 겨울을 맞았다. 추리 하우스와 정원에서 시간을 보내는 대신 나는 어머니와 내가 읽을 책들을 동네 도서관에서 빌려다 날라야 했다. 어머니가 좋아하시는 로맨스 소설을, 인테리어나 정원, 요리에 관심이 많은 나는 소설과 곁들여 빌렸다. 길고 깊은 캐나다의 겨울은 자칫 가라앉기 쉬울 환경의 계절이지만 브라이언의 두 아이들의 소리가 있고 내 삼뽀냐 음률이 있고 또 가라앉는다 싶을 때 책을 읽거나 어머니와 노는 일은 긴 겨울나기에 알맞은 것들이었다.

눈이 몇 차례나 발목을 덮도록 내렸지만 캐나다 사람들은 이미 알았다, 특히 눈 위에서 하는 운전을. 그리고 눈이 오면 제일 먼저 스노 플라우(Snow Plough)로 도로의 눈부터 치우기 때문에 큰 문제가 없다. 어머니와 함께 도서관에 다니기도 하지만 오늘은 오후 낮잠에 드신 틈에 나는 혼자 나섰다. 읽은 책은 반납하고 다시 읽을 것을 빌릴 참이었다.

도서관에서 나열된 책을 볼 때마다 나는 디에고를 떠올렸다. 디에고가 완성했을 소설도 언젠가는 도서관 진열장에 꽂혀 내가 빌려보게 되기를 기다리는 것이다. 잔디 깎기 기계를 몰고 다니던 디에고가 컴퓨터 앞에서 소설을 쓰고 있는 장면은 아직도 내게는 한 사람의 행위로 자연스럽게 인식되지 않는데 그러나 서로 다른 모습이어서 내게는 매력적이었다. 몸과 정신을 마음껏, 자신이 원하는 대로 쓰고 있는 디에고야말로 멋진 삶을 사는 사람이었다.

그 밤중에 눈을 쓴 언 포도를 수확하러 갔다가 브라이언과 한 이별 식의 그 장면이 디에고의 소설에 들어있을지도 모르겠다는 생각을 하노라면 나도 모르게 얼굴이 붉어진다. 다시 그 포도수확의 철인데 다시는 그럴 일이 없을 거라고 생각하니 쓸쓸하기도 했다.

그렇게 간절하고 소중하고 안타까웠던 시간들은 지나가고 나는 새로운 시간 속에 있다. 마이클과의 시간이었다. 이 침묵의 긴 시간을 통해 마이클과 나는 어떤 결론을 짓게 될까? 애초의 만남부터 악연이었듯 아홉 해의 시간이 악연으로 마무리될지, 아니면 더 믿으며 다시는 흔들리지 않을 관계를 만들어갈지 나는 알 수 없었다. 다만 마이클을 떠나 살면서 느낀 것은 미움과 함께 여전히 그리움이 깊다는 것이었다. 이 그리움의 농도가 미움을 덮고 감쌀지, 마이클은 얼마나 더 큰 원망과 좌절을 만들고 있을지 나는 알 수 없었다.

주차장 문이 올라가면서 바깥의 찬 기운을 불러들였다. 온타리오 호수를 쓸며 불어온 삭풍이었다. 이미 몇 차례 내린 눈은 바람이 찰수록 녹지 못하고 포도밭 고랑 따라 하얀 카펫이 되었다.

맨몸의 포도나무들이 까치발로 하늘을 향해 팔을 뻗고 몸을 틀며 춤을 추는 것 같다. 하얀 카펫 위의 군무. 잎을 벗은 겨울나무는 걸친 것 벗은 여인의 뒤태처럼 내 눈에는 관능적이다.

목도리를 감으며 자동차에 오르려는데 와이너리 쪽에서 자동차 하나가 집으로 들어오고 있는 모습이 눈에 들어왔다. 이 시간에 집을 찾을 사람은 없는데 하며 눈여겨보니 안면이 있는 자동차였다. 나는 아직 운전자를 알아볼 수 없어 그 자리에 선 채 집으로 오고 있는 자동차를 물끄러미 바라보고 있었다.

마이클의 자동차였다.

갑자기 내 가슴이 두근거리기 시작해 내가 한 손으로 지그시 눌렀다. 오래 참았다 싶었는데 드디어 관계에 대한 생각을 정리한 것일까? 그 일 아니고는 날 만나러 올 이유가 없었다. 주차장에서 나가 마이클을 기다렸다.

"애나!"

차에서 나오며 마이클이 소리쳤다. 마이클은 턱수염을 기르고 있었고 그 모습이 결혼 전 마이클이 전화해 처음 만난 그 날을 떠올리게 했다.

뛰어가 와락 안겨버리고 싶은 충동을 애써 가라앉히며 '왔어, 마이클?' 하고 말했다. 와락 안겨도 흉 될 일 없는, 그는 아직은 내 남편이었다.

술을 많이 마셔서일까, 그는 좀 야윈 것 같았다. 실은 술을 마시는지 아닌지는 모른다. 마이클도 나도 의도적으로 연락을 하지 않았고 브라이언이 전하는 말도 없었으니 우리는 서로 안부를 모른 채였다.

"오, 애나, 잘 있었어?"

성큼 다가와 날 안을 태세이던 마이클이 주춤 내 앞에 멈춰서며 안부를 물었다. 마치 그와 내 앞에 넘으면 안 되는 선을 두고 있는 것 같았다.

"당신 안아도 돼?"

그리고 그 자리에 선 채 정중하게 내 허락을 물었다.

'이렇게 정중한 이유는….'

대답보다 먼저 나는 생각하고 있었다. 마이클은 이미 마음을 굳혔다는 의미일 것이었다.

"응."

나는 애써 담담한 표정으로 짧게 대답했다. 어떤 결론이 나든 어차피 담담해야 할 일이었다. 한 발자국 떨어져 주춤하던 마이클이 다가와 내 얼굴부터 들여다보았다. 그리고 두 손으로 얼굴을 감싸더니 내 어깨를 당겨 품에 안고 가만히 서 있었다.

마이클은 많이 변한 것 같았다, 혈기를 다 걸러낸 신중함과 거리를 느끼게 하는 정중함으로.

아무 말 없이 날 안고 있던 마이클이 품에서 풀어놓더니 다시 날 들여다보았다.

"아픈 데는 없어?"

말도 표정도 절제된 것이었다.

"응, 당신은?"

나도 마이클처럼 말 수를 줄일 수밖에 없었다.

"힘들어, 모든 것이."

잘 지냈다는 말 대신 마이클이 힘들다고 했다. 힘들게 결정을 했다는 의미 같았다.

"도서관 가려던 중인데 데려다 줄래?"

나는 도서관이 아닌, 아무 곳에나 데리고 나가주길 바랐다.

"그래, 가자."

마이클은 끝까지 감정을 보이지 않았고 나는 아득하게 추락하는 현기증을 느끼고 있었다. 이 절제된 언어로 우리는 지금 끝을 향해 가고 있는 것일까?

"고마워."

나는 마이클의 자동차에 탔고 마이클은 도서관이 아닌, 파크웨이를 따라 갔다. 집으로 가는 길이었다.

어머니 집에서 마이클의 집까지 걸리는 40여분 동안 우리는 많은 말을 하지 않았다. 할 말은 쌓여서 무슨 말을 먼저 해야 할지 나는 모르겠는데 마이클이 말 수를 줄이니 내가 드러낼 수가 없었다. 결국 속에 쌓아 둔 말, 다 하지 못한 채 관계는 끝이 날 모양이었다.

어떤 결론이든 담담히 받아들이는 조건의 시간이었는데 생각보다 씁쓸했다. 왜 이러한 결론은 예상치 않았을까?

울고 싶었다.

이 이유로 울고 싶은 이 느낌도 전혀 예상치 못한 것이었다.

도대체 무엇을 기대한 것일까, 그렇게 미워했으면서? 결국은 모두 흘러가버릴 거면서 왜 내 인생 속으로 흘러 온 것일까?

지금이라도 마음을 다잡고 담담해야한다며, 그래서 결코 눈물 같은 건 보여서는 안 된다며 다짐하는 사이에 마이클이 자동차를 집 앞에다 세웠다.

안주인 없던 겨울속의 집은 겨울보다 더 을씨년스럽게 그 자리에서 웅크리고 있었다.

"들어가자, 추워."

마이클이 현관문을 열며 나를 먼저 들였다. 내 집에 들어가면서 나는 손님 같았다.

어쩌면 손님으로도 다시는 올 일 없을 집일지도 모른다.

아홉 해를 산 집, 내 손이 가지 않은 곳이 없는 집이었다. 내가 아끼던 부엌살림살이가 있고 철따라 바꾼 이부자리가 있고 내 속옷이 있고 잠옷이 있고 겉옷까지 고스란히 그대로 있는 집, 계절이 바뀌도록 주인 없이 제 자리에 있는 집, 어쩌면 마이클이 내 소지품들을 이미 다 치워버렸을지도 모를 일이었다, 마음 떠난 여자의 물건에 무슨 미련 있다고 여태 두고 싶을까?

그렇게 생각하니 나도 미련이 떠나는 것 같았다. 그래, 다시 내 몸에 걸칠 일 없는 것들이란 생각이 옷장 한 번 들여다보고 싶지 않도록 했다. 그 모든 것들은 내가 이곳에 살 때 내 것이었을 뿐이었다.

"차 마실래?"

외투를 벗으며 말했다.

'응' 하며 나는 마이클을 바라보았다.

그럴 시간도 입장도 아니지만 그래도 이럴 땐, 계절들을 넘기고 집에 온 사람에게 '우리 와인 한 잔 할까?' 하고 물었다면, 아니 내 목에 둘러진 두터운 목도리라도 벗겨주는 시늉을 한다면 뭔가 뒤틀림으로 가득 차 자꾸만 엇나가려는 내 심정이 금방 풀릴 것 같은데 마이클은 지금 곧 떠날 손님을 맞고 있었다.

또 누가 아는가, 그가 와인 잔이라도 들고 나오면 나는 빈 잔을 들고만 있어도 취기를 느낄지, 그가 내 목에 둘러진 목도리에다 손을 댄다면 나는 그 손을 내게 붙잡아 두고 싶은 충동질이 일어날지 누가 아는가? 비록 우리가 어떤 필연적인 이유로 서로 떨어져 관계를 다시 생각하는 시간을 갖고 있었다 할지라도 아주 사소한 그 계기, 빈 잔을 들고 있거나 내 목에 닿을 그의 손을 혹 내가 붙잡는 그런 해프닝이 일어난다면 그것이 관계를 다시 확인하는 촉매가 되지 않을 거라고 누가 말할 수 있을까? 우리는 아직 부부였다.

그런데 그는 처음부터 지금까지 내게는 익숙하지도 않은 정중함, 너무 어려워서 적당한 거리를 느낄 수밖에 없도록 하는 그 예의를 내게 보이고 있었다. 그럴수록 내 심정은 꼬여서 뒤틀어지는 것 같고 그러니 내 집에서도 불편해 손님인 듯 금방 소파에 앉지 못하고 어중간하니 서 있었다.

'정말 술은 끊었나보다.'

싱크대에서 돌아서 차를 준비하는 그의 뒷모습을 물끄러미 바라보며 나는 혼자 생각을 하고 있었다.

집안이 춥다고 여겼던지 마이클이 파이어 플레이스 스위치를 올리니 금방 파란 가스불꽃이 모조 장작조각 사이로 날름거렸다.

내 눈에 들어온 집안은 내가 상상했던 것보다 훨씬 단정하고 깔끔하게 정돈되어 있었다. 부엌 싱크대 주변은 깨끗했고 마룻바닥도 청소기가 지나간 것 같았다. 마치 누군가가 살림을 하고 있는 집 같았다.

'괜한 걱정을 했었구나.'

속에서 실소가 비어져 나왔다.

"차 마시자."

마이클이 이름도 모를 차를 두 잔 만들어 내 앞에도 놓았다. 찻잔은 어머니가 사 주신 내 눈에 익은 것이었다.

'뭘 확인하고 싶어 따라왔을까?'

나는 선뜻 잔을 들어 차를 마시고 싶은 마음이 없었다. 어서 이 집을 나가고 싶었다.

"오랜만에 집에 온 기분이 어때?"

마이클이 찻잔을 들며 말했다. 나는 대답대신 미소만 지었다.

어서 이 집에서 나가고 싶은 이 마음을 마이클은 아마 짐작할지도 모를 일이었다. 어쩌면 그 목적으로 날 데려왔을지도 몰랐다. '너 없이도 나 이렇게 잘 살아.'라며. 생각해 보니 그것이 마이클이었다, 상대편을 괴롭게 하고 자신은 더 신나서 웃으며 주위를 돌며 약 올리던 어렸을 적의 마이클.

'얼마나 더 놀림감이 되고 싶어서..'

그것도 모른 채 어딘가로 데려가 주기를 바랐다니 정말 실소가 비어져 나왔다.

"무슨 일로, 어머니 집엔?"

그렇다고 금방 자리를 박차고 일어날 수도 없던 나는 찻잔을 든 채 물었다. 이제 와서 그건 알아야 할 이유도 없음에도 이 말 아니고는 달리 할 말을 찾지 못했다. 이미 다 확인했음에도 무엇을 더 확인하고 무슨 충격을 더 받으려 이 질문을 했을까? 그러나 어차피 엎질러진 물이었다.

"참 잊고 있었네. 전할 게 있었어."

그러면서 마이클이 일어나 외투 주머니에서 봉투 하나를 끄집어 들었다.

그리고 봉투를 내 앞으로 내밀었다.

'그래, 이거였구나!'

아득한 바닥으로 추락하는 것 같았다.

그 날, 침대 위에 불편하게 앉아 있던 내 앞으로 마이클이 휙 주먹을 휘둘렀을 때, 본능적으로 피하느라 떨어지면서 찰나에 느낀 느낌, 아득한 바닥에 패대기쳐진 것 같던 그 느낌. 그 때는 내 몸이었지만 지금은 내 마음이었다. 이렇게 몸도 마음도 패대기쳐져서는 다시는 온전하게 일어나 살아갈 수 없을 것만 같았다.

나는 받은 봉투를 탁자 위에다 놓았다. 아홉 해 동안의 마이클과의 시간이 광속으로 지나가고 있었다. 어렸을 적의 악몽 같던 일들을 다 덮도록 하던 시간이었다. 잃어버린 생명의 일만 아니었다면 적어도 나는 이런 절망적인 심정은 아니리라. 생명도 갔고 마이클도 가고 나만 남을, 벌써부터 암담하고 막막한 이 심정만큼은 아니리라.

그러나 후회는 없다. 내 능력을 넘어선 일에 내가 할 수 있는 일은 순응이란 것을 나는 새 부모님과 살면서 이미 나 스스로 터득했다. 잃은 생명을 마음에서조차 떠나보낼 수밖에 없었듯이 아홉 해의 시간도 그렇게 보내면 되는 것이다. 흘러가도 흔적은 남겠지만 어쩌랴, 그 또한 내가 품어야 할 내 삶의 한 부분인 것을.

그 즈음에서 나는 일어서야겠다고 생각했다. 그러나 마이클이 데리고 왔으니 가는 길도 마이클 도움이 필요했다.

탁자 위의 봉투를 들고 일어섰다, '나 좀 데려다 줄래? 하며.

"벌써 가게?"

"벌써..?"

아무리 내가 '나 좀 데려다 줄래?' 하고 물었기로서니 벌써 가게라니? 이 시점에 그가 그렇게 말하면 안 되는 것 아닐까? '가지마.' 라고 해야 하는 것 아닐까? 나는 오랜만에 집에 온 아내가 아닌가? 그러니까 그의 말은 그 때가 언제든 각자의 처소에서 이렇게 더 살자는 의미 같았다. 아니, 이젠 봉투 속의 서류까지 갖췄으니 그나마 남은 관계도 조만간에 끝내자는 말이었다.

"이건 집에 가서 읽고 답할게."

더 이상 미적댈 가치도 없다 싶어 현관으로 갔다. 그리고 신발을 꿰었다.

"당신 생각 듣고 싶은데 언제 듣지?"

마이클은 조급해 했다.

"걱정 마, 오래 걸리지는 않을 거야."

미련스럽게 붙들고 있을 맘 없었다, 나도 실은 수없이 생각한 일이니까. 다만 또 상실을 거쳐야 하므로 두려웠을 뿐이었다. 하나씩 하나씩 다 잃고 맨 나중에 내게 남을 것이 무엇일까 생각하노라면 다 잃기 전에 내가 먼저 다 놓아버리고 싶지만 그래도 엄습하는 두려움만큼은 나도 어떻게 할 수가 없었다.

집에 오는 길에서도 마이클도 나도 많은 말을 나누지 않았다.

나는 또 몹시 울고 싶었다.

집으로도 가기 싫었는데 이 겨울, 나는 갈 곳도 만나고 싶은 사람도 없었다.

"도서관 갔다더니 책은 빌려왔니, 애나?"

낮잠에서 깨어 어머니는 책을 기다리신 것 같았다. 잠시 주저했다, 어머니께 마이클을 만나 집에 다녀왔다는 말을 해야 하는지 말아야 하는지를. 그러나 손에 책이 없었으니 나는 마이클을 만난 얘기를 하지 않을 수 없었다.

"실은 마이클을 만났어요, 어머니."

나는 있는 그대로 말씀드리기로 했다. 어차피 숨겨서 될 일이 아니었다.

"마이클을?"

어머니도 놀라시는 눈치였다. 어머니도 이미 아실 거였다, 나와 마이클 사이에 심각한 문제가 있었음을. 다만 행여 내 마음 상할까 묻지는 못하고 눈치만 보고 계셨을 거였다.

"도서관 가려고 나서는데 왔기에 태워 달랬더니 집으로 데리고 갔어요."

그러나 어떻게 내 눈으로 보고 느낀, 그리고 결국 가져온 봉투에 대해 어머니께 말씀을 드릴 수가 있을까? 나는 정말이지 어머니가 나 때문에 충격 받아 마음 아프신 건 내가 괴로워서 싫다.

"그래, 마이클이 뭐라던? 너, 어서 오라고 하지 않던?"

어머니는 지극히 어머니다우신 질문을 하셨다. 이럴 때 브라이언 이라면 뭐라고 대답할까?

'엄마는 마이클을 그렇게도 몰라요?' 하며 대들지도 몰랐다. 이제 어머니와의 거리감을 없앤 나도 그렇게 대들고 싶은데 그럴 수 없었다. 실은 어머니가 너무나 어머니다운 말을 하셨기 때문이었다. 어느 어머니가 딸자식이 남편과 떨어져 친정에서 사는 모습을 오래 보고 싶겠는가?

할 말이 없는 나는 잠시 어머니를 바라보았다. 마이클이 결심을 한 것 같아요, 이혼장이 든 봉투를 받아왔어요, 라고 한다면 어머니는 뭐라고 하실까?

할 말을 드러낼 수 없는 나는 속에 갇혀 부글거리던 것이 한꺼번에 치받쳐 올라 감당을 할 수 없었다. 목을 차오르는 그 뭔가는 그래도 내가 용을 한 번 쓰면서 억누를 수 있겠는데 이미 내 눈에 당도해 글썽거리고 있던 눈물은 나도 어쩔 수가 없었다.

"무슨 일이야, 애나!"

어머니가 먼저 알아차리고 날 다그치셨다.

"어머니!"

나도 모르게 어머니 무릎에 엎어졌다. 어차피 울고 싶던 차였다.

"무슨 일 있었구나, 애나! 마이클이 뭐라던?"

'마이클이요, 어머니.' 하면서 낱낱이 다 일러바치고 싶었다. 내 아기가 흘러버린 그날 그 순간부터 지금까지 차마 하지 못하고 속에 다 눌러 둔 것이 내 속에서 가득했다. 나는 이제 어머니께 다 말할 수 있다, 심지어는 '노!' 라고도.

"마이클이 또 내 딸을 울렸단 말이지? 내 이 녀석을.."

어머니가 내 머리칼을 쓸어내리고 등을 토닥이던 손길을 멈추셨다. 어머니도 분노하고 있음이 분명했다. 지금까지 내가 참고 있었으므로 어머니도 참으셨을 것이다.

어머니가 더 분노하셔서 결국 나는 아무 말을 할 수 없었다. 그래도 내심 어머니의 분노로부터 마이클을 감싸고 싶었는지도 몰랐다.

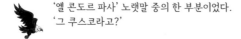
'엘 콘도르 파사' 노랫말 중의 한 부분이었다.
'그 쿠스코라고?'

23.
반 전

짧은 겨울 방학을 마친 브라이언의 두 아이들은 학교에 가야했다. 나는 두 아이들을 버스 정류장(Bus Shelter)까지 데려다 주기 위해 함께 집을 나섰다.

아이들에게 추운 날씨는 겨울의 특징일 뿐이었다. 눈길에 푹푹 빠지면서도 서로 장난치며 까르르 웃으며 앞서거니 뒤서거니 뛰기도 하는 두 아이의 가방을 받아 양 쪽 팔에다 걸고는 천천히 따라 걸었다.

그러고 보니 캐나다 부모들은 자녀들 양육에 비교적 대범한 것 같았다. 길고 추운 겨울에도 아이들 몸을 너무 감싸지 않고 키웠다. 성탄과 신년 휴일이 포함된 두 주간의 할로 데이를 마치고 바로 개학을 하는데 깊은 겨울이어서 거의 매일 눈이 내리고 날씨는 매섭다.

그러나 아이들은 그 추위에 학교에 다니고 스케이팅과 스키, 그리고 하키를 즐긴다. 모두 겨울 스포츠였다. 겨울이 길고 눈이 많은 나라 아이들에게 겨울은 다만 즐길 계절일 뿐이었다. 추위를 두려워하지 않는 강하고 탐스러운 아이들이었다.

 가끔 마음 둘 곳 없듯 허전할 때가 있었다. 그 허전함은 내 품에 저렇게 탐스러운 자식이 없는 탓이었다.
 내 인생에 잉태의 기회는 없을 거라는 생각을 하노라면 가장 소중한 희망 하나를 놓친 것처럼 주저앉을 것만 같았다. 내게 이토록 가혹한 이유를 누군가에게 따져 묻고 싶었다. 내게 왜 이러느냐고. 지금까지는 엄마가 그 누군가였다. 아기를 낳다가 죽은 엄마였다. 생각해 보면 고단하게 살다가 어린 자식들과 남편을 두고 먼저 눈을 감아야 한, 너무나 가여운 여인이었다. 그러함에도 내가 마음껏 투정할 대상으로 삼은 이유는 죽은 엄마가 내게는 가장 만만했거나 내 투정을 드러낼 엄마만큼 편한 대상을 달리 두지 못했기 때문이었는지도 모른다.
 "애나 고모도 아빠랑 이 길로 학교 다녔지요?"
 브라이언 딸, 레이첼이 오빠 이안과 장난치다 날 돌아보며 말했다. 아마도 아빠, 브라이언이 들려주었으리라.
 그래, 브라이언과 장난치며 앞서거니 뒤서거니 하며 다닌 길, 브라이언을 업고도 다닌 이 길, 다 자라서는 브라이언이 날 업겠다며, 안 업히면 안고 가겠다며 떼쓰던 그 기억이 있는 이 길 없이 어떻게 내 인생을 말할 수 있을까?

"그럼, 아빠랑 고모도 너희들처럼 장난도 치며 다녔단다."

저렇게 탐스러운 아이가 내게는 없다니, 도저히 극복해 낼 수 없을 것 같은 좌절이 눈앞을 가로막는 것 같았다. 내 능력을 넘어선 어떤 일에 나는 일찍부터 순응이란 방법으로 감당을 했지만 이 일만큼은 힘들었다. 나도 잘 키울 수 있는데, 나도 좋은 엄마가 될 수 있을 것 같은데 내게는 왜 자식이 허용되지 않는지, 이제 기회조차도 없을 테니 이 가혹한 현실 앞에서 나는 하루에도 몇 번씩 무너졌다.

스쿨버스 정류장(Bus Shelter)에 좀 일찍 당도한 우리 셋은 안으로 들어갔다. 아버지가 브라이언과 날 위해 추울 때, 더울 때 눈 비올 때 버스를 기다리라고 지어주신 작은 집이었다.

'내 손자가 버스 기다릴 집이다.'

오래 전에 브라이언과 내가 대학생이 되면서 더 이상 스쿨버스를 기다릴 필요가 없게 되자 브라이언이 이젠 집을 치우자고 했을 때 아버지가 하신 말이었다. 브라이언과 내가 더 이상 버스 정류장에 들어 설 일이 없었음에도 아버지는 해마다 손상된 곳은 없는지 손수 살피셨다, 언젠가 태어날 손자들을 위해.

그 때 나는 은밀한 상상을 했었는데 브라이언과 내 아이가 버스를 기다릴 집이면 좋겠다는 것이었다. 지금 생각해 보면 참으로 발칙한 상상이었다.

아버지가 지으신 추리 하우스도 아직 두 아이들의 놀이터로 쓰이는데 이제는 어머니 대신 수아가 사다리를 타고 쿠키며 마실 것을 들고 오르내린다.

해마다 겨울이 지나고 온타리오 호수에서 비릿한 물비린내가 오르기 시작하면 겨우내 기다린 브라이언과 내가 오르기 전에 아버지는 오크나무에 걸쳐진 사다리며 추리 하우스를 먼저 살피셨다. 추리 하우스를 받치고 있는 오크나뭇가지들이 행여 상하지는 않았는지, 모진 겨울바람에 부서진 곳은 없는지 버스 정류장을 살피신 것처럼 그렇게 점검을 한 후 나와 브라이언이 사다리를 타도록 하셨는데 이제는 그 일을 브라이언이 두 아이들을 위해 스스로 하고 있다.

더 이상 버스 기다릴 일 없다면서 정류장을 없애자고 한 브라이언도 추리 하우스를 없애자는 말은 하지 않았다. 오히려 아버지대신 나서 여전히 튼튼한지 살피는 일을 게을리 하지 않는데 아마도 추리 하우스에서의 추억이 브라이언에게 소중하듯이 아이들에게도 특별한 기억을 남길 것이란 생각 때문일 것이었다.

예전에 어머니가 그러셨던 것처럼 수아도 예쁜 방석을 만들어 추리 하우스와 버스 정류장 작은 집에다 두었고 아이들이 좋아하는 사진도 벽에다 걸어두는 센스를 발휘했다. 아이들은 버스정류장에다 장난감과 동화책도 두고 싶어 했지만 행여나 장난감 갖고 놀다가 버스를 놓칠까봐 수아는 허용하지 않았다.

두 아이의 엄마인 수아는 이제 아이들을 어떻게 설득하는지 알고 있다. 고집을 부리다가도 결국 다소곳이 엄마 말을 따르고 그 아이들에게 자신의 생각을 조용히 이해시키는 수아의 모성은 내가 몹시 부러워하는 것이다. 두 아이를 모유로 키울 때 그 때는 아이를 품에 안은 그 모습이 그렇게도 부럽더니 이제는 자기 생각들을 키워가는 아이들과 다른 몸이면서도 결국 하나로 한 마음이 되어 가는 수아의 모습을 볼라치면 나는 그만 내게는 없는, 그리고 갈수록 가능성이 희박해지는 이 막막한 심정에 빠지게 되는 것이었다.

저만치서 노란 버스가 오고 있었다. 이안이 먼저 '버스다, 레이첼!' 하고 나가니 레이첼이 오빠를 따라 나섰다. 두 아이들은 타기 전에 한 번씩 내 품에 안기고 버스에 올라 좌석에 앉아서는 또 손을 흔들며 학교로 갔다. 얼마나 사랑스러운 아이들인가?

학교에서 돌아올 때는 와이너리에서 일하는 브라이언이 스쿨버스를 기다릴 것이다, 예전에 와이너리에서 일하다가 늘 마중 나와 기다리셨던 아버지처럼.

그렇게 시간은 흐르고 아름다운 삶의 방식은 시간 따라 자연스럽게 흘러 대를 이루리라.

아이들을 스쿨버스에 태워 보낸 후 나는 아주 천천히 걸어 집으로 가고 있었다. 온타리오 호수를 훑어온 차가운 바람이 겨드랑이로 목덜미로 스며들어 목도리 자락을 한 번 더 목에다 감았다. 목에다 두터운 자락을 한 번 감노라니 문득 그 날, 주차장 문을 열고 도서관으로 가려던 그날, 아무 연락도 없이 집을 찾아왔던 마이클이 생각났다. 늦여름과 가을이 지나가고 겨울을 맞도록 서로 연락을 않고 지내다가 그렇게 전화도 없이 찾았을 땐 분명 그럴만한 긴요한 일이 있어서였을 텐데 그 일이 바로 내게 봉투를 전하는 일인 것 같았다. 뜻하지 않게 집으로 가 집에서 마이클이 준 그 봉투를 받아오긴 했지만 나는 두려워 열어보지도 못하고 여태 내 방 탁자위에 둔 채였다.

'당신 생각 듣고 싶은데 언제 듣지?' 라고 해서 '오래 걸리지는 않을 거야.' 라고 쏘아 붙이듯 하고는 마이클이 낸 차도 다 마시지 않은 채 집을 나서게 한 그 봉투를 이제는 봐야겠다는 생각이 드는 것이었다.

어차피 그렇게 한 약속이었다, 관계를 다시 생각하는 시간, 두 사람 중 하나라도 관계를 이어가고 싶어 하지 않는다면 그것으로 중단되는, 그러니까 마이클과 내 앞날이 걸린 약속이었고 그 약속의 시간 동안 둘은 의도적으로 서로 연락을 하지 않았다. 얼마나 신중히 생각하다 내린 결론이었을까? 내가 침묵하고 있었으니 하마하고 기다리던 그가 조급증을 견디다 못해 먼저 나선 것이리라. 그렇게 낸 결론이었으니 그 봉투의 의미를 나는 이미 알고도 남았다.

이제 더 이상 회피해서는 안 된다는 강렬한 생각이 저벅저벅 눈길을 걷는 내 머릿속으로 일어났다. 오래는 걸리지 않을 거라고 했으니 마이클도 소식을 기다리고 있을 것이고 그 성질에 참을 만큼 참았으니 나도 미련 두지 않고 결론을 내야 했다. 사인 할 일이면 사인을 하고 내 가슴에 남은 기억들도 나는 정리를 해야 했다. 아홉 해동안, 아니 더 어렸던 그 때, 날 괴롭혔던 그 긴 시간까지 더하면 꽤나 끈질긴 인연이었고 결국 악연으로 마무리될 것이다. 꼭이 악연이랄 것도 없을 것 같았다. 아홉 해의 그 시간들이 더 어렸던 악몽의 시간을 희석하게도 했으니까.

나는 천천히 걸어 바로 집안으로 들어가지 않고 잠시 집 뒤의 온타리오 호수가 내려다보이는 뒤뜰에 섰다. 바람에 쫓긴 물이 거품을 물고 우루루 몰려오고 있었다. 늙은 오크나무는 잎을 다 날려 보내고 맨몸인 채 삭풍을 맞고 있고 그 품의 추리 하우스는 몸을 웅크린 채 깊은 겨울잠에 빠져있었다.

'추운데 왜 그러고 서 있니, 애나야?'

추리 하우스대신 오크나무가 말을 거는 것 같았다. 일곱 살 그 때부터 지금까지 날 지켜본, 그래서 날 아는 나무였다.

'힘들어서 요.'

오크나무를 올려다보며 내가 혼잣말을 했다. 너무 힘들어서 그래서 무너질까봐 생으로 칼바람을 맞으며 마음을 가다듬고 싶어서였다. 날 다스리기 위해서였다. 행여 한 자락 미련이라도 남았다면 칼바람의 단호함으로 먼저 그것부터 잘라버리기 위해서였다.

'나도 아플 때가 있단다. 아플 땐 너희들이 내 등을 타고 오르내리며 까르르 웃던 그 때를 생각하지. 나이 들어 되돌아보니 다가왔던 것들은 다 지나가고 없더구나. 널 힘들게 하는 일도 지나갈 거야.'

내가 상상하는 오크 나무가 들려줄 것 같은 말이 어쩐지 엄마가 살아 있다면 내게 들려줄말 같았다.

'엄마!'

나는 온타리오 호수, 내 마음 속의 티티카카 호수를 바라보며 어렸을 적의 내 언어로 엄마를 불렀다. 엄마를 부를 땐 늘 케추아어가 방언처럼 터졌다.

땅은 발목이 빠지도록 눈으로 덮여 있어도 음산한 겨울 하늘빛을 한 호수는 결코 눈에 휘둘리지 않았다. 나도 삭풍을 견뎌내고 있는 오크나무이고 싶고 겨울호수이고 싶었다. 호수가 가슴에다 눈을 받아들이듯, 그래서 물로 삭여 호수가 되게 하듯 내 앞에 어떤 엄청난 일이 일어나든 나도 휘둘리지 않고 그대로 받아 삭여 담담히 내 인생의 소중한 한 부분으로 품고 싶었다. 내 첫사랑을 가슴 깊이 묻어두고도 이제는 담담하듯이, 웃을 일 많았던 마이클과의 시간들도 내 가슴의 방 하나에다 묻어두고 싶었다.

'나 붙잡아 줘, 엄마.'

그러나 결코 스스로는 겨울호수가 될 수 없는 나는 엄마에게 또 매달리고 있었다. 돌이켜 보니 나는 기억에도 희미한 엄마를 어떤 절박한 심정일 때마다 먼저 찾았던 것 같았다. 조앤 어머니가 아닌, 이 세상에 없는, 페루의 엄마였다.

'잘 보내고 싶어. 나도 아프고 싶지 않아, 엄마.'

찬바람이 눈에 성가셨다. 자꾸만 눈물이 흘렀다. 생명도 흘러갔고 마이클도 갈 것이다.

그렇게 다 보내는 것이다. 다만 담담히 보내고 싶었다, 언젠가 길 가다 만났을 때 '잘 있었어, 마이클?' 하고 인사는 나눌 수 있도록.

나는 그렇게 헤어지고 싶었다.

비록 엄마로부터 아무런 대답은 들을 수 없었지만 눈을 품고 칼바람조차 흘려보낼 줄 아는 호수와 오크나무를 바라보며 마음을 다잡

을 수 있었으므로 집으로 들어왔다. 그리고 먼저 펜을 찾아 탁자위
에다 놓았다. 이렇게 결기로 뭉쳐져 있을 때 서두르지 않으면 언제
또 무너질지 나도 믿을 수 없는, 내 마음 때문이었다.

목도리를 풀고 외투를 벗어두고는 의자에 앉았다. 그리고 봉투,
며칠 째 탁자 위에 놓여있던 그 봉투를 열었다. 심호흡을 한 내 마음
은 담담한 척 하는데 손가락이 떨고 있었다.

봉투 속에는 네 겹으로 접어진 몇 장의 문서가 있었다. 이 나라의
이혼을 위한 서류인가 보았다. 나는 서류를 펼쳤다. 이젠 차라리 담
담했다.

'...?'

그런데, 어떻게 된 것일까?

이럴 리가 없다며 봉투 속과 문서를 앞뒤 뒤집어 확인했다.

'...!'

아무리 훑어봐도 그것은 내 사인이 필요한 서류가 아니었다. 토론
토- 리마, 리마- 쿠스코라고 인쇄된, 내 이름과 마이클의 이름으로
예약된 전자 비행기 예약티켓 복사본이었다.

'쿠스코? 잉카의 그 쿠스코?'

여전히 어리둥절한 내 머릿속에 쿠스코란 단어가 잉카란 단어까
지 거느리고 강렬하게 떠올랐다. 전설의 새 콘도르를 만날 잉카의
수도 쿠스코였다.

'전능하신 콘도르여 잉카의 쿠스코 광장에서 나를 기다려주오'

'엘 콘도르 파사' 노랫말 중의 한 부분이었다.

'그 쿠스코라고?'

담담한 척 하다가 어리둥절해하던 내 머릿속에다 마이클이 느닷없이 기포가 막 괴어오르는 청량음료를 들이부은 것 같았다.

머릿속이 기포로 부글거리는 것 같았다. 이제 사인 하나면 모든 것은 끝난다던 생각 하나가 갑자기 기포와 뒤엉기는 바람에 방향을 잃어버렸다. 시종일관 머릿속을 차지하고 있던 생각의 방향이었다.

'마이클!'

날 이렇게 휘둘러 놓고 회심의 미소를 짓고 있을 그의 모습이 지나갔다. 머릿속에서 부글거리던 기포가 한꺼번에 톡톡 터지는 것 같았다.

"마이클, 당신!"

기포가 내 입에서도 소리로 터져 나오고 있었다. 나름 견고하던 내 상상은 찰나에 허물어지고 상상이 빚은 각오도 맥없이 주저앉는 것 같았다.

어이없는 반전이었다.

돌이켜보니 내가 내 감정에 휘둘렸었다. 휘둘리기 전에 먼저 내가 날 다스리고 진정해야 했는데 나는 티티카카 호수의 갈대였다. 내 이성은 마비시키고 감성만 충동질해 분노하게 한 그 분분했던 상상을 억눌렀어야 했는데 나는 오히려 부추기며 그것에 휘둘렸다. 어느 때보다 이성적인 판단이 중요한 때였고 그것을 위해 긴 시간을 두었고 그것은 두 사람의 남은 인생이 걸린 일이었는데 나는 결국 어깃장으로 장래가 걸린 관계를 해결하려고 한 셈이었다. 그러니까 브라이언이 어머니에게 부린 그 어깃장, 나도 따라해 보고 싶던 그 어깃장을 나는 이 중요한 시점에 마이클에게 마구 퍼부은 셈이었다.

'잉카의 그 땅에 가고 싶어 한 건 어떻게 알았을까?'

일곱 살에 떠나온 후 한 번도 간 적 없는 그 나라, 내 땅이지만 마이클에게는 드러내기를 꺼려한 내 고향이었고 내 과거였다. 다르다는 이유로 그토록 놀림 받은 그 때를 상기하는 것은 서로 간에 유쾌한 일이 아니기 때문이었다. 그런데 어머니와 함께 가려고 한 그곳에 그것도 마이클과 함께 라니?

나는 남편, 마이클을 이토록 모르고 있었던 것일까? 잊었다 하면서도 다 잊지 못하고 짓궂었던 어렸을 적의 기억에만 여태 함몰되어 아홉 해나 살았던 것일까? 아니면 내가 아직도 짐작하지 못한 다른 의미가 있는 것일까?

전자 티켓을 들고 나는 오만가지 생각에 빠졌다.

이즈음에서 나도 관계에 대한 깊은 오해의 시간을 멈춰야 할 것 같았다.

서로에게 침묵의 긴 시간이 필요했다면 이젠 침묵을 깨뜨려 서로의 생각을 대화로 나누는 시간의 순서일 것 같았다. 그리고 티켓의 진정한 의미를 알고 싶었다.

나는 마이클에게 전화를 했다.

"애나!"

마이클의 목소리에 내 숨이 멎는 것 같았다. 나는 내색하지 않으려 심호흡을 했다.

"보고 싶어, 애나!"

그는 내가 그의 이름을 부를 겨를도 주지 않았다.

"말하지 마, 더 기다리라고. 나 더는 못해!"

그가 떼를 쓰고 어깃장을 부렸다. 귀여운 소년이었다. 되돌아보니 그가 귀여운 소년 같았던 때가 더러 있었다. 그래서 내가 그를 안아주고 이마에다 내 입술을 찍었으니까. 그리고 그것이 첫 키스를 불렀고 그 순진함에 내 마음이 더 끌렸으니까.

"나도 말 좀 하자, 마이클!"

마치 개구쟁이 아들을 쓰다듬듯 내가 빙긋이 웃었다.

"와, 이제야 내 아내네!"

마이클의 목소리가 비눗방울로 퐁퐁 날아오르는 것 같았다.

우리는 그의 레스토랑에서 만나기로 했다.

마이클이 두 팔로 내 허리를 안았다. 나의 두 팔은 어느 사이에
그의 목에 감겨 있었다.
'엘 콘도르 파사

24.
샬 위 댄스

마이클은 레스토랑 입구에서 나를 기다리고 있었다.

"애나!"

마이클이 자동차에 내리던 날 대뜸 안고는 얼굴을 들여다보고 입을 맞추며 기꺼워했다. 그는 그렇게 깍듯하던 절제된 행동은 다 잊은 것 같았다. 이제야말로 그도 내가 아는 내 남편 마이클이었다. 둘 사이를 가로막고 있던 냉랭하던 기운이 사라지자 우리가 마치 열애 중인 것 같았다.

시아버지로부터 물려 받은 와이너리와 함께 마이클이 시작한 레스토랑은 그의 열정과 애정을 기울이는 비즈니스였다. 그러나 마이클과 나는 특별한 일이 아니고는 레스토랑에서 식사를 하지 않았다.

마이클은 내가 만드는 음식을 좋아했고 무엇보다도 식구들이 자주 들락거리는 일을 내가 원하지 않아서였다.

마이클이 날 에스코트해 들어서자 웨이터가 내 코트를 받았다.

레스토랑은 디너 타임이었음에도 고요했다. 불빛은 저들끼리 은은하고 음악은 잔잔했다. 음악이 귀에 익다 싶었는데 '외로운 양치기'였다.

'마이클, 당신!'

내가 미소 지었다. 마이클이 날 위한 음악을 준비한 것 같았다.

"당신 비즈니스 제대로 하고 있는 거야?"

휘 둘러봐도 손님이라고는 아무도 없었다.

"아니, 조만간에 문 닫을 것 같아."

조만간에 문 닫을 비즈니스 주인의 말 마련하고는 지나치게 유쾌했다.

테이블엔 유리그릇에 든 초가 수줍게 타고 있었다.

나는 다시 한 번 주위를 살펴보았다. 음악만 잔잔할 뿐 발을 들이는 손님이 없는 것이 자꾸만 마음에 걸렸다.

"매일 이렇게 고요해?"

야심차게 시작했다더니 급기야 문을 닫게 된 지경인 것 같았다. 가정이 편치 않아서 비즈니스도 순조롭지 않았던 것일까? 마이클과 나 사이의 편치 않았던 관계의 파급효과가 생각보다 커 보였고 큰 그 일에 내 고집과 어깃장이 한 몫을 한 것 같아서 미안했다.

"들어오면서 세워둔 안내문 못 봤구나, 오늘 저녁은 사정으로 손님을 모실 수 없다는 안내였는데."

"나 때문에?"

"아니, 당신과 나 때문에."

마이클이 장난스럽게 웃었다.

"예약한 손님들은 다른 날 우리가 대접하기로 하고 양해를 구했어."

마이클이 경쾌하게 말했다.

그 때서야 내가 마이클을 유심히 바라보았다. 자신의 일을 즐기는 자신감과 여유가 그 얼굴에 있었다.

"정말 문 닫겠네."

내가 농을 하는 사이에 웨이터가 와인 병을 들고 왔다. 술을 마시는가 보았다.

웨이터가 내 잔에다 먼저, 그리고 마이클의 잔을 채웠다.

"무알콜 와인이야. 우리 꺼야."

"당신 이제?"

"안 마셔, 와인은."

마이클이 결연한 눈빛으로 말했다. '내가 어떻게 다시 마실 수 있겠어?' 라고도 했다.

"그랬구나. 쉽지 않았을 텐데."

내가 말했다.

"당신 없이 지내는 것보다는 쉬웠어."

마이클이 또 농을 하는지 진심인지 나는 얼른 알 수 없었다.

"마이클, 당신 마음먹으면 정말 해 내는 사람이구나!"

내가 살짝 칭찬을 했다.

"응, 단 하나만 제외하고."

그 때 웨이터가 음식을 나르고 마이클과 나는 식사를 시작했다.

"내가 페루에 가고 싶어 한다는 건 어떻게 알았어?"

마이클은 모르는 일이었다, 내가 늘 마음속에다 고향을 품고 살았다는 사실은. 어머니는 아셨다, 내가 삼뽀냐를 연주할 때마다 고향을 그리워한다는 사실을. 그래서 애나야, 너랑 나랑 페루 가자, 라고 하셨을 것이다.

"난 몰랐어, 당신이 고향에 가고 싶어 한다는 걸. 내가 물은 적도 당신이 내게 말 한 적도 없었잖아. 실은 내가 어머니와 자주 통화를 했어."

그가 뜻밖의 말을 했다. 내가 그 일을 겪은 후부터 어머니도 마이클에 대해 큰 반감을 갖고 계신 것으로 아는데 자주 통화라니, 더구나 어머니는 한 마디도 한 적 없는 말이었다.

"당신과 연락을 할 수 없으니 어머니께 안부를 물을 수밖에 없었어, 식사는 잘 하고 있는지, 아픈 데는 없는지, 매일."

'매일?'

"응. 당신이 어머니와도 통화하지 말라고는 하지 않았잖아?"

마이클의 표정이 천연덕스러웠다.

'그래서 나 모르게 매일?'

공모가 아니고는 가능한 일이 아니었다. 마이클은 그렇다 하더라도 어머니는 어쩌면 그렇게 한 마디도 하지 않으셨을까?

"그러면서 어머니의 기억력 증세도 알게 되었고 나중엔 어머니 안부도 궁금하더라. 내가 의사는 아니지만 안 좋은 기억도 자꾸 되돌아보면서 붙잡고 계시는 것이 좋다고 생각했어. 그러면서 당신에 대한 이야기를 많이 들었어. 당신과 아홉 해나 살면서도 몰랐던 이야기들, 아니 내가 알려고 하지 않았던, 그래서 당신도 내게 말할 생각을 하지 않았을 것 같은 이야기들을. 그러던 중에 어머니가 당신과 함께 페루에 가고 싶어 하신다는 사실도 알았어."

마이클과는 어차피 연락을 끊었기 때문이지만 어머니, 한 집에서 매일 얼굴보고 차 마시고 얘기 나누는 어머니가 그 모든 과정을 비밀로 하셨다니 서운하기보다 놀라웠다. 그 많은 시간 함께 식탁에 앉고 함께 차 마시고 함께 게임하고 얘기 나눈 시간이 얼만데 어머니가 무심코 흘리는 실수조차도 없도록 단속을 하셨다니 나는 그만 헷갈렸다, 어머니의 기억이 정말 심각하거나 아니면 전혀 문제가 없을 수도 있다는 두 가지 사실 사이에서.

"어느 날 어머니가, 마이클 자네가 애나 데리고 페루에 갈 수 있겠나, 장거리 여행은 아무래도 무리일 것 같아, 하시더라. 그래서 내가 여쭈었어, 어머니, 저 믿으세요? 하고."

마이클도 어머니가 저에 대해 좋지 않은 감정을 갖고 있다는 사실을 알고 있었다.

그 때, 유산 후 병원에서 집엘 가야했을 때, 어머니가 마이클의 제의를 단호히 자르고 강권적으로 날 어머니의 집으로 데리고 가신 그 일을 마이클이 떠올린 것 같았다. 그 때 어머니가 마이클을 불신하신다는 느낌은 나도 느낀 것이었다.

"참 솔직하시더라, 어머니. 이 시점에 달리 방법이 없네, 마이클. 내가 자넬 한 번 믿어 보려고, 그러시더라."

그 말씀으로 실은 어머니가 저를 이미 믿고 계신다는 사실을 느낄

276

수 있었다고 마이클이 말했다.

"미안해, 애나. 내 아이디어였다면 더 좋았을 텐데 이제부턴 알려고 애 쓸 거야. 당신을 다 몰라서 술기운 빌어 애꿎은 말하고, 힘으로 당신 힘들게 하고 결국 우리 아기까지...그 붉은 두 줄이 날 꾸짖는 것 같았어."

마이클이 애써 덮어두려던 지나간 일을 끄집어 올렸다.

"그런데 얼마든지 날 원망할 수 있었고 얼마든지 탓할 수 있었는데 왜 아무 말 하지 않았어, 당신? 그 때 정말 두려웠어."

실은, 붉은 두 줄로 인해 취중의 자신의 행위를 이미 낱낱이 기억하게 된 사람에게 나까지 되풀이 할 수가 없었다. 괴로운 일은 스스로 떠올리며 되돌아보는 것만으로도 형벌일 테니까.

"나는 당신을 다 몰랐어도 당신은 날 다 알아, 나, 당신 없으면 안 된다는 거."

마이클이 테이블 위에 놓인 내 손을 끌었다.

'나는 마이클을 다 아는가?'

결코 다 안 다고 할 수 없다. 심지어는 지금 보이고 있는 마이클의 이런 모습도 나는 알지 못했다. 날 더 알기 위해 어머니와 매일 통화를 했다는 사실도 몰랐고 붉은 두 줄이 자신을 꾸짖는다고 생각하는 줄도 몰랐고 그리고 날 두려워했다는 사실도 몰랐다.

"티켓 예약하기 전에 왜 내게 말하지 않았어?"

내가 말했다.

"내가 말했으면 당신 '노!' 라고 했을 거잖아. 어머니가 그러시더라, 실은 애나가 자라면서 '노!' 라고 말해야 할 때 '노!' 라고 못 하고 자랐어, 하고. 이번만큼은 '노!' 라고 말하더라도 곧이곧대로 듣지 말라고. 애나가 분명 '예스!'라고 하고 싶을 거라고. 그래도 난 당신의 '노!' 가 두려웠어."

'아, 어머니!'

어머니는 나 어렸을 적의 대답의 습관을 이미 알고 계셨다. 브라이언은 거침없이 할 수 있던 그 대답, '노!'를 나는 늘 '예스!'로 바꿔했다는 사실을. 그것이 어머니와 나 사이에서 내가 극복하지 못한 부분이었다는 사실을.

"당신 대답, '예스!'로 알아도 돼?"

내가 웃으며 고개를 끄덕였다. 마이클이 다시 잡은 내 손에다 힘을 주었다, '고마워 애나.' 하면서.

"그리고 나, 할 말 있어. 페루 여행은 어머니 아이디어였지만 지금부터 하는 말은 내 생각이야. 그래서 만나야만 했어."

마이클은 오늘 말을 많이 했다. 마이클이 잠깐 마음을 가다듬었다.

"애나, 당신, 입양을 어떻게 생각해?"

"입양?"

그것은 정말 뜻밖의 말이어서 내가 다잡아 앉으며 마이클의 눈을 들여다보고 있었다.

"응, 입양. 당신은 분명 좋은 엄마가 될 것이고 나도 좋은 아빠가 될 수 있을 것 같아."

마이클의 눈빛은 진지했고 목소리는 침착했다.

"어머니 아버지도 하셨잖아."

마이클의 말이 하도 갑작스럽고 충격적이어서 내가 무슨 말을 먼저 해야 할지 알 수 없었다.

"이건 당신과 떨어져 살기 시작하면서 내내 한 생각이야. 기관을 통해 알아보기도 했는데 더 중요한 건 당신 의견이어서 이 날을 기다렸어."

'그래서 빨리 대답을 들려달라고 했구나.'

내가 지독한 오해를 한 그 말의 이유였다.

"마이클, 당신 아기 좋아해?"

그가 얼마나 아기를 기다렸는지 나는 이미 알고 있었다.

"응, 당신한테 부담 줄까봐 표현은 안 했지만 많이 기다렸어. 친구 모임을 꺼려한 것도 그 때문이었으니까."

'그랬지, 그 때부터 당신은 다시 술에 손을 대기 시작했고 거칠어지기 시작했지.'

내가 생각했다.

"마이클, 나, 자라면서 쉽지 않았어."

내가 좀 냉정하게 말했다. 어차피 일시적인 감상으로 시작할 일이 아니었다.

좋은 환경에서 날 키우셨어도 부모님도 모르는 아픔은 내 속에 있었다. 그 아픔은 나로 하여금 '노'라고 하고 싶은 일에도 '예스'를 하는 아이가 되도록 했고, 변화를 두려워하는 아이가 되도록 했고, 내 속에다 늘 요만큼만이라는 한계를 품어 하고 싶은 일에도 소극적이게 했다. 내 성격 형성에 큰 영향을 미친, 나 스스로 극복해야 했던 내 문제였는데 뿌리내린 고질적인 습관처럼 제거하는 일은 결코 쉽지 않았다.

"나도 그렇게 컸어, 애나. 어느 하나 부족한 것 없었어도 나는 늘 문제를 만들며 부모님의 환상을 깨뜨렸지. 나, 우리 엄마 눈물 많이 봤어도 모른 척 했을 정도로 나쁜 아이였어. 그럴수록 아이들은 부모 품에서 커야 한다고 생각해. 각자 다른 이유로 우리가 겪었던 지독한 성장통이 우리로 하여금 자식을 이해하는 부모로 만들지 않을까?"

"마이클!"

아이 심정을 이해하는 부모에 대해 말하고 있었다. 이 사람이 날 좌절하게 한, 그래서 긴 시간동안 관계에 대해 다시 생각하게 한 내 남편 마이클인가?

"나는 그 아기를 당신과 함께 그곳에서 만나고 싶어."

"그 곳? 쿠스코에서?"

마이클이 고개를 끄덕였다.

"오, 마이클, 당신 오늘 여러 번 날 놀라게 하네!"

그렇게 간절히 기다린 생명을 잉카의 그 땅에서 만나려고 했다니 어떻게 그 생각을 다 하게 되었을까? 나는 마이클을 바라보았다.

"우리, 좋은 부모가 될 수 있다고 생각해?"

내가 마이클을 바라보며 말했다.

"그럼, 당신과 내가 함께 할 건데 당연하지."

"그래!"

잉태의 희망을 잃고 주저앉을 것 같던 내 마음속에서 걷잡을 수 없도록 솟구쳐 오르는 어떤 기운을 느꼈다. 내 품에 안길 아기, 그것은 설렘이기도 했고 기쁨이기도 했다. 그것은 마이클과 나 사이에 존재하는 관계에 대한 확신이기도 했다.

"만일 어렸던 개구쟁이 마이클처럼 누가 우리 아이 괴롭게 하면 그 땐 내가 나설 거야, 브라이언이 그랬던 것처럼."

마이클이 씨익 웃었다.

"그 때, 내가 당신 괴롭게 했을 때마다 브라이언이 나타났잖아? 실은 브라이언이 무척 부러웠어. 나보다 작은 애가 나보다 더 크게 보였을 때가 갑자기 나타내 주먹 모아 쥐고 내게 대들 때였는데 어렸던 내 눈에 흑기사 같았다고나 할까? 나도 브라이언처럼 하고 싶었어. 그래서 브라이언에게는 시기심, 경쟁심 같은 것이 있었어, 그것도 다 지나간 일이지만."

그렇게 마이클은 이제 와 숨길 것이 뭐가 있겠느냐는 듯이 드러내 보이는 일에 거침이 없었다. 속에 넣어둔 채로 참아야 했으니 그간 얼마나 힘들었을지 나는 알 것 같았다.

"당신은 나보다 더 많은 생각을 했네? 고마워, 당신이 더 많은 생각을 해 줘서."

이번에는 내가 마이클의 손을 잡았다. 실은 안아주고 싶었다.

"당신 나 안아주고 싶지?"

마이클이 눈을 찡긋하며 농을 했다. 아마도 결혼 전 파크웨이에서의 자동차 안에서 마이클이 알콜중독에 대해 자신을 드러냈을 때 내가 안아주고 싶다고 했던 그 말을 기억한 것 같았다. 첫 키스의 그 날이었다.

내가 '응' 하고 마주 웃었다.

그 때였다, 마이클이 멀찌감치 서 있던 웨이터를 향해 손짓을 하자 가라앉은 듯 잔잔하게 흐르던 음악이 한순간 다른 곡으로 바뀌면서 순식간에 큰 레스토랑을 압도했다. 마치, 기세도 좋게 공중으로 치솟아 오르는 분수 같았다.

'엘 콘도르 파사!'

그것은 삼뽀냐 홀로 한숨처럼 뱉어낸 고독한 흐느낌이 아니라 누군가의 품에 안겨 리듬에 몸을 맡겨버리고 싶게 하는 충동질의 소리였고 몸을 조이고 있던 긴장의 매듭을 풀어헤치게 하는 관능의 음률이었다. 그리고 그것은, 소리가 이끄는 대로 그 속에서 소리와 하나가 되라는 색소폰의 절규였다.

나는, 날 묶고 있던 긴장의 매듭들을 죄다 풀어헤치고 싶었다.

그 때였다, 마이클이 자리에서 일어난 것은. 그가 건너 편 자리에서 내게로 오더니 날 향해 정중히 한 손을 내미는 것이었다.

"샬 위 댄스, 미세스 애나 에반스(Evans)?"

그가 나를 지그시 내려다보고 있었고 뭔가 머릿속에서 부글거리다 마침내 터지려는 것을 간신히 억누르고 있던 나는 엉겁결에 그의 손에다 내 손을 얹었다. 그가 낚아채듯 날 그 앞에 세웠다. 그리고 한 쪽 팔을 내 허리에다 두르고 다른 한 손으로 내 손을 잡더니 색소폰 선율에 우리를 맡겼다.

"얼마만이야 우리, 애나?"

스텝을 밟으며 하는 마이클의 목소리는 내 귓속에 넣어주는 속삭임이었다. 얼마 만에 추는 춤이야, 란 의미가 아니라 얼마 만에 우리가 서로 안고 있는 거야, 하는 의미란 것을 나는 알았다.

"십 년은 된 것 같아."

이렇게 안기지도 못한 채 어떻게 하루를 보내고 계절들을 보냈을까, 하고 내가 생각했다.

"혼자는 싫어, 다시는 안 할 거야."

마이클이 투정했다. 우리는 소곤소곤 말하면서 음악에 맞춰 테이블과 테이블 사이를 누볐다. 오늘 밤엔 손님이 있어서는 안 되는 날이었다.

"나도 안 할 거야, 다시는."

그러면서 내 얼굴을 그의 가슴에다 묻었다. 내 귀에 그의 심장 박동이 들어왔다.

마이클이 두 팔로 내 허리를 안았다. 나의 두 팔은 어느 사이에 그의 목에 감겨 있었다.

'엘 콘도르 파사'

서러운 곡, 늘 눈물을 부르던 이 곡이 우리를 춤추게 할 줄 몰랐다. 마이클과 함께하면서 눈물이 춤이 되었다.

"아, 꿈 아니지, 애나?"

내가 그의 품에서 '응'하고 대답했다.

"애나, 나는 당신이 '엘 콘도르 파사'를 좋아하는 줄도 몰랐고 얼마나 간절히 고향에 가고 싶어 하는지도 몰랐어. 도대체 당신에 대해 내가 아는 것이 있기나 했을까?"

날 안고 춤추며 마이클은 계속 말을 했다. 그 동안 하지 못했던, 하고 싶었던 말일 거였다.

"마음먹어도 할 수 없는 단 하나는 뭐야, 마이클?"

마음먹으면 할 수 있는 사람이구나, 란 내 말에 '단 하나만 제외하고.' 라 던 그의 말을 상기한 질문이었다.

"아, 그거? 당신하고 헤어지는 거. 그래서 나, 너무 무서웠어, 나는 안 되는데 당신은 된달 까봐."

'나도 무서웠어, 마이클. 당신이 준 봉투도 선뜻 열 수 없었을 정도로.'

내가 소리 없이 속삭였다.

"다시는 날 만나지 않겠다고 할까봐..."

그러면서 내 목덜미에다 얼굴을 묻었다. 얼굴을 묻은 채 마이클은 잠시 아무 말을 하지 않았다. 음악에 맞춰 움직이면서도 나는 내 목덜미에 닿는 미세한 떨림은 감지할 수 있었다.

"난 당신 없이는 안 되겠는데 당신은 날 ..."

그러면서 또 말을 멈췄다.

"오, 마이클!"

내 허리에 둘러진 마이클의 팔이 내 어깨를 안고 내 손은 그의 얼굴을 감쌌다. 이제 색소폰 음률은 허공으로 솟구치며 절규하다 마침내 서로를 휘감아 안고 서로를 적시며 떨어지는 두 줄기의 분수였다.

"나도 너무 두려웠어, 다시는 당신 못 볼까봐."

감싼 내 손 안의 젖은 그의 얼굴을 쓰다듬다가 내가 그의 입술을 찾았다.

우리는, 둘 다 젖은 뺨으로 서로를 부비고 젖은 입술로 서로를 느끼고 젖은 채 몸부림하며 서로를 확인하고 있었다.

웨이터들이 보고 있어도 우리는 개의치 않았다, 우리는 서로 지척에 두고도 만나지 못한 부부이므로, 그것으로 다 이해가 될 것이므로.

그리고 우리는 지금 재회의 춤을 추고 있으므로.

25.
콘도르를 만나다

드디어 마이클과 나는 비행기에 탑승했다. 페루에 가는 비행기다.

얼마 만인가?

일곱 살 때 떠난 고국에 남편과 함께 가는 것이다. 어머니와 가기로 한 여행이었다.

나와 페루에 가고 싶다고 하신 어머니의 말은 나와 마이클을 보내기 위한 작전이었을까?

그렇다면 어머니의 작전계획은 완벽하게 이루어진 셈이다.

'엄마한테도 사생활이 있단다, 애나야.'

마이클과 매일 통화하면서 어쩌면 그렇게 한 마디도 말하지 않으셨느냐는 내 말에 어머니는 그렇게 받으면서 까르르 웃으셨다.

'너는 모르게 할 수 있겠던데 네 아버지는 실패했어. 네 아버지가 '당신 요즘 연애하오?' 그러지 않겠니?'

마이클인 줄 다 알면서 질투 하더라며 어머니는 또 까르르 웃으셨다. 기억에 혼란이 온 이후 처음으로 건강했을 때처럼 내신 웃음소리였다.

'말마라, 애나야. 실은 입이 근질거려서 혼났단다. 그래도 참을 수밖에 없었어. 내가 마이클을 제대로 알아야 했거든. 내 딸 인생이 걸린 중대사였잖아.'

딸의 인생이 걸린 중대사를 위해 자꾸만 사라지려는 기억을 붙잡고 어머니는 매일 씨름하신 건 아닐까?

아, 내 어머니 조앤 힐스 여사 때문에 나는 또 헷갈려야 했다. 치매라기엔 어머니는 너무나 스마트 하고 계획적이셨기 때문이었다.

나는 어머니의 병을 믿지 않기로 했다. 사랑하는 내 어머니만 믿기로 했다.

이제 마이클과 나는 페루로 간다. 그곳은 어떤 모습을 하고 있을까?

엄마는 동생을 낳다가 세상을 떠나셨고 아버지도 마리오 오빠도 없는 그 곳. 무엇이 날 기다릴지 내가 기억하는 어떤 것이 아직도 남아 있을지 나는 아무 것도 짐작할 수 없다. 티티카카 호수가 있고 갈대가 무성하던 곳, 더운 볕과 거친 바람에 시달린 사람들의 지난한 삶이 있던 그 곳. 그 곳은 아직도 그렇게 있을까? 그 넓은 땅, 잉카의 유적지를 둔 내 나라에 대해 내가 보아 알고 있던 지극히 작은 부분도 그나마 기억에서 거의 사라져 희미하다. 그러나 희미한 것의 생명력은 끈질겨서 나는 내가 페루의 딸이란 사실을 결코 잊지 않았다.

'전능하신 콘도르여, 잉카의 쿠스코 광장에서 나를 기다려주오'

추리 하우스에서 티티카카 호수 같은 온타리오 호수를 바라보며 얼마나 많은 날을 삼뽀냐 음률로 그 땅을 그리워했던가.

나는 그 쿠스코 광장을 향해 남편 마이클과 가고 있다.

그곳에서 우리를 기다릴 콘도르, 무엇에도 얽매이지 않는 자유란 그 이름은 정말 큰 새 모양을 하고 있을까? 페루의 아버지는 콘도르가 전설의 불멸의 새라고 하셨다.

쿠스코에서 마이클과 나를 기다릴 그 전설의 새는 새 엄마 아빠의 품을 기다리는 아기 형상을 하고 있을 것 같다.

'어떻게 그런 장한 생각을 할 수 있었니? 내 가슴으로 낳은 애나가 내게 준 기쁨은 늘 과분했단다. 내 딸과 사위는 분명 좋은 부모가 될 거야.'

마이클과 내 결심을 안 어머니가 하신 말이었다.

어머니의 말처럼 마이클과 내가 좋은 부모가 되기 위해 매일 흐뭇한 다짐을 하게 할 아기, 마이클과 나를 좋은 엄마 아빠로 만들어 줄 아기, 마이클과 내가 가슴으로 낳을 그 아기를 만나러 가는 것이다. 희미한 기억만 붙잡은 페루의 딸이 또 다른 페루를 품게 되었으니 아버지의 말처럼 콘도르는 불멸의 새가 틀림이 없었다.

드디어 천천히 구르던 비행기가 굉음을 앞세우며 속도를 재촉했다. 더는 구를 수 없을 지점에서 마침내 비행기가 땅을 박차고 하늘을 향해 치켜날기 시작했다.

나는 마이클의 손을 꼬옥 잡았다. 어머니와 아버지, 그리고 어렸던 브라이언과 함께 떠났던 그 곳엘 마이클과 가고 있다.

낯선 땅에서 만난, 나를 가장 힘들게 했던 아이, 그 아이가 자라 남편이 되었고 또 혹독한 위기를 겪었지만 둘 사이를 가리고 있던 지독한 미움과 지독한 그리움의 껍질을 깨고 우리는 다시 부부로 태어난 것이다.

"어서 안아보고 싶어, 우리아기."

"나도."

마이클의 어깨에 기대며 내가 말했다.

마이클과 내 품에서 다시 태어날 콘도르다.

'애나' 그리고 '제인 에어',
주어진 삶의 주체가 되어 자신의 운명을 이끌어나가는 두 여인

이 윤 홍
(소설가, 번역가)

'엘 콘도르'를 읽으면서 떠올렸던 것은 로맨스 소설의 고전으로 읽혀지고 있는 샬롯테 브론트 (Charlotte Bronte)의 제인 에어 (Jane Eyre)였다. 그 이유는 김외숙 소설가의 '엘 콘도르'의 주인공 애나와 샬롯데 브론트의 소설 속의 주인공인 제인 에어가 자라난 환경에 차이가 있지만 어린 시절 가족을 떠나 갑자기 자신들의 생각과는 관계없이 낯선 가정에 맡겨지는 삶의 첫 순간이 비슷한 것에 기인할 것이다. 그러나 그보다는 제인 에어와 애나가 갖고 있는 성격, 뚜렷하게 대비되는 성격의 차이가 김외숙 소설가의 '엘 콘도르'의 주인공 '애나'를 읽으면서 제인 에어를 떠올리게 한 것 같다.

제인 에어와 애나는 그들의 생이 펼쳐지는 소설 속에서 서로 명료하게 대비되는 뚜렷한 성격과 개성을 지닌 여성이다.

제인 에어는 예쁘지도 않고 격정적이지만 총명하고 의지가 굳은 여인이다. 굽힐 줄 모르는 자의식과 독립적인 제인 에어는 그녀를 둘러싼 사람들이 바라는 순종적인 여인이 되기를 거부한다. 제인 에어는 자신을 심하게 때리는 사촌 오빠한테 육탄전으로 반격을 하고 혹독한 벌을 받는다. 로우드라는 자선학교로 쫓겨가다시피 하지만 그곳에서의 모든 불우한 환경을 극복하여 교사가 되고 더 폭넓은 경험을 해보고 싶다는 욕구에 학교를 떠나 마침내 진정한 사랑을 만나는, 당대의 사회인습에 순응하는 여자가 되기를 거부하는 여인이다.

"내가 최선을 다해 적응하려고 하는데도 나를 싫어하는 사람들이 있다면 나도 당연히 그들을 싫어할 수밖에 없어."

이렇게 당당히 말하는 여인. 자신이 선택한 사랑을 향해 나아가면서도 자신은 사랑 때문에 변화되는 여자가 아니라 제인 에어임을 상기시키는 여인이 바로 제인 에어다.

몸집이 작고, 혈색도 밝지 않으며, 별로 예쁜 구석도 없지만, 만만찮아 보이는 표정의 여인. 마음속에는 언제나 진정한 의미의 사랑과 자유를 추구하고 있는 여인. 자기 주변의 세계를 유형지처럼 생각하고, 한정된 세계를 넘어서 더 넓은 곳으로 나아가려는 의지로 마침내 참사랑을 찾는 여인이 제인 에어다.

그녀에 비해 김외숙 소설가의 '애나'는 어떤 여인인가.

7살 때 페루에서부터 캐나다의 중산층 백인가정인 힐스 가의 가족으로 입양되어 온 아이. 입양되어 오는 순간부터 한 살 아래의 남동생 브라이언을 돌보아야 하는, 그녀의 역할이 분명하게 정해진 아이. 캐나다의 백인 중산층 가정에서 한 식구로 사랑을 듬뿍 받으며 애나는 성장한다. 양부모는 모두 인정이 넘치고 '애나'를 친딸 이상으로 키운다.

애나는 제인 에어와는 달리 매우 순종적이며 친화적인, 한 가정의 질서를 깨트리지 않으려고 하는, 어떻게 보면 양어머니보다 더 가족관계를 지키려고 애쓰는 여자다. 브라이언의 누나로 함께 성장하면서 남모르게 갖게 되는 고통스러운 사랑의 감정조차 가정의 질서 아래에 두는, 사랑의 상처를 안으로만 삭이고 마는 여인이다.

"넌 내 딸이다. 브라이언 누나다, 애나야."

소설의 첫 도입부에서 언급되는 양어머니의 이 한마디는 이 소설 전체를 이끌어가는 암시이며 소설 전반에 걸쳐 긴장을 유지하고 상황 변화와 사건의 흐름을 유도하는 중요한 모티브가 된다. 그렇다면 애나는 결코 반항적일 수 없는 매사에 자신을 버리고 순응하는 여인일까.

언급했듯이 애나는 매우 유순하고 자신이 속해 있는 곳의 기존 질서를 존중하며 그에 맞추어 따라가는 여인이다. 그러나 우리가 소설 속의 애나를 따라가는 동안 우리 자신도 모르게 점점 더 그녀에게 깊은 감동을 느끼며 동화하게 되는 것은, 고향을 떠나 낯선 가족에게로 오면서부터 갖고 있던 하나의 생각, 애나를 애나라는 인물로 존재하게 만드는, 어쩌면 사랑보다도 더 강한, 자신이 태어난 곳을 잊어버리지 않고 마침내 찾아 나서는 모습에서, 우리는 김외숙 소설가의 '엘 콘도르'에서 제인 에어를 넘어서는 새로운 여인 애나를 만나게 되는 것이다.

제인 에어가 외향형의 여인이라면 애나는 외유내강의 여인이다. 겉은 매우 부드러워 보여도 속은 자신이 누구라는 것을 깨닫고 있는, 그래서 어떻게 행동해야 하는가를 아는 여인이다.

'제인 에어'나 '엘 콘도르'의 주인공 애나는 자신의 열정을 간직한 여인이고 자신의 신념을 지킨 여인이며 마침내 자신의 뜻을 이루어 낸 여인이다.

"이 소설은 이렇게 흘러가겠구나.
사랑이란 감정에 쳐놓은 높은 울타리는 오히려 그 안의 사랑을 더 강하게 만들어 버리거든. 그렇다면 여기서 기막힌 반전이 일어날 것이 틀림없겠군."

독자들의 일반적 예측대로 스토리가 흘러갔다면 아마도 나는 초반부에 책을 접었을 것이다. 그러나 김외숙 소설가는 독자의 예측을 예측하는 작가다. 여기에 김외숙 소설가만의 긴장과 반전이 연속으로 일어나는, 그리하여 제인 에어와는 확연이 다른 또 하나의 새로운 로맨스 스토리를 완성해 낸, 사랑에 대한 새로운 해석이 탄생하게 된다.

　인류 탄생 이래 사랑에 대한 이야기가 끊임없이 이어져 오고 있지만 그것이 늘 새롭게 다가오는 이유는 사랑을 새로운 눈으로 새롭게 묘사하는 작가들이 있기 때문일 것이다. 그중에서도 이번에 발간되는 김외숙 소설가의 '엘 콘도르'는 목가적 사랑이 우리에게 주는 따뜻하고도 감동적인 새로운 사랑과 애나가 끝까지 마음속에 담아 온 고향을 찾아 나서는 모습을 통해 우리들에게 로맨스 스토리 이상의 감동을 안겨줄 것이다. 이에 더하여 김외숙 소설가 특유의 사랑에 대한 깊은 서사적 표현은 올해 로맨스 장편소설 읽는 맛을 한층 더 깊이 느끼게 할 것이다.

　김외숙 소설가의 '엘 콘도르'는 사랑이 한갓 유희遊戱로만 흘러가는 오늘, 누군가를 진정 사랑한다는 것이 무엇을 의미하는지를 일깨워주는 올해의 가장 아름다운 소설이다. 일독을 권한다.

294